JN129785

「景雲会」講演実録集

文芸社

中国逍遥游◆目次

第三章　漢詩の変遷について——99

第六章　甲骨文の里　安陽の殷墟を訪ねて――249

第一章

漢詩の心と風土

『景雲』（平成五年六月一日　通巻第一八四号）

漢詩とは

さて、本日のお話は「漢詩の心と風土」についてですが、ちょっと題が大きすぎて、時間内に収まるか心配ですが、できる限りお話ししたいと思います。

漢詩の話に入ります前に、ちょっとお考えいただきたいのですが、皆さんに小学生くらいのお孫さん（あるいは、お子さん）がおられるかも知れませんが、その人たちから、「おばあちゃん、詩ってどんなもの」と尋ねられましたら、何とお答えになられるでしょうか。高校生にも、漢詩の学習の前によく聞いてみるのですが、なかなか答えが返ってこないんです。こういう本質的な問題、例えば「人生とは何か」とか、「文学とは何か」と突然尋ねられますと、やはり答えにくいですよね。でも小学生に聞かれたのだから、分かりやすく説明しなさいなどと急（せ）き立てますと、苦しまぎれに、「言いたいことを書けば詩になる」とか、「思ったことを短く書けば詩になるんじゃあないか」などと言います。確かにそうには違いないのですが、書きたいことをただ書くのなら、日記でも随筆でもいいわけですし、短く書くというのなら、広告のコピーとか標語のようなものもあります。

また、詩は短いものばかりでなくて、非常に長いもの、例えば、漢詩の長恨歌という詩は百二十行もありますし、散文詩などもあります。

どうしてこんなことをお話ししたかと申しますと、唐の時代の四大詩人の一人に白居易（字(あざな)は楽天）という人がいます。皆さんよくご存じの『白氏文集』の著者ですが、日本では文集(もんじゅう)と言われ、平安時代には紫式部や清少納言のような女流作家にまでも彼の詩は愛誦されていました。その人が詩について、わずか十字で説明しています。

詩者(とは)根情苗言華声實義

詩	者
根	情
苗	言
華	声
實	義

（與元九書）

厳密に言いますとわずか八字です。縦に読んだのでは分かりにくいのですが、横に並べてみますと、すぐにお分かりいただけると思います。上の段が植物の四つの要素、根・苗・花・実になっています。それに詩の四つの要素、心情、言語、声律、義理をそれぞれ当てはめています。

根は植物にとって命の根源で、最も大切なものですが詩では心情がこれに当ります。「詩は志の之(ゆ)く所」（『詩経』序）とか、「やまと歌は人の心を種として、よろずの言の葉とぞなれりける」（『古今集』序）と昔から言われていますように、喜・怒・哀・楽の情とか、何かに感動した心がないと詩は生まれません。逆に、詩を鑑賞する場合には作者はどんな心境かを常に考えながら読む必要があります。

植物は土から芽が出て初めて何の苗かが分かりますが、詩も心の中にある間は人に何も伝わりません。音楽は音色で、絵画や彫刻は色や形で、書は形で表現しますが、詩は言葉の芸術ですから、言葉によって初めて内なる心を表現することができるのです。

植物にとって一番美しい部分が花ですが、詩は声律（韻律）、リズムによってその美しさを表します。

しかし、朗々と詠い上げて、ただ、美しく響けば詩といえるかと言いますと、それではまだ物足りません。そこに何か強烈に訴えかけるものがないと、真の詩とは言いにくいですね。植物の実を食べて腹の足しになり本当に旨かった。もう一つ食べたいと思わせるようなものが、詩では、義理に当ります。真に人々のためになる何か有意義なもののことです。石川啄木は、「食うべき詩」というのを唱えましたが、そういう、何かその詩を読んだために衝き動かされるものがあって、追体験してみたいと思わせる何かがないと詩とはいえないということです。

さすがに白居易という人は詩人だけありまして、譬え方が実に上手ですね。もともと、この人は諷喩詩と呼ばれる諷刺の利いた詩を得意としていました。彼が生きた時代は、宦官が大きな権力を持っていましたので、醜い闘争がくりひろげられ、政治は乱れ、人民は役人の横暴にあえぎ苦しんでいました。皇帝の諫官として宮中にあった白居易は、まだ若くて、正義感に燃えていましたので、そのような状態を看過することができません。己の職責を果すためにも、また、政治を正し人民の苦しみを少しでも和らげるためにもと願い、いろいろな出来事に託して政治を諷刺し、社会を批評した詩を百七十二首詠みました。これが諷喩詩で、自らも最も誇りとしていました（これが反感を招きまして、後に彼は香炉峰の麓に左遷されることになるのですが、この時に多く詠みましたのが、陶淵明の影響を受けた閑適詩と呼ばれる詩です）。

しかし、彼の得意としました諷喩詩はあまり広まらず、もっぱら『長恨歌』や『琵琶行』のような感傷詩と呼ばれる小説的な構想を持った詩が一般の人々にもてはやされました。このような詩は一首なるごとに、長安の妓女たちに争って読まれ、中国のみならず、朝鮮や日本にまで多くの影響を与えました。

彼は四千首以上の詩を残していますが、形式にとらわれず、俗語を用いるなど新しい詩の創作を試みましたので、詩の専門家からは俗物扱いされ、すぐれた唐詩を集めた『唐詩選』には一首も載せてもらえませんでした。

白居易の詩の定義はわずか八字でしたが、これを一つずつ取り上げて論じていきますと書物が一冊でき上がるほどの内容を含んでいます。

また、このように簡潔で、含蓄に富んでおりますのが漢文の特徴でもあります。

それでは、漢詩とはどのようなものか、四要素の順を追って、簡単にお話ししてみたいと思います。

▼▼根情について▲▲

漢詩では作者の心情は詩の題のところと詩の後半によく表れることがあります。漢詩は短い文芸ですから詩題も重要な意味を持ちます。例えば、「元二の安西に使ひするを送る」（四八頁　資料Ⅰ参照）という詩題では、「…を送る」という文字がありますので、人と別れる時の寂しい気持ちを表すとか、「懐古」は古跡を見ての感慨という風に詩を読む前に作者の気持ちがおおよそ見当がつきます。ご参考までに主な詩題を挙げてみます。

漢詩で欠くことができないのが雄大な自然の描写ですが、その自然描写と人の心とが対比されていたり、自然描写の中に心情が込められているのも漢詩の特徴の一つです。例えば、杜甫の律詩「登㆓岳陽楼㆒」では前半の悠久な自然と、後半のはかない人生とが対比されています。

また、送別の詩や交友関係の詩が多いのは中国の人々の情愛の深さや信義の厚さの表れ

〔主な詩題〕

詩題	意味	例
述懐 書懐	自分の思いを述べた詩	述懐（魏徴） 旅夜書懐（杜甫）
懐古 覧古	古跡を見て感慨を述べたもの	峴（けん）山懐古（陳子昂） 蘇台覧古（李白）
古意	昔のことを借り、現在の状況を述べた詩	古意（沈佺期）
詠史	史実を詠じた詩。	詠史（高適）
応制	天子の命令に応じて作った詩	紅楼院応制
九日	重陽の節句（九月九日）の宴での詩	九日宴（張諤）
偶成	思いがけなく作った詩、偶作	偶成（朱熹）
即事	目前の事実をそのまま詠じた詩	郡中即事（羊士諤）
雑詩	何を詠むか定まらずに詠じた詩	雑詩（王維）
送ニル―ヲ	送別の詩	送㆓友人㆒（李白）
題ニス―ニ	壁に書きつける詩	題㆓東壁㆒（白居易）
和ニス―ニ	唱和の意。相手と同じ韻で詩作し、互いに贈答する詩	和㆓王員外晴雪早朝㆒（銭起）
―歌 ―行 ―引	楽府の題で物事の始末を述べた詩、大体同じものであるが、「歌」はのびやかで、「行」はよどみがない詩	飲中八仙歌（杜甫） 兵車行（杜甫） 秋風引（劉禹錫）
その他、侍宴・秋思・閨怨・挽歌・春望・幽居など		

です。治政への歎きと憤りの詩が多いのは儒家思想の影響で、逆に、仙界や隠者への憧れとか、閑適の情や無常観をうたいあげているのは老荘思想や仏教思想の影響を受けています。

陶淵明の『飲酒』の「菊を採る東籬の下、悠然として南山を見る」とか、王維の『竹里館』の「独り坐す幽篁の裏、弾琴復(ま)た長嘯」(四八頁　資料Ⅰ参照)の境地は漱石に絶賛されていますが、漢詩を読んでなんとなく心が落ち着いたり、安らぎが得られたりするのはこのような閑適詩のお蔭といえるでしょう。

漢詩にうたわれているおもな心情には次のようなものがあります。

一、**美を探る心**

四季の天象、人事、折々の花、美しい風景、広漠たる砂漠、雄大で悠久な自然に対する驚き

二、**旅と別れの情**

送る心、送られる心、旅愁、望郷

三、**人生の折りふしの境地**

愛と悲しみ、情愛、哀悼、懐旧、寂寞、無常、治政への嘆きと憤り、憂国、慨世、反戦、飲酒

四、閑適の心

仙界、高士、隠者その他、学問、立志、修養、読書などが挙げられますが、具体例につきましてのちほどお話しいたします。

▼▼苗言について▲▲

漢詩が漢字（中国語）で書かれているということが当然ですが、一大特色になっています。フランス語なども聴いておりますと、きれいだなと思いますが、中国語は世界で最も詩に適した言葉ではないかと言われています。それは漢字の性格からきています。漢字は一字で必ず、形・音・義があります。例えば景雲会の「雲」という文字は「雨」（空を表す）と「云」（入道雲）が「形」で「云」（ウン）が同時に「音」を表し、空に沸き起る入道雲の「意」を表しています。漢字にはこのように必ず三つの要素があります。

漢字はもともとは象形文字ですが、だんだん複雑になってきますと、一方が意符で一方が音符の合成された文字、例えば「さんずい」とか「にんべん」などの意符に音符を組み合わせた形声文字が作られるようになります。これが漢字の八、九割を占めています。

「雲」という文字も会意に音を兼ねた文字と言われていますが、形声文字の一種です。

このように漢字は表音的性格を持った表意文字という特殊な性格があり、一字で必ず一つの意味があります。ちょうど漢字はいろいろな模様のついた四角いタイルのようなものです。これを組み合わせていきますと、自然にいくらでも複雑な模様やモザイクのようなものが描けます。また、漢字は非常に融通性に富んだ言葉ですから、品詞も自由自在で、一字で名詞にも、動詞にも、形容詞にもなったりします。「雨」という字は雨という名詞や、雨降るという動詞にもなりますし、雨の下に涙なんか付けますと、涙が雨のように溢れるという副詞にもなります。ですから漢字をどんどん繋いでいきますと、自然に形の整った文章や詩句になります。また、その文字と同類の言葉や反対の意味の言葉を並べていきますと、容易に対句とか、対偶の表現になります。

例えば、「百聞ハ不レ如シ二一見一」（『漢書』）では、「百」と「一」、「聞」と「見」、「百聞」と「一見」がそれぞれ対比されています。

青　山　横タハリ二　北　郭一ニ
↕　↕　↕　↕　↕
白　水　遶ル二　東　城一ヲ

（『送二友人一』）

また、前頁の李白の詩（『送二友人一』）では、左右の一字がすべて対語になっていて、同時に、一句全体が対（対句）になっています。

このように、対句とか、対偶の修辞法の多いのも中国語の特徴の一つです。

ちなみに、蕪村の、「菜の花や月は東に日は西に」という名句や、人麿の「東（ひんがし）の野に炎（かぎろひ）の立つ見えてかへり見すれば月傾（かたぶき）ぬ」という名歌も、王之渙の詩、「白日山に依りて尽き、黄河海に入りて流る」（『登二鸛鵲楼一』四九頁　資料Ⅰ参照）などの影響を受けていると思われます（この詩には東・西の対比が隠されています）。

漢字にはまた、次の華声の部分とも関連するのですが、その一つの音にそれぞれ四つのアクセントというか、イントネーションがあります。それを中国語で四声と呼んでいます。ma（マ）という音を中国人は四つの声調に言い分けます。mā（→マと高い平らな音）。má（↗マアと下から上げる音）。mǎ（↘↗マアと下がって上がる音）、mà（↘マアとすとんと落す音）。これを全部聴き分けられませんと、中国語は分かりません。mā（媽）はお母さんのこと。má は麻。mǎ は馬。mà（罵）は罵倒する言葉です。日本では「まあ奥さん」なんて言いますが、中国人にそう言われたらニコニコと笑っている場合ではありません。日本語のアクセントは高いか低いかですから、ハシ（箸）とハシ（橋）、アメ（雨）とアメ（飴）、カメ（亀）とカメ（瓶）のように二通りですが、中国では一つの音にも四つの声調があり、それぞれ意味が異なります。

次頁のローマ字で書いてありますのは、漢字のフリガナのようなもので、拼音（ピンイン）と言います。これは革命以後に用いられるようになったのですが、そのローマ字の上に符合が付いています。これに四つの種類があります。maのところに出てきました四声を表します。中国の南方に行きますと八声もあります（広東語など）。いつでしたか、中国の飛行機に乗っていました時、解放軍の兵士がいっぱい乗っていたんです。ちょっと話しかけていましたら、中に一人どうしても話の通じない人がいるので聞いてみましたら、海南島の人だったのです。中国人同士でもなかなか通じない場合があるのですが、その時は中に分かる人がいまして通訳してくれました。

漢詩は昔、この声調に従い、楽器に合わせてうたわれたものなのです。

有名な詩「早発㆓白帝城㆒」を中国語で読んでみましょう（次頁）。

李白が朝早く朝焼雲のたなびく白帝城を出発して、「三峡」という美しいきり立った峡谷の所を通って、千里離れた江陵まで一日で下ってくるという詩です。「彩雲」はきれいな朝焼雲のことです。その時の様子は両岸で、つんざくような猿の鳴き声が耳に残っているうちに、軽快な舟で幾重もの山の間を縫って、あっという間に下ってきたというものです。

早發白帝城（李白）

朝辭白帝彩雲間	zhāo cí bái dì cǎi yún jiān
千里江陵一日還	qiān lǐ jiāng líng yí rì huán
兩岸猿聲啼不住	liǎng àn yuán shēng tí bú zhù
輕舟已過萬重山	qīng zhōu yǐ guò wàn chóng shān

【書き下し文】朝(あした)に辞す　白帝　彩雲の間(かん)
千里の江陵　一日にして還(かえ)る
両岸の猿声　啼いて住(とど)まらず
軽舟已(すで)に過(す)ぐ　万重の山

「三峡」は長江のずっと上流の「瞿塘(くとう)峡・巫(ふ)峡・西陵峡」を含む全長二〇四キロ（長江の全長は五五〇〇キロ）の峡谷を言います。流れが非常に早くて、時速三〇キロくらいです。峡谷がすごく深くて、北海道の層雲峡にいらっしゃった方はよくお分かりと思いますが、バスの天井がガラス張りになっていて、上を見ますと、二〇〇メートルくらい切り立っていますが、あれの七、八倍（一五〇〇メートルくらい）の山が川の両側に連なっている急流のところを下って行くのです。長江の年間雨量は一五〇〇ミリくらいで、大雨が降りますと水位が一気に五〇メートルも上昇すると言われているところです。ですからここを上る時も昔からたいへんでして、李白の詩に、「三朝黄牛に上り、三暮行くこと太(はなは)だ遅し」（「上三峡」四九頁　資料Ⅰ参照）とうたわれています。船をいくら引いても三日三晩も黄牛という岩（地名）から離れられないという船旅の難所です。

漢詩は昔、声調に従いまして節を付けてうたわれたものです。一字一字、声調の変化しない字（平字）と変化する字（仄字）の組み合わせ（平仄）が決まっていて、後で触れますが、例えば五言絶句では二十字の中に平字と仄字の配置が定められていまして、その通りうたいますと独特のリズムや響きが生まれるようになっています。

これが漢詩の苗言と、次の華声に関する部分で、一番美しい部分です。

パンダコラム

漢文学習法

先頃、三峡を船で下り、杜詩の「不尽の長江滾々として来たる」光景を初めて実感することができました。

その折にご厄介になったガイドの周徳栄さんは大の日本通でしたが、青年の船で訪日された時、連日出される生卵や刺身料理に閉口されたそうです。それで、「一番うまかったのはラーメンとスキヤキでした」と懐かしそうに話しておられました。また、彼は日本語に堪能で、道中も「ドシャブリ」とか「ビール腹、ビヤダル」などの覚えたての言葉を連発して一行を笑わせておられました。そして、日本語について、「助詞・助動詞と敬語の使い方が難しい」と日本語学習者共通の悩みを打ち明けて下さいました。

たしかに、日本語は「膠着語（こうちゃくご）」といって、助詞や助動詞が次々に付属し、文末にゆくほど重要な意味を持ってきます。これに対し、中国語は「孤立語」といって、活用や「テニヲハ」がなく、語順によって意味が決定され、欧米語同様、文頭に大切な事柄がきます。この文章構造の違いに、今から千数百年も昔に気付き、何とか中国語を日本語に近づけて読もうとして考案されたのが「訓読」です。ですから漢文訓読には奈良時代の特殊な語法や表現法が混じっています。

したがって、漢文の学習で大切なことはまず、繰り返し読んでこの独特な訓読法に慣れることとです。そして、重要構文（句形）を徹底的にマスターすることです。漢文の学習法についてよく尋ねられますが、いつも、「既習の漢文をノートに白文で書き取り、十五分くらいでもよいから毎日音読する」ことをお勧めしています。この作業と並行して本書を利用されれば、漢文の読解力は倍増されるに違いありません。

漢文の魅力は表現が簡潔で、含蓄が深く、一字一字が視覚的で、読んで韻（ひび）きのよい点です。本書も説明をなるべく省いて、一目で句形が分かるように工夫してあります。

（『実戦トレーニング 漢文』はしがきより）

パンダクイズ1
日本語の文章が中国語の文章に絶対勝てないのは何故でしょう?
↓答えは四七頁

▼▼華声について▲▲

次頁の漢詩の種類の表は中国の詩人たち（唐代までの）がいかにして詩の「華」や「実」の部分を表現するか苦闘し、努力を重ねた結果、残されてきた主な詩の形式です。大きく分けて、古体詩と今（近）体詩とありますが、古体詩は六朝以前の古い詩の形式で、一句の字数も、何句からなるかも自由です。古くは一句が四言、五言、六言、七言、八言といろいろあったのですが、しだいに五言と七言が主流になってきました。

六朝から唐代になりますと音韻の研究も進みまして、韻の表とか、辞書などもいろいろ作られ、律詩という名前でお分かりのように、規律のやかましい詩が作られるようになり、

漢詩の種類

詩体	古体詩				近（今）体詩						現代詩
形式	古詩			楽府	絶句		律詩		排律		白話（口語）詩
	四言古詩	五言古詩	七言古詩		五言絶句	七言絶句	五言律詩	七言律詩	五言排律	七言排律	
規則　一句の字数	四字	五字	七字	長短混入	五字	七字	五字	七字	五字	七字	不定
規則　句数	不定				四句		八句		十句以上		不定
規則　押韻	種々あり（毎句末／偶数句末／換韻）				偶数句末	第一句末と偶数句末	偶数句末	第一句末と偶数句末	偶数句末	第一句末と偶数句末	自由
規則　平仄	不定				定						不定
構成	不定　解（換韻ごとの一まとまり。一段落のこと）をもつ長い詩もある				起—第一句　承—第二句　転—第三句　結—第四句		首—第一聯　頷—第二聯（対句）　頸—第三聯（対句）　尾—第四聯		首・頷・頸・腹・後・尾など　対句あり		自由
『作品例』（制作時代）	『詩経』に多い（周）	『文選』など（漢・魏晋六朝・唐）	『垓下歌』など（漢・魏晋六朝・唐）	『楚辞』など（漢・魏晋六朝・唐）	『春暁』『静夜思』など	『山行』『楓橋夜泊』など	『春望』『送友人』など	『登高』『黄鶴楼』など	『白帝城懐古』など	杜甫の四首のみ	『東方紅』など
					（唐）						

漢詩の最盛期を迎えます。

　一句の字数が五言・七言（たまに六言も）となり、句の数も、律詩は八句、絶句はその律詩を半分に断ち切った四句の詩と言われています。どうして五言、七言がこのように残ってきたかと言いますと、詩の「華」の部分を表現するためにいろいろと試行錯誤を繰り返しているうちにこんなところに落ち着いたのだと思います。日本の五七調とか七五調の言葉も調子がいいですね。これも何か関連があると思うのですが、漢詩の場合、五言は「国破レテ山河在リ」のように二字と三字に分れます。七言は、「渭城ノ朝雨浥二軽塵一」のように四字と三字（あるいは、二字と二字と三字）に分れます。二字は二拍子、三字は三拍子です。二拍子は歩くリズムだと言われています。

　これをずっと続けていきますと、単調で退屈になってきます。三拍子は踊るリズムで、躍動感があります。二字と三字、つまり、二拍子と三拍子、偶数と奇数の組み合せは安定感と躍動感の非常に心地よいリズムができ上がったのだと思います。余談になりますが、古賀メロディは三拍子が主流だそうです。朝鮮の人たちがよくタイコで踊りますが、朝鮮の音楽は三拍子だそうで、その影響だということです。日本の民謡も朝鮮やモンゴルの音楽と関係があると思います。漢詩ももとは民謡から採取されましたから、その踊るリズムに合せてうたい継がれてきたのかも知れません。

漢詩の形式について、もう一つだけ、平仄と押韻の話をいたします。すべての漢字には声調と呼ばれるイントネーションがあることは既にお話ししましたが、それを平（平らな調子）と仄（変化のある調子）に分け、平仄の配列を工夫することによりまして、詩全体の調子を整えました。

次頁の黒白の丸が平と仄の図です。近体詩ではその字がどこにくるかちゃんと決められています。

ここに平仄辞典がありますが、唐代にはすでに韻の表もできあがっていました。詩句も、二字句、三字句、四字句の常用語がありました。杜甫や李白らにもそのような常用語を用いて作られた詩が見受けられます。彼らは幼少の頃から詩を学んでいまして、音楽のように自然にうたって覚えていますから、日本人のように字を選んで漢詩を作るのとは異なっています。ですから中国人の漢詩は自然で流れるようにうたわれていますが、日本人のは理が勝っているようで堅い感じがします。夏目漱石の漢詩も難解なものが少なくありませんが、平仄や韻は実にきちんと整っています。

このようにきちっとした形式に当てはめて作られた近体詩は完成された芸術品のようなものです。「推敲」という言葉があります。唐の詩人賈島（かとう）が「僧は推す月下の門」の句を思いついた時、「推す」にするか「敲く」にするか迷って、馬に乗って考えているうちに都の長官の韓愈の行列にぶつかり、普通なら、無礼者とお咎めを受けるところですが韓愈も大文豪でしたから、一緒に詩論を戦わしたという「推敲」（今は文章や字句を吟味する意）の故事もこのような厳しい漢詩の作法が背景となって生まれたものと思われます。

（○は平声、●は仄声、⦶は前後の関係で平仄いずれかになしうるもの。◎は韻字）

		絶句				律詩							
		（起句）	（承句）	（転句）	（結句）	（首聯（しゅれん））		（頷聯（がんれん））		（頸聯（けいれん））		（尾聯（びれん））	
五言	正格（仄起（そくおこり））	⦶●○○●	⦶○⦶●◎	⦶○○●●	⦶●●○◎	⦶●○○●	⦶○⦶●◎	⦶○○●●	⦶●●○◎	⦶●○○●	⦶○⦶●◎	⦶○○●●	⦶●●○◎
	偏格（平起（ひょうおこり））	⦶○○●●	⦶●●○◎	⦶●○○●	⦶○⦶●◎	⦶○○●●	⦶●●○◎	⦶●○○●	⦶○⦶●◎	⦶○○●●	⦶●●○◎	⦶●○○●	⦶○⦶●◎
	例	登鸛鵲楼　王之渙（正格） 白日依レ山盡	黄河入レ海流	欲レ窮二千里目一	更上二一層樓一	春望　杜甫（正格） 國破山河在	城春草木深	感レ時花濺レ涙	恨レ別鳥驚レ心	烽火連二三月一	家書抵二萬金一	白頭搔更短	渾欲レ不レ勝レ簪
七言	正格（平起）	⦶○⦶●●○◎	⦶●⦶○⦶●◎	⦶●⦶○○●●	⦶○⦶●●○◎	⦶○⦶●●○◎	⦶●⦶○⦶●◎	⦶●⦶○○●●	⦶○⦶●●○◎	⦶○⦶●○○●	⦶●⦶○⦶●◎	⦶●⦶○○●●	⦶○⦶●●○◎
	偏格（仄起）	⦶●⦶○⦶●◎	⦶○⦶●●○◎	⦶○⦶●⦶○●	⦶●⦶○⦶●◎	⦶●⦶○⦶●◎	⦶○⦶●●○◎	⦶○⦶●○○●	⦶●⦶○⦶●◎	⦶●⦶○○●●	⦶○⦶●●○◎	⦶○⦶●○○●	⦶●⦶○⦶●◎
	例	春夜洛城聞笛　李白（正格） 誰家玉笛暗飛レ聲	散入二春風一滿二洛城一	此夜曲中聞二折柳一	何人不レ起二故園情一	登高　杜甫（偏格） 風急天高猿嘯哀	渚清沙白鳥飛廻	無邊落木蕭蕭下	不盡長江滾滾來	萬里悲秋常作レ客	百年多病獨登レ臺	艱難苦恨繁霜鬢	潦倒新停濁酒杯

このように、漢詩は下手に一字を換えたりしますと、その詩全体をぶちこわしてしまいかねないもので、ちょうど精巧に作られたガラス細工のようなものです。あるいは、中国にある立体的に幾重にも彫刻の施された象牙細工や、蘇州名産の両面刺繍というのがありますが、例えば、こちら側から見ると万里の長城の春の景色になっていて、反対側から見ると、秋の景色に色が変わっているものや、数匹の小猫の戯れている姿で、表から見ても、裏から見てもちゃんとした可愛いい姿になっている絶品と同様に、近体詩は緻密に作られています。

▼▼實義について▲▲

漢詩のとりわけ、絶句の構成は実に上手にできあがっています。「起承転結」という展開の仕方です。

孟浩然（もうこうねん）の「春暁（しゅぎょう）」の詩は絶句の構成法である「起承転結」の典型としてよく引き合いに出される。

春暁　　　春暁（しゅんぎょう）

春眠不レ覺レ曉
處處聞二啼鳥一
夜來風雨聲
花落知多少

春眠　曉を覺えず
處處　啼鳥を聞く
夜來　風雨の聲
花落つること　知る多少ぞ

「起承転結」とは、

うたい起こして（起）

←承けて発展させ（承）

←場面を転換させ（転）

←うけつつ全体をしめくくる（結）

という構成法です。

これは誰が作り出したというものではなく、こうすることが四句の構成にもっとも効果的だということから長年かかって自然に言われるようになったと思われます。「起承転結」で最も肝要とされるのが転句であり、これが平凡だと、作品のしまりがなくなってしまいます。

つまり転句が一首のヤマ場になるわけで、我が国では頼山陽(らいさんよう)が、この要諦(ようてい)を次のような端唄(はうた)によって門弟に示したと言われています。

起　大阪本町　糸屋の娘
承　姉は十六　妹は十四
転　諸国諸大名　弓矢で殺す
結　糸屋の娘は　目で殺す

起句は「大阪本町糸屋の娘」とうたい起こし、承句は「姉は十六、妹は十四」と起句を承(う)けて展開し、転句は「諸国大名は弓矢で殺す」と場面が一転して最初の二句とは無関係の事柄が出てきます。それではっとさせておいて、結句で、「糸屋の娘は目で殺す（悩殺する）」という風に転句の変化をうまく結ぶ展開法です。

これは雅楽や能楽の「序・破・急」という演じ方よりも変化があり、特に三句目の転句が変化球のようになっていまして、それがうまくできるかによって、詩の訴えかけも変わったものになります。

「起承転結」の構成法を念頭に置いて「春暁」を見ると、まず起句で「春の眠りの心地良さを、朝になったのに気づかない」という。これは実にうまい表現で、いかにもヌクヌクしたのびやかな気分が的確にとらえられています。「長くつらい寒い冬は過ぎ去り、気持ちのよい春になったぞ」という気分、承句は起句を承けて実際の情景を描いてみせ、のどかに囀る鳥の声、明るい春の感じ、作者は依然寝床の中にいて、「ああ、外は晴れだなあ、今日はとてもよい天気らしいぞ」と想像しています。

次は一転して、昨夜は暴風雨だったたな、と回想に入る。夜、風雨という語が暗いムードをかきたてる。前半の明るいムードと全く違う。

そしてその風雨によって、花がどれほど散ったことやら、と結ぶ。すると読者の眼前には、庭に散り敷いた、水にぬれた赤い花が印象づけられる。それが余韻となって、春の朝のけだるい気分と、悠々閑々たる趣が漂う。みごとな収束です。

絶句の「起承転結」の展開法は文章や四コマ漫画などにもよく使われています。律詩もそれに倣っているものもありますが、律詩は二句で一聯（一対）になっていて、第三句目と第四句目、第五句目と第六句目とがそれぞれ対句になっていることが原則になっています。

漢詩は前半で眼前の事物とか自然がうたわれ、後半で作者の心境がうたわれる場合が多いのです。それが即興の詩であればなおさらです。例えば、李白の『静夜詩』（四九頁資料Ⅰ参照）では前半の「牀前月光を看る、疑ふらくは是れ地上の霜かと」で目の前の状景がうたわれ、後半の「頭を挙げて山月を望み、頭を低れて故郷を思ふ」で望郷の念がうたわれています。

中には蘇東坡の『春夜』（四九頁　資料Ⅰ参照）のように、「春宵一刻直千金」と最初に結論を述べ、その後で、「花に清香有り、月に陰有り、歌管楼台声細細、鞦韆院落夜沈沈」と次々に証拠を挙げて内容を説明するような変わった漢詩もあります。

また、最後まで自然描写だけの場合もありますね。でも、その中に自分の心を込めているわけです。源氏物語なども何げない自然描写の中に心理を込める書き方が目立ちますが、近代の作家では谷崎潤一郎とか三島由紀夫らがその手法を試みています。

中国の風土

漢詩にはこのように自然描写が多用されていますので、漢詩と中国の自然や風土とは切っても切れない密接な関係にあります。そこで中国の風土について少しお話しいたしたいと思います。

次頁の地図をちょっとご覧下さい。この地図は変わっておりまして、旅行業者のを拝借させてもらったのですが、普通の地図ですと平面的になっていますが、これは山とか、川とか、砂漠などが一目で分かるようになっていますね。

中国の地形で、最も中国らしいのは西安の上方にあります黄土高原です。この辺りの黄河は実に面白い流れ方をしています。黄河をずっと遡っていきますと、万里の長城が点線で表されていますが、その点線と黄河の頭のところを結んだ四角形のところをオルドスと申します。ほとんどの地形が砂漠とステップですので、匈奴などの騎馬民族の活躍の場となった地域で、中国が昔から外敵に悩まされてきたところですが、現在は内モンゴルの地帯に属しています。

長江がひたすら東方へと流れていますのに、**あばれ竜**と呼ばれる黄河がどうしてこのよ

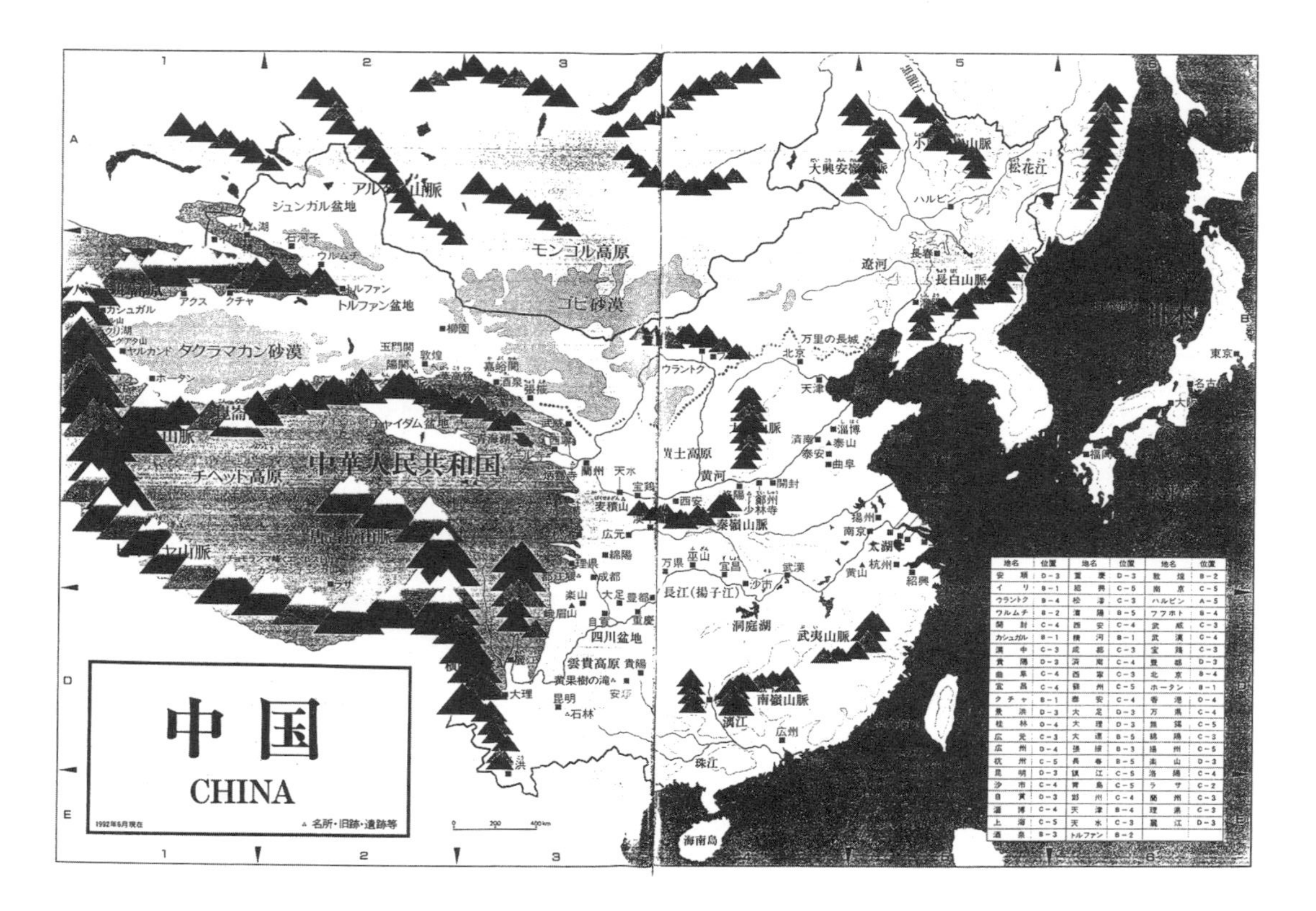

地名	位置	地名	位置	地名	位置
安順	D－3	重慶	D－3	敦煌	B－2
イリ	B－1	紹興	C－5	南京	C－5
ウラントク	B－4	松潘	C－3	ハルビン	A－5
ウルムチ	B－2	瀋陽	B－5	フフホト	B－4
開封	C－4	西安	C－4	武威	C－3
カシュガル	B－1	精河	B－1	武漢	C－4
漢中	C－3	成都	C－3	宝鶏	C－3
貴陽	D－3	済南	C－4	豊都	D－3
曲阜	C－4	西寧	C－3	北京	B－4
宜昌	C－4	蘇州	C－5	ホータン	B－1
クチャ	B－1	泰安	C－4	香港	D－4
景洪	D－3	大足	D－3	万県	C－4
桂林	D－4	大理	D－3	無錫	C－5
広元	C－3	大連	B－5	綿陽	C－3
広州	D－4	張掖	B－3	揚州	C－5
杭州	C－5	長春	B－5	楽山	D－3
昆明	D－3	鎮江	C－5	洛陽	C－4
沙市	C－4	青島	C－5	ラサ	C－2
自貢	D－3	鄭州	C－4	蘭州	C－3
淄博	C－4	天津	B－4	理県	C－3
上海	C－5	天水	C－3	麗江	D－3
酒泉	B－3	トルファン	B－2		

うな蛇行をしているのか、地図を見ますたびに疑問に思っていましたが、現地を訪れて初めてその疑問が解けました。蘭州から北東に黄河は流れていますが、ウラントクの上にご覧のようにあまり高くはありませんが陰山山脈が立ちはだかっていたのです。

ですからあばれ竜がいくらあばれても、そこから先へは行けないわけです。この辺りは夏に参りますととても涼しくて陰山を背景として一面のひまわり畑で、気が遠くなるほど素敵な所です。それで、右折して流れていきますと、また太行山脈があり、また右折して行きますと、西安の南に秦嶺山脈があります。今度は左折しますが、いよいよ邪魔物も消え、あばれ竜の本領が発揮されます。そこから先は氾濫が実に二千年に千五百回、河道の変更が二十六回もあったそうです。土砂が上流からどんどん流されて来て水深が毎日変わるので、船は棒で測定しながら航行しなければなりません。

北京からずっと西へ低空で飛行しますと、黄土高原は黄色い土だらけで、まるで砂漠かと見まがう光景が目に映ります。こんなところに人が住めるのかと思うほどですが、よく見ますと、細い道のようなものがどこまでも続いていまして、所々に、集落と思われる家のかたまりが点在しています。この辺りの家は殆んど土でできていまして、ヤオトンと言って土を掘って上に明り取りの窓をつけるか、版築工法で土を固めて作った（またはレンガ）の家ですが、そのような家が黄土の中に点々とあります。

黄土の土砂はゴビ砂漠から風で運ばれてきたものです。黄塵万丈と言いまして、春先になりますと、強風が土砂を巻き上げ、それが季節風に乗って、三〇〇〇～四〇〇〇メートル上空に舞い上がり、日本の黄砂となり、遥々ハワイにまで達するそうです。

王維の詩の「渭城の朝雨軽塵を浥し、客舎青青柳色春なり」（『送元二使安西』）の「軽塵」という言葉は日本人にはあまりぴんときませんが、中国の蘭州に参りまして、はじめて理解できたような気がしました。高い塔から周囲の屋根を見下ろしておりますと、どこの屋根にも数センチ程の塵埃が積っていたのです。強い風が吹けば、これが舞い上がってたちまち暗闇と化すであろうことは容易に想像できました。

「朝雨によって浄められた渭城の空気と柳の葉の青さは、別れの宴に集った人々の心や目に焼きつき、どんなにか新鮮に映ったことでしょう」

砂嵐のひどい時は死者も多数でますので、「霾（つちふる）」と言われて人々に恐れられています。この細かい土砂が堆積してできたのが黄土高原です。ですから雨に非常に弱くて、大雨が降りますと、すぐに大穴が口を開けたり、低地にいる人は、いち早く高地へ避難しませんと土砂とともに鉄砲水に飲み込まれてしまいます。この辺りが一番中国らしい所で、漢詩にも、黄河や砂漠に関するもの（王之渙『登鸛鵲楼』『涼州詞』、王昌齢『塞下曲』、岑参『磧中作』など／四八頁～五〇頁　資料Ｉ参照）が数多く詠まれています。

最後に、今年参りました年賀状の話をいたします。漢文とは無縁と思っていました友人から「聊贈る一枝の春」という漢詩の一句が送られてきました。この詩の出典は次の通りです。

贈㆓范曄㆒詩
折㆑花逢㆓驛使㆒
寄與隴頭人
江南無㆑所㆑有
聊贈㆓一枝春㆒

范曄に贈る詩
花を折つて　駅使に逢ふ
寄与す　隴頭の人
江南　有る所無し
聊か一枝の春を贈る

（古詩源・五古）

范曄は「後漢書」という歴史書を書いたなかなか立派な人ですが、その人に江南の陸凱という人が贈った詩の最後の行に当ります。陸凱は駅使（日本では飛脚のこと）が都へ行くというので、あわてて梅の花を折ってきて、一編の詩を添えて都の友人に贈ったのでしょう。都には春はまだでしょうが、江南にはいち早く春が訪れました。江南に住む私には、貧乏で何もありません。でもこの江南のすばらしい春を一枝の梅の花に託してあなたに贈りますという詩です。この詩を贈られた范曄は江南の春がどんなにすばらしいかを知っていたでしょうから、さぞ心温まる思いがしたことと思います。

漢詩は、このように物質的には貧しくても、人の心を豊かにさせることができます。そんなところにも漢詩の持つすばらしさがあると思います。私も、新年早々、江南の春を懐かしく思い起こさせてくれた年賀状に感謝致しております。そしてこのような友人を持ちましたことを誇りにも思っている次第です。

パンダコラム

「江南の春」――能く江南を憶はざらんや

江南に左遷された白居易は江南をこよなく愛して、

江南好し、風景旧と曾て諳んず。
日出づれば江花紅なること火より勝り、
春来れば江水緑なること藍のごとし。
能く江南を憶はざらんや　（「江南を憶ふ」）

と詠じている。

茨城県の牛久沼のほとりに住みついて数年になるが、朝晩の散歩の折に、突如として靄や霧に包まれて視界が遮られることがある。そんな時、中国の江南が懐しく思われる。

十数年前の春、初めて江南を訪れた時、アンツーカーのように赤い土に柳の新緑や菜の花が照り映え、桃や日本から送られたという桜の花までが爛漫として咲き匂っていたが、南京から蘇州への途次に、あっという間に靄に包まれて、何も見えなくなってしまった。杜牧の詩に、「千里鶯啼いて緑紅に映ず」「多少の楼台煙雨の中」と謳われた江南の春の二面性を垣間見た思いがした。

呉の地方の諺に、「朝霞門を出でず、暮霞千里を行く」とか、李白の詩に、「烟花三月揚州に下る」とあるように、朝霞・暮霞・烟花・煙雨などは江南の春を彩る装いの一つであるが、これらの景観はどうやら水に恵まれた水郷地帯特有の現象であるようだ。牛久沼の付近には霞ヶ浦・潮来など多くの湖沼や河川、海岸などが控えているし、江南には太湖・西湖・鄱陽湖・洪沢湖といった中国屈指の湖沼や大海嘯と言われる潮流の逆流で名高い銭塘江、それに運河や杭州湾などがある。上空から眺めると水の都は青一色で無数の湖沼や運河の水面（みなも）が大小のさまざまな形をした鏡やガラス玉のように青白く光って見える。荒涼とした黄土地帯とは全く趣を異にした美しい田園風景が広がっている。

天候の変わりやすい江南には驟雨もつきものだ。西湖の近くの龍井（ロンヂン）茶の工場へ行った時、付近の山から数百頭の羊の群れがこちらに向いて猛スピードで駆けてきた。避ける間もなくて呆然と立っていると、羊たちは我々の間を通り抜けて建物の陰へと消えていった。その直後に、暗雲が立ち込めたかと思うと、バケツの水を覆したような大粒の雨が降ってきた。今度は我々が逃げ惑う番になり、羊たちの気持ちがようやく了解できた。

　このような驟雨には地上の楽園と謳われる西湖でもよく見舞われた。西湖には、唐代に白居易が、続いて宋代に蘇東坡が杭州の知事として赴任し、それぞれ白堤・蘇堤と言われる堤防を築いて灌漑事業に尽力した。唐宋以後、多くの文人が三潭印月や花港観魚園などの景勝地を訪れ秀れた詩文を多く残している。今では新婚旅行のメッカになっていて若いカップルが多いが、こんなスコールが降っても、「水光瀲灎（れんえん）として晴偏（ひとえ）に好く、山色空濛として雨も亦た奇なり」（蘇軾）とばかり、傘もささずに腕や肩を組んで潤歩している。もし西施が居合せたら一層眉を顰めたに違いない。

　江南は南船北馬の言葉通り水路が縦横に発達している。特に蘇州は運河が網の目のように通じ、東方のベニスとも言われている。ここには張継の詩、「楓橋夜泊」で有名な「楓橋」や「寒山寺」があるが、橋も鐘も後世に作られたもので、鐘は打たせてもらったが、日本から贈られたものと後で聞かされ、興が薄れた。蘇州にはいろいろな形の橋や塔、百余の庭園、両面刺繍の絶品、それに一度に数十種類も出される美味な料理などがあり、訪れる人を飽きさせない。

　無錫の大運河で杭州発北京行きの船を見た。何隻も連なって北京まで一七八二キロの長旅をする。船窓からはこぼれんばかりの顔、顔、顔、皆笑顔で手を振っている。圧巻は運河の十字路を三方から十艘以上連なった船が一斉に交叉する時だ。互いに警笛を鳴らしながら巧みに曲線を描いて、擦ることもなくすり抜けてゆく。まるで中国雑技団の演技を見終った時のような感動を覚えた。

運河の歴史は古く春秋時代の呉王夫差が長江北岸から淮河まで建設したと言われている。その後、隋の煬帝が大運河を完成させ、北方へ各地の物産が運ばれるようになり、揚州や杭州にはアラビヤ、ペルシア、新羅などの商人が数千人も滞在したという。我が国の遣唐使や留学僧もこのルートで入唐した。鑑真和尚の大明寺も揚州にはある。煬帝は揚州に三度も滞在したが、都からの道筋に四十箇所の離宮を作り、水殿（四層からなる豪華船）に乗り、皇后の舟や随員の舟数千艘、近衛兵の舟数千艘を従えて巡幸した。その行列は二百里にも及び、八万余人の人夫が舟を引いたと伝えられている。

運河のある風景はいずこも美しい。蘇州や揚州のような大動脈の運河も壮観であるが、川舟の行き交う紹興のようなひなびた運河も魅力的だ。魯迅の「阿Q正伝」「宮芝居」に出てくる烏篷船（ウーポンチュアン）や白篷船（パイポンチュアン）にはあまりお目にかかれなかったが、紹興酒の大きな酒瓶をいっぱいに積んだ酒舟が往来していた。そこで、四、五人で舟を引く、苦力（クーリー）を髣髴とさせる光景に出会った。いつの日か、川舟に紹興酒の瓶と蘇州料理の肴を載せて、終日のんびりと運河を漂ってみたいものだ。

（『国語通信』筑摩書房より）

パンダコラム

回文詩

賞花歸去馬如飛酒力微醒時已暮

賞花歸去馬如飛
去馬如飛酒力微
酒力微醒時已暮
醒時已暮賞花歸

花を賞で帰去　馬飛ぶが如し
馬を去せ飛ぶが如く　酒力微なり
酒力微醒むれば　時已に暮るる
醒時已に暮れて　花を賞でて帰る
（回文詩　秦観）

これは漢詩のお遊びのようなものです。まあるく漢字が並んでいますが、「賞」の字から時計まわりに読んでいきますと七言絶句の詩になっています。きちんと平仄も合っていますし、韻もふんでいます。漢詩といいますと、とかく固苦しいものというイメージがあるかも知れませんが、こういう楽しいものもございます。

パンダコラム

俳句の翻訳

次頁の上段は俳句を中国人が翻訳したものです。五言とか七言になっていますが、絶句をさらに半分に断ち切った詩形で、「漢俳」と呼ばれています。
次頁の下段は古今集の有名な歌の翻訳です。

もうおわかりと思いますが、

世の中にたえて桜のなかりせば春の心はのどけからまし

秋来ぬと目にはさやかに見えねども、風の音にぞ驚かれぬる

【原文】 菜の花や月は東に日は西に

【汉译】 菜苍盛开田野中，
日在西方月在东。

【原文】 いくたびも雪の深さを尋ねけり

【汉译】 雪积深何许，
几度向人探。

【原文】 櫻狩上野王子は山つづき

【汉译】 探樱信步来到此，
上野王子各连山。

见渚院樱苍

在原业平朝臣

世上无樱苍，春心常皎皎，
自从有此苍，常觉春心扰。

立秋日

藤原敏行朝臣

秋天暗自来，展目难明视，
一听吹风声，顿惊秋日至。

中国では最近、『万葉集』とか『源氏物語』のような我が国の古典もいろいろと読まれているということです。

まとまりのないお話ですみません。遅くなりましたので、これで終らせていただきます。どうもありがとうございました。

パンダクイズ1の答え

日本語の文章には「カナ」はありますが、中国語の文章には「カナ」はありません。カナはない、かなわない……敵わない、となります。

資料Ⅰ　引用した漢詩

送㆔元二使㆓安西㆒

渭城朝雨浥㆓輕塵㆒
客舎青青柳色春
勸㆑君更盡一杯酒
西出㆓陽關㆒無㆓故人㆒

元二の安西に使ひするを送る

渭城の朝雨　軽塵を浥し
客舎青青　柳色　春なり
君に勧む　更に尽くせ一杯の酒
西のかた陽関を出づれば故人無からん

（三体詩・七絶）

竹里館

獨坐幽篁裏
彈琴復長嘯
深林人不㆑知
明月來相照

竹里館

独り坐す　幽篁の裏
弾琴　復た長嘯
深林　人知らず
明月来りて相ひ照らす

（唐詩選・五絶）

飲酒二十首（其五）

結㆑廬在㆓人境㆒
而無㆓車馬喧㆒
問㆑君何能爾
心遠地自偏
採㆑菊東籬下
悠然見㆓南山㆒
山氣日夕嘉
飛鳥相與還
此還有㆓眞意㆒
欲㆑辯已忘㆑言

飲酒二十首（其の五）

廬を結んで人境に在り
而も車馬の喧しき無し
君に問ふ　何ぞ能く爾ると
心遠ければ地自ら偏なり
菊を採る　東籬の下
悠然として南山を見る
山気　日夕に嘉く
飛鳥　相ひ与に還る
此の還るに真意有り
弁ぜんと欲して已に言を忘る

（陶淵明集・五古）

登㆓鸛鵲楼㆒
白日依㆑山尽
黄河入㆑海流
欲㆑窮㆓千里目㆒
更上㆓一層楼㆒

鸛鵲楼(かんじゃくろう)に登る
白日(はくじつ)山(やま)に依(よ)つて尽(つ)き
黄河(こうが)海(うみ)に入(い)つて流(なが)る
千里(せんり)の目(め)を窮(きは)めんと欲(ほっ)して
更(さら)に一層(いっそう)の楼(ろう)に上(のぼ)る
(唐詩選・五絶)

上㆓三峡㆒
巫山夾青天
巴水流若茲。
巴水忽可尽
青天無到時。
三朝上黄牛
三暮行太遅。
三朝又三暮
不覚鬢成絲。

三峡を上(のぼ)る
巫山　青天を夾(はさ)み
巴水　流るること茲(かく)の如し。
巴水は忽ち尽くす可(べ)きも
青天に到る時なし。
三朝　黄牛に上り
三暮　行くこと太(はなは)だ遅し。
三朝また三暮
覚えずして鬢絲と成る。

静夜思
牀前看㆓月光㆒
疑是地上霜
擧㆑頭望㆓山月㆒
低㆑頭思㆓故郷㆒

静夜思(せいやし)
牀前(しょうぜん)　月光(げっこう)を看(み)る
疑(うたが)ふらくは是(こ)れ地上(ちじょう)の霜(しも)かと
頭(こうべ)を挙(あ)げて　山月(さんげつ)を望(のぞ)み
頭(こうべ)を低(た)れて　故郷(こきょう)を思(おも)ふ
(唐詩選・五絶)

春夜
春宵一刻直千金
花有㆓清香㆒月有㆑陰
歌管樓臺聲細細
鞦韆院落夜沈沈

春夜(しゅんや)
春宵(しゅんしょう)　一刻(いっこく)　直(あたひ)　千金(せんきん)
花(はな)に清香(せいこう)有(あ)り　月(つき)に陰(かげ)有(あ)り
歌管(かかん)　楼台(ろうだい)　声(こゑ)　細細(さいさい)
鞦韆(しゅうせん)　院落(いんらく)　夜(よる)　沈沈(ちんちん)
(蘇東坡集続集・七絶)

涼州詞

黄河遠上白雲間
一片孤城萬仭山
羌笛何須怨二楊柳一
春光不レ度玉門關

涼州詞（りょうしゅうし）

黄河（こうが）遠（とほ）く上（のぼ）る　白雲（はくうん）の間（かん）
一片（いっぺん）の孤城（こじょう）　万仭（ばんじん）の山（やま）
羌笛（きょうてき）　何（なん）ぞ須（もち）ひん　楊柳（ようりゅう）を怨（うら）むを
春光（しゅんこう）度（わた）らず　玉門関（ぎょくもんかん）

（唐詩選・七絶）

磧中作

走レ馬西來欲レ到レ天
辭レ家見二月兩回圓一
今夜不レ知何處宿
平沙萬里絶二人烟一

磧中（せきちゅう）の作（さく）

馬（うま）を走（はし）らせて西来（せいらい）　天（てん）に到（いた）らんとす
家（いへ）を辞（じ）して月（つき）の両回円（りょうかいまど）かなるを見（み）る
今夜（こんや）知（し）らず　何（いづ）れの処（ところ）にか宿（しゅく）せん
平沙万里（へいさばんり）　人烟（じんえん）絶（た）つ

（唐詩選・七絶）

江南春

千里鶯啼綠映レ紅
水村山郭酒旗風
南朝四百八十寺
多少樓臺煙雨中

江南（こうなん）の春（はる）

千里（せんり）　鶯（うぐひす）啼（な）いて　緑紅（みどりくれなゐ）に映（えい）ず
水村（すいそん）　山郭（さんかく）　酒旗（しゅき）の風（かぜ）
南朝（なんちょう）　四百八十寺（しひゃくはっしんじ）
多少（たしょう）の楼台（ろうだい）　煙雨（えんう）の中（うち）

（三体詩・七絶）

第二章

漢詩の心と風土　その二

『景雲』（平成六年七月一日　通巻第一八五号）

前回は漢詩の概説のようなお話になってしまいまして、あまり各詩の内容に触れられませんでしたので、今回は前半でなるべくそれらの詩に即してお話し申し上げ、後半では、漢詩を読んでいますと、何となく心の安らぎの得られる詩がございますが、それは何に基づいているのかということについて少しお話ししてみたいと存じます。

景と情

まず、杜甫「絶句」と李白「静夜思」の詩は、いずれも前半で眼前の情景が、後半で作者の心情がうたわれている漢詩の典型として掲げました。

絶句

江碧鳥逾白
山青花欲レ然
今春看又過
何日是帰年

絶句　杜甫

江碧(こうみどり)にして鳥逾(とりいよいよ)白(しろ)く
山青(やまあを)くして花然(はなも)えんと欲(ほっ)す
今春看(こんしゅんみすみす)又過(またす)ぐ
何(いづ)れの日(ひ)か是(こ)れ帰年(きねん)

（唐詩選・五絶）

静夜思　　　　　　　　　　　　李白

牀前看二月光一
疑是地上霜
舉レ頭望二山月一
低レ頭思二故郷一

静夜思（せいやし）
牀前（しょうぜん）　月光（げっこう）を看（み）る
疑（うたが）ふらくは是（こ）れ地上（ちじょう）の霜（しも）かと
頭（こうべ）を挙（あ）げて　山月（さんげつ）を望（のぞ）み
頭（こうべ）を低（た）れて　故郷（こきょう）を思（おも）ふ

（唐詩選・五絶）

杜甫「絶句」の前半は色鮮やかで、桃花の燃え立つ春の情景です。後半は望郷の念がうたわれています。

李白「静夜思」の前半は月の冴え渡る秋の夜の情景で、後半は山月を見上げているうちに、故郷の山々を思い出し、遣る瀬ない郷愁に駆られている詩です。

色彩豊かな詩

漢詩の美しさにつきましては前回に、平仄・押韻・対句などによる音調とリズムの面からお話し致しましたが、漢詩には杜甫「絶句」のように視覚的にもたいへん美しく表現されているものがあります。そのような色彩感の豊かな詩をいくつか眺めてみたいと思います。

送元二使安西

渭城朝雨浥軽塵
客舎青青柳色春
勧君更尽一杯酒
西出陽関無故人

元二の安西に使ひするを送る　王維

渭城の朝雨　軽塵を浥し
客舎青青　柳色　春なり
君に勧む　更に尽くせ一杯の酒
西のかた陽関を出づれば　故人無からん

（三体詩・七絶）

ここでは、朝雨によって軽塵の洗い清められた柳の新芽の鮮やかさや澄んだ空気が別離の張りつめた雰囲気にぴったりで、とても印象的です。ご存じの通り、別れに柳はつきものです。柳の枝は折り曲げて環にしても必ず元へ還りますので、再会を誓って別れゆく人へ手折って送る古くからの風習があります。「折楊柳」という別れの曲もありましたが、今ではその音色は分かっていません。長安郊外の灞橋のほとりでは離別があまりにも多いために地にしだれる長い柳の枝が残り少なくなったと言われています。

登二鸛鵲楼一
白日依レ山尽
黄河入レ海流
欲レ窮二千里目一
更上二一層楼一

鸛鵲楼に登る　王之渙
白日山に依つて尽き
黄河海に入つて流る
千里の目を窮めんと欲して
更に一層の楼に上る

（唐詩選・五絶）

四句ともみな対句の詩です。「白日」がどうして夕日の意味になるのか、よく分かっていませんが、あるいは五行思想に関係があるかも知れません。中国では古く、「木・火・土・金・水」の五つの要素が天地間のすべてを組成していると考えていまして、西方の色は白にあたりますから、「白日」は西方に沈む夕日の意で、東流する「黄河」と対比されています。これだけでも十分すぎるほどの壮大な展望ですが、さらに高楼の高処に上って千里四方を見極めたいという好奇心と向上心の固まりのような欲ばった詩です。

早發二白帝城一

朝辭白帝彩雲閒
千里江陵一日還
兩岸猿聲啼不レ住
輕舟已過萬重山

早に白帝城を発す　李白

朝に辞す　白帝　彩雲の間
千里の江陵　一日にして還る
両岸の猿声　啼いて住まらず
軽舟已に過ぐ　万重の山

「白帝」も五行説と関係がありまして、西方の帝王の意です。「白帝城」は現在も三峡を下る際に、奉節から瞿塘峡へ下り初めの左岸の絶壁の上に白い装いで建っているのが見られます。漢の公孫述という将軍が築いた砦で三国時代には蜀の劉備の拠点となったところです。

「彩雲」は朝焼け雲のことです。この詩は軽快な船旅の様子が描かれていますが、李白の若い頃、郷里を出た時の作とする説と、晩年に罪によって夜郎（貴州）へ流される途中、許されて引き返す時の作とする二つの説があります。
なお、古代には雲の色によっても吉凶が占われました。「五雲（五色の雲）」と言います と瑞雲を、「虹」は兵乱や変事の前兆を表していました。

江南春

千里鶯啼緑映レ紅
水村山郭酒旗風
南朝四百八十寺
多少樓臺煙雨中

江南の春　杜牧

千里　鶯啼いて　緑紅に映ず
水村　山郭　酒旗の風
南朝　四百八十寺
多少の楼台　煙雨の中

（三体詩・七絶）

前半は、見渡すかぎり広々とした江南の晴れた日の農村風景で、水辺の村々に鴬が鳴き、緑の草木が桃の花に映じ合い、酒屋の青い旗があちらこちらではためいている情景。後半はたくさんの寺や塔が春雨に煙る古都の情景です。両者の見事な対比によって天候の変わりやすい江南の春のすばらしさがよく表現されています。服部嵐雪に、「鯊釣るや水村山郭酒旗の風」の句があります。

望二廬山瀑布一二首　（其二）

日照二香爐一生二紫煙一
遙看瀑布挂二前川一
飛流直下三千尺
疑是銀河落二九天一

廬山の瀑布を望む二首　李白
（其の二）

日は香炉を照らして紫煙を生ず
遙かに看る　瀑布の前川を挂くるを
飛流　直下　三千尺
疑ふらくは是れ　銀河の九天より落つるかと
（李太白集・七絶）

「紫煙」は滝壺から上る水しぶき（山気）が日光に照らされて、けぶっているさまで、「銀河」は天の川のことです。「飛流直下三千尺」は李白『秋浦歌』の「白髪三千丈」に類する漢文特有の誇張表現によるものです。「天の川が空から落ちたかのような滝」というのも李白ならではの豪快で奇想天外な表現です。

鹿柴

空山不レ見レ人
但聞二人語響一
返景入二深林一
復照二青苔上一

鹿柴　王維

空山　人を見ず
但だ人語の響くを聞く
返景　深林に入り
復た青苔の上を照らす

（唐詩選・五絶）

王維の山中の静かな別荘での、悠々自適の生活の一コマを詠んだ詩ですが、この詩を読みますといつも京都の苔寺（西芳寺）を思い出します。後半の二句は山林に夕日がさして、木漏れ日が苔の上を照らしている情景です。赤い夕日のスポットライトを浴びた青い苔の色はえも言われぬ輝きを放ち、しかも残照が見せたつかの間の、作者だけが見つけた美です。画家としての王維の才覚が十分に発揮された詩と言えます。

山行

遠上㆓寒山㆒石徑斜
白雲生處有㆓人家㆒
停㆑車坐愛楓林晩
霜葉紅㆓於二月花㆒

山行　杜牧

遠く寒山に上れば　石径斜めなり
白雲生ずる処　人家有り
車を停めて坐ながらに愛す　楓林の晩
霜葉は二月の花よりも紅なり

（三体詩・七絶）

絵画的で、「白雲」「楓林・霜葉（紅）」「二月花（桃）」と多彩な詩です。この詩の面白さは、霜で紅く色づいた楓の葉が春の盛りの二月の花（桃）よりも赤いという全く異質なものを比較してみせた意外性にあります。なお、「白雲」は漢詩ではしばしば、隠逸、仙界の象徴で、自由・高潔なイメージがあります。

飲二湖上一初晴後雨二首　湖上に飲す　初め晴れ後に雨ふる二首　蘇東坡

（其二）

水光瀲灩晴方好
山色空濛雨亦奇
欲下把二西湖一比中西子上
淡粧濃抹總相宜

（其の二）

水光　瀲灩として晴れ方に好し
山色　空濛として雨も亦た奇なり
西湖を把って西子に比せんと欲すれば
淡粧　濃抹　総べて相宜し

（蘇東坡集・七絶）

起句は晴天の西湖の水面の光輝く情景、承句は雨天の西湖の朦朧とした水墨画の世界です。転・結句でその西湖を美人西施に擬えて薄化粧も厚化粧も（晴雨にかかわらず）すべて美しいと絶賛しています。

以上、直接視覚に訴える詩について眺めてきましたが、中には、次のような感覚器官の総動員されている詩もあります。

山亭夏日　　高駢〔唐〕

緑樹陰濃夏日長
樓臺倒レ影入二池塘一
水精簾動微風起
滿架薔薇一院香

山亭夏日
緑樹　陰濃やかにして　夏日長し
楼台　影を倒にして　池塘に入る
水精の簾動きて　微風起こり
満架の薔薇　一院香し

（全唐詩・七絶）

起句は夏のギラギラと焼けつくような長い日差しと山荘の緑樹の濃い陰とによって、夏全体の炎暑のイメージをうたい起し、承句の池に映る高殿の倒影は視覚的な涼しさを描いています。転句ではそよ風に吹かれて音を立てながら動く水晶のすだれの聴覚的な涼しさとともに、風のなでる肌の触覚による涼しさの実感を述べ、結句で棚いっぱいのバラの香に包まれた避暑地の快適さをうたって結んでいます。さすがに高駢は渤海郡の王でもありましたので、この詩には王侯貴族の優雅な趣が漂っています。

なお、高駢は黄巣の乱に乗じて勢威をふるい、一時は淮南地方を配下におさめ、一代の風雲児となりましたが、後には部下に殺されたと言われています。

広大な詩

敕勒歌

敕勒川
陰山下
天似二穹廬一
籠二蓋四野一
天蒼蒼
野茫茫
風吹草低見二牛羊一

勅勒の歌
勅勒の川
陰山の下
天は穹廬に似て
四野を籠蓋す
天は蒼蒼
野は茫茫
風吹き草低れて牛羊見はる

（古詩源・古詩）

この詩は蒙古高原の雄大な景観と放牧風景が描かれています。絵画的でとても分かりやすく、中国では小学生でも吟じている詩です。

以前に教科書に載せようとして調べましたら、『辞海』に「勅勒の川」の「川」の注が平川広野、つまり平野の意となっていましたので不審に思っていたのですが、現地に参りまして初めて了解できました。「敕勒族」は内モンゴル自治区のウラントク（黄河の帽子のような形の天辺部）の辺りに住んでいた民族です。ここへ行ってみますと、実際に大草原が広がっていまして、大きな川のようなものもありましたが水が流れていません。

日本では川といいますとたいてい清流が流れていますが中国にはこのような水無川が多いのです。雨が降りますと水が流れ、降らない時は草がただ茫々と生えています。奥地に参りますと、そのような川を道路代りにして車が走っています。陰山の麓は夏に行きますとひまわりの花が一面に咲いていまして、見渡す限り黄一色です。その向こうに低い山が連なり、目の覚めるような青い空が広がり、まさにこの詩にうたわれている通りです。

花で思い出しましたが、揚子江上流の四川盆地の成都（昔の蜀の国）の郊外に春に参りますと、このひまわりに劣らぬほどの一面の菜の花畑が見られます。また、この辺りは亜熱帯気候ですので天府の地と言われ、米は三期作で、水田や泥沼の中で子供たちが水牛と戯れたりしていまして、実に牧歌的で不思議な懐しさの感じられるところです。

日本も結構菜の花畑は多いのですが、スケールが全然違います。モンゴルの草原の広さも言葉ではとても説明できません。北海道のサロベツや根釧の原野なども広いですが、車でその脇を突っ走ってしまえばすぐに行き過ぎてしまいますね。こちらは車で一日中、走っても景色の変わらないようなところです。
「穹廬」はドーム型のテント（パオ）のことです。厚い絨毯でできていまして簡単に組立てられます。モンゴルは夏は温度差が非常に大きくて、夜は寒く外へ出ますと震え上がってしまうほどですが、中は暖かくて、どんなにドンチャン騒ぎをしても外へは聞えません。「天似㆓穹廬㆒、籠㆓蓋四野㆒」は天空がパオのように四方の原野をすっぽり覆っているの意です。パオの丸い天窓を開きますと実感できますが、この比喩的表現には立体感があり、大自然を自分の住み家として暮らす遊牧民の生活感情がにじみ出ています。

　結句の、草が風になびいて牛羊の群れが突然現われるところはテレビか映画のワンシーンを想起させます。これは、芭蕉の句、「古池やかわず飛び込む水の音」や「静けさや岩にしみ入る蝉の声」と同じ「静中の動」の手法によって、静かさやのどかさが強調されています。この詩は北方の少数民族の歌謡が漢訳されたものと言われていますが、三言と四言の語からなり、韻は不規則ですが、対句や畳語が巧みに織りなされていて大らかで響きの良い詩です。

　ついでにモンゴルで感じましたことを二、三申し上げます。

　夜、トイレに行くためにパオから出ましたら丸い月がすぐこの辺（眼の前）にあるんです。その大きさといったら、日本の月の何倍もある感じがしました。高原のせいか、大平原のせいか、いまだによく分かりませんがとにかく巨大な月でした。それで、草原の日の出も見たくなりまして、翌朝の六時頃皆を起しましてパオの外へ出たのですが、あまりの寒さに半分くらいの人は戻ってしまいました。無駄と知りつつ太陽になるべく近づきたくて、地平線の方へ走っていきまして、寒さに震えながら日の出の瞬間を眺めました。その太陽の大きくて、美しかったことも忘れられません。

草原を歩いていますと正体不明の動物がすぐ近くで急に一メートルくらい跳ね上がったりするので驚かされます。草原と言いましても草地だけのところもありますし、ほとんど砂漠に近いところもあります。草は短くて、麦などの作物も植えられていましたが穂もまばらで、環境の厳しさが窺えました。

モンゴル相撲は最近テレビでもよく紹介されていますが、私も昔、柔道を少しやっていましたので衣装をつけて挑戦してみました。

モンゴル相撲は土俵もなくて柔道に似ていますね。それで、日本の相撲を披露してみました。モンゴルの人々は力が強く、足腰もしっかりしていますが、日本式相撲は不得手のようでした。相撲はおっつけたり、まわしを持って引きつけなくてはなりませんが、柔道は手にゆとりがないと技がかかりませんし、体のさばきも違いますので勝手が違うようです。

羊の料理は骨つきの肉塊の茹でたのが丸ごと包丁が添えられて出てくるのですが、臭いがきつくて食欲がなくなってしまいます。

モンゴルの人たちは酒をとにかくよく飲みます。グラスに一杯ついでそのテーブルの全員が総立ちになり、乾盃の歌というのを合唱します。うたい終り、一斉に飲み干しますとまたすぐに一杯ついで、これを延々とくり返すのです。また声に張りがあって歌が実に上手です。歌は日本の民謡にとても似ています。言葉がまた日本語に非常に近いんです。中国で日本語の上達の一番早い人はモンゴル系の人だそうです。顔も皆日本のどこにでもいる顔で、お互いに親近感を覚えました。

宿二建徳江一
移レ舟泊二烟渚一
日暮客愁新
野曠天低レ樹
江清月近レ人

建徳江(けんとくこう)に宿(やど)る　　孟浩然
舟(ふね)を移(うつ)して烟渚(えんしょ)に泊(と)まる
日暮れて客愁(かくしゅう)新(あら)たなり
野曠(のひろ)くして天(てん)は樹(き)に低(た)れ
江清(こうきよ)くして月(つき)は人(ひと)に近(ちか)し

（唐詩三百首・五絶）

転句の天が樹に近いという表現が広野の様子をよく言い表していまして、モンゴルでもそのように感じられました。「月人に近し」は月が水面に映っているさまです。

砂漠の詩

磧中作

走レ馬西來欲レ到レ天
辭レ家見二月兩回圓一
今夜不レ知何處宿
平沙萬里絶二人烟一

磧中の作　岑参

馬を走らせて西来　天に到らんとす
家を辞して月の両回円かなるを見る
今夜は知らず　何れの処にか宿せん
平沙万里　人烟を絶つ

（唐詩選・七絶）

「磧」とは砂漠のことです。前半は馬で行けども行けども目的地に着けぬ砂漠の果てしない広がりが述べられています。「西来」は西へ行く。「見二月兩回円一」は満月を二回見た、つまり二ヶ月旅をしているの意。「天に到らんと欲す」は誇張表現のように思われますが、遠方は地平線が天と接しているように見えますので、実際に天に向かって進んでいるように感じられます。

後半は果てしない大自然の中で、寄る辺のない人間の孤独と絶望とがうたわれています。特に結句の「平沙万里絶二人煙一」には作者の感情を表す語は一語もありませんが人を拒む広漠たる地での寂しさがひしひしと伝わってきます。「人煙」は人家の煙の意。岑参は安西都護府の節度判官として従事した体験に基いて主に塞外のすさまじい情景を詩にうたいましたので、辺塞詩人と言われています。

涼州詞

黄河遠上白雲間
一片孤城萬仞山
羌笛何須怨二楊柳一
春光不レ度玉門關

涼州詞　　王之渙

黄河遠く上る　白雲の間
一片の孤城　万仞の山
羌笛　何ぞ須ひん　楊柳を怨むを
春光度らず　玉門関

（唐詩選・七絶）

これも辺塞詩で、荒涼たる辺境にいる兵士たちの故郷を思う屈折した気持ちをうたいあげています。「涼州」は今の甘粛省武威県（敦煌の東部）に当り、西域要衝の地で、「涼州詞」はこの地方に流行していた歌曲名です。後半の二句は、別れの曲、「折楊柳」の羌族の笛の音が聞えてきたが、恨み悲しむ必要なんかない。こんな辺地の玉門関までは春も訪れず、楊柳も芽吹くことがないのだからの意です。

なお、起句の「黄河遠上」は「黄沙直上」の誤りではないかという説もあります。後者は黄沙が強風に巻き上げられる激しい竜巻きのことです。玉門関が黄河上流とはかなりかけ離れていることを考え合わせますと、あるいは砂漠にはこちらの方が似つかわしいかも知れません。ただこの詩は当時の流行歌のようなものですから、王之渙が実際に砂漠の地を踏んで作ったものか疑問の残るところです。「玉門関」は崑崙山から取れた玉を輸入するために漢代に設けられた関所ですがその南に「陽関三畳」で有名な「陽関」がありました。その関趾へ行ってみましたら石と赤土だらけのまるで月の世界のようでした。オアシスの水は枯れ果て草も生えず砂漠化した死の世界です。

そんな中に遠方で何やら動く小さなものを見つけ、近寄ってよく見ますと蜥蜴(とかげ)でした。こんなところでも生物がいることにほっとしましたが、それから数時間たっても目にしたのは鳴きながら飛んでいった数羽の鳥と直前で突然跳ね上がった鳴き兎だけでした。このような、今でも車に乗って一日中走っても数集落しか見当らぬところを、昔の人は何十日も馬や駱駝に乗ってよくも旅ができたものと驚くばかりです。

日本人は砂漠といいますとサラサラの砂でラクダに乗った「月の砂漠」を思い浮かべますが、砂漠にもいろんな種類がありまして、砂地の外に、荒地で赤土とか黄土の塊だらけのもの、大きな石がごろごろしているもの、砂利地に草が少し生えているものなどいろいろとあります。

一番印象に残っていますのはやはり風が吹くと音がするという敦煌の鳴沙山です。グラニュウ糖のようにサラサラとした砂で、陵線が刃物のように鋭く感じられました。そこを登る時は膝まで砂で埋まってしまいます。ラクダの足は巧くできていて砂に潜ることはないそうですが、私は途中ですっかりへばってしまいまして、先に登頂された年輩の方から見下ろされたり、冷かされたり散々でした。

その時、山の裏側からガーガーとアヒルの大合唱のようなすごい音が聞こえました。不審に思って下を見ますと真青な水を湛えた三ヶ月形の小さな湖、「月牙泉」が目に映りました。しかしどこにもアヒルらしきものは見当りません。その正体を早く見極めたくて今度は、スベリ台を滑るように砂山に座りまして、砂を手でかきながら降りてみますと、それはなんとカエルの大合唱でした。宿に戻って着替えをしていましたら、ズボンの各ポケットに砂がいっぱい入っていました。この砂はいい土産になりました。甲子園の砂でなくて、敦煌の砂です。今でもそれは大切にしまってあります。

閑適詩

漢詩には、心の安らぎの得られるものがあります。「閑適詩」と呼ばれる詩です。次にそれらのいくつかを眺めてみましょう。

香鑪峯下、新卜二山居一、
草堂初成。偶題二東壁一

日高睡足猶慵レ起
小閣重レ衾不レ怕レ寒
遺愛寺鐘欹レ枕聴
香鑪峯雪撥レ簾看
匡廬便是逃レ名地
司馬仍為二送レ老官一

香炉峰下、新たに山居を卜し、
草堂初めて成る。偶ゝ東壁に題す　白居易

日高く　睡り足りて　猶ほ起くるに慵し
小閣　衾を重ねて　寒を怕れず
遺愛寺の鐘は　枕を欹てて聴き
香炉峰の雪は　簾を撥げて看る
匡廬は便ち是れ　名を逃るる地
司馬は仍ほ　老を送るの官為り

心泰身寧是歸處
故郷可獨在二長安一

心泰かに　身寧きは　是れ帰処なり
故郷　可に独り　長安に在るのみならんや
（白氏文集・七律）

白楽天が香炉峰の麓に左遷された折りに、山荘を建ててその壁に書きつけた詩です。「日が高くなるまで暖いふとんの中で朝寝ができ、遺愛寺の明けの鐘は枕をずらして聞き、香炉峰の雪はすだれをちょっと上げれば見られる。ここ（廬山）は俗世間から隠れ住むにふさわしい土地で、江州の司馬（副知事）も老後を送るには悪くはない。心が安らかで、ゆったりと過ごせれば、それこそ安住の地だ。長安だけが故郷ではあるまい」

と香炉峰の風光を愛した、悠々自適の生活を誇らかにうたいつつ、左遷の苦しみを紛らわす気持ちを述べています。白楽天は陶淵明にあこがれていましたのでこのような閑適詩をここで多数作っています。なお枕草子には、中宮の「少納言よ、香炉峰の雪いかならむ」との問いかけに、「御格子を上げさせて御簾を高く上げたれば、笑はせたまふ」とありますので、漢詩では、簾を少し上げる（撥簾）だけですが、清少納言は機転を働かせて、簾を高々と巻き上げて、おおいに受けたようです。

自然派の詩

竹里館

獨坐幽篁裏
彈琴復長嘯
深林人不レ知
明月來相照

竹里館(ちくりかん)　王維

独(ひと)り坐(ざ)す　幽篁(ゆうこう)の裏(うち)
弾琴(だんきん)　復(ま)た長嘯(ちょうしょう)
深林(しんりん)　人知(ひとし)らず
明月来(めいげつき)たりて相(あ)ひ照(て)らす

（唐詩選・五絶）

王維の終南山の麓の別荘（輞川(もうせん)）で作った詩です。「幽篁」は奥深く静かな竹やぶ、「裏」は内、「嘯」は元来は養生法の一つですが、詩を吟ずる意。「相照」は互いに照らすというのではなく、照らす対象があって月がやって来て照らす意です。

人と自然とが一体となった融合の境地がうたわれています。

秋夜寄二丘二十二員外一

懐レ君属二秋夜一
散歩詠二涼天一
山空松子落
幽人應レ未レ眠

秋夜　丘二十二員外に寄す　　韋応物〔唐〕

君を懐うて秋夜に属す
散歩して涼天に詠ず
山空しうして松子落つ
幽人応に未だ眠らざるべし

「幽人」は隠者、世捨て人。ここでは作者の親友の二十二員外（丘丹）のことです。「韋応物が秋の夜に丘丹のことを思い、寂しくて眠れず、人気のない山中を散歩中に、カサッとかすかな音を立てて松子（松かさ）が落ちた。きっとあなたもまだ眠っていないだろう」という詩で、その松かさの音によって山の静けさが一層際立ち、隠逸の風味が添えられています。作者の新鮮な感覚と鋭敏な心の働きが表現されています。

江雪

千山鳥飛絶
萬逕人蹤滅

江雪　　柳宗元

千山　鳥飛ぶこと絶え
万逕　人蹤滅す

孤舟蓑笠翁
獨釣寒江雪

孤舟(こしゅう)　蓑笠(さりゅう)の翁(おきな)
独(ひと)り釣(つ)る　寒江(かんこう)の雪(ゆき)

(唐詩三百首・五絶)

政治改革が挫折し、柳宗元がその党派に属していたため、永州に左遷された時の作で、「寒江独釣図」という画題も生まれた有名な詩です。

前半の二句は遠景の描写で、千山、万径見渡すかぎり白雪に覆われ、訪れる人もなく鳥もいない静寂の世界が広がっています。

後半では、老人が雪の中、たった一人で蓑笠をつけて川舟に乗り、釣り糸を垂れていますが、その姿に、不遇にめげずじっと孤独に堪えて生きている作者の心象風景が投影されています。

また、各句の「絶・滅・孤・独」の語が老人の寂しさをよく表現しています。

王維・孟浩然・韋応物・柳宗元の四人は陶淵明の影響を強く受けた唐代の自然派の詩人で、「王孟韋柳」と呼ばれています。

陶淵明の世界

飲酒二十首（其五）

結レ盧在二人境一
而無二車馬喧一
問レ君何能爾
心遠地自偏
採レ菊東籬下
悠然見二南山一
山氣日夕嘉
飛鳥相與還
此還有二眞意一
欲レ辯已忘レ言

飲酒二十首（其の五）　陶淵明

盧を結んで人境に在り
而も車馬の喧しき無し
君に問ふ　何ぞ能く爾ると
心遠ければ地自ら偏なり
菊を採る　東籬の下
悠然として南山を見る
山気　日夕に嘉く
飛鳥　相ひ与に還る
此の還るに真意有り
弁ぜんと欲して已に言を忘る

（陶淵明集・五古）

陶淵明が役人を辞し、故郷の田園での隠遁生活をうたった詩です。これは「飲酒二十首」と題する詩の第五番目の詩で、彼の代表作です。

前四句は「人里に粗末な家を建てて暮しているが役人たちの訪れる馬車の騒しさもなく、俗世間の煩わしさもない。君どうしてそんなうまいことができるのかね。心が俗事から遠ざかっていると、自然と住居も片田舎同然になるものだよ」の意で、彼の故郷での隠者暮しの心構えが自問自答の形式で語られています。

次の四句は隠者暮しの様子が述べられていまして、「東の垣根に咲く菊の花をゆったりとした気持ちで摘んでいると、ゆったりとした南山（廬山）が見え、秋の夕暮れ時の山の趣がしみじみと感じられる。飛ぶ鳥もねぐらへ連れ立って帰ってゆく」の意です。「菊」は当時、長生薬として花びらを酒に浮べて飲んだようです。「悠然」はゆったりとの意ですが、陶淵明の心境とともに南山の趣をも形容しています。「日夕」は夕日の意です。

最後の二句は、隠者暮しの境地で、「この中にこそ自然の本当の趣があり、それは説明しようとしてもことばを忘れてしまって表現することができない」という自然との融合一体の境地が語られています。「弁ぜんと欲して已に言を忘る」は『荘子』の「魚を得て筌（せん）（魚を取る道具）を忘れ、意を得て言を忘る」を踏まえています。「真意」も後に触れますが、老荘思想と縁の深いことばです。

ところで、「秋の夕暮れに東籬の菊花を摘み、ゆったりと南山を見る」となにげない光景が陶淵明にとっては、どうして言語を絶するほどの佳境たり得たのでしょうか。また、彼はどうして田園生活にあこがれ、執拗なまでに田園詩をうたい続けたのでしょうか。

ここで陶淵明の生きた時代と彼のひととなりについて簡単にお話ししてみたいと思います。陶淵明の故郷は長江中流の潯陽郡柴桑県（今の江西省九江市）で、南には鄱陽湖をひかえ、北には廬山のそびえる景勝の地です。彼の生きた東晋末期（四・五世紀頃）は、漢民族が北方民族（五胡）に黄河流域を追い立てられ、晋の王朝がその首都を長江下流に遷した時代で、政争と内乱の繰り返されるきわめて不安定な社会情勢でした。北方の前秦との戦争を契機として軍閥の横行と割拠が激化し、一般の農民に対しては税金と徴用が課され、更に大飢饉や大洪水にまで見舞われました。

こんな中で、陶淵明は生涯貧苦に悩まされました。彼の曽祖父は晋の名将陶侃（とうかん）で後に長沙郡公に封ぜられた人でしたが、安城の大守であった父を八歳で失って以来、家が没落し、飢えとの闘いが始まりました。しかし、彼は陶侃のような人物となる大志を抱いて剣を撫しつつ、儒学の経典「六経」などを学びました。二十九歳の時、江州の祭酒（県の教育長職）という初の官職に就きましたがよほど腹に据えかねたことでもあったのか、まもなく職を辞しています。

それから十三年間に彼はすくなくとも五回家を出て官吏として生活を送っています。そして四十二歳の秋、彼は故郷に程近い彭沢県の県令となりましたが、まもなく義妹の死を口実にきっぱりと職を去って田園に帰っています。伝えられるところでは郡の役人が査察にやってくることになり、衣冠束帯で出迎えなければならぬはめになりましたが、その査察官が郷里の後輩であることが分かり屈辱感から、「我五斗米（県令の俸給）のために膝を屈して小人に向う能はず」と嘆じ辞職したとあります。この時の彼の心情は有名な「帰去来辞」にあますところなく述べられています。その後、二十年間、隠逸の詩を書き続け、六十三歳でこの世を去りました。田園は彼にとって複雑に絡み合ってくる政治や社会の束縛から開放される世界でした。彼の隠遁後も儒家的精神のふつふつとたぎるものは容易にぬぐい去ることはできなかったようです。彼にはそのような孤独感をうすめるものとして「忘憂物（酒）」がありました。彼の残した百三十篇あまりの詩のほぼ半数に酒のことが出てきます。また、そのわだかまりを常に自問していたのかも知れません。この自問自答形式の詩は王維や李白にも引き継がれています。

送別　王維

下レ馬飲二君酒一　馬を下りて君に酒を飲ましむ
問レ君何所レ之　君に問ふ　何くにか之く所ぞ
君言不レ得レ意　君は言ふ　意を得ず

帰臥南山陲
但去莫二復問一
白雲無二盡時一

帰臥す　南山の陲
但だ去れ　復た問ふこと莫からん
白雲　尽くる時無し

（唐詩選・五古）

「送別」という題ですが実際に人を見送ったのではなく、陶淵明の隠逸の世界にあこがれた王維が自分の気持ちを表現するために作ったものではないかと言われています。

「ここで馬を下りて別れの盃をかわそう。君に聞くが、いったいどこへ行くつもりかね。君は答える、志が叶えられないので南山のほとりに帰って隠遁してしまうと。それでは行き給へ。もう二度とたずねることもしまい。南山には白雲がいつまでも湧きつづけるのだから」の意です。「臥南山」も「白雲」も隠逸の世界を表しています。また、「白雲尽くる時無し」は「帰去来辞」の「雲は心無くして以て岫を出で」を承けています。

王維は自然の中の自由な生活にあこがれながら一生官僚としてすごした人ですので、そうした心の葛藤から生まれた詩といえます。

山中答㆓俗人㆒

問㆑余何意棲㆓碧山㆒
笑而不㆑答心自閑
桃花流水杳然去
別有㆔天地非㆓人間㆒

山中(さんちゅう)にて俗人(ぞくじん)に答(こた)ふ　李白

余(よ)に問(と)ふ　何(なん)の意(い)あつてか碧山(へきざん)に棲(す)むと
笑(わら)つて答(こた)へず　心自(こころおのづか)ら閑(かん)なり
桃花流水(とうかりゅうすい)　杳然(ようぜん)として去(さ)る
別(べつ)に天地(てんち)の人間(じんかん)に非(あら)ざる有(あ)り

（李太白集・七古）

これも、自問自答の形式を借りて隠逸の真髄をうたいあげた詩です。「人が私にどういうわけで人里離れた青い山に住んでいるのかと尋ねる。私は笑って答えない。心はおのずと、いたって平静である。桃の花びらが川の流れに浮んで遙かかなたに消え去ってゆく。ここにはあくせくとする人間界とは全く異なった別天地がある」の意です。この詩では「笑って答へず」というところに新味がありますが、陶淵明の「弁ぜんと欲して己に言を忘る」を言い換えています。「人間」はジンカンと読み、人間界の意です。

桃花源

「桃花流水」は陶淵明の「桃花源記」を踏まえた表現で、隠逸世界の理想郷の象徴です。李白はこのような世界に生涯あこがれていましたが、結局、俗気が抜けきれず、仙人にも隠者にもなれずに一生放浪の生活を過ごしました。

桃花源記

晉(しん)ノ太元中、武陵ノ人捕ラフルレ魚ヲ爲スレ業ト。緣(そ)ヒテレ溪(たに)ニ行キ、忘ルル二路(みち)之遠近一ヲ。忽(たちま)チ逢(あ)ヒ二桃花ノ林一ニ、夾(はさ)ムコトレ岸ヲ數百歩、中ニ無ク二雜樹一、芳華鮮美、落英繽紛(ひんぷん)タリ。漁人甚ダ異トシレ之ヲ、復タ前(すす)ミ行キテ欲スレ窮メント二其ノ林一ヲ。林盡キテ二水源一ニ、便(すなは)チ得タリ二一山一ヲ。山ニ有リ二小口一、髣髴(ほうふつ)トシテ若(ごと)クレ有ルガレ光、便チ捨テテレ船ヲ從(よ)リレ口入ル。初メハ極メテ狹ク、纔(わづ)カニ通ズルノミレ人ヲ。復タ行クコト數十歩、豁然(かつぜん)トシテ開朗ナリ。土地ハ平曠(へいこう)、屋舍ハ儼然(げんぜん)トシテ、有リ二良田美池、桑竹之屬一。阡陌(せんぱく)交ハリ通ジ、鷄犬相ヒ聞コユ。其ノ中ニ往來シテ種作スルニ、男女ノ衣著(いちやく)ハ、悉(ことごと)ク如シ二外人一ノ。黄髮垂髫(すいちょう)、竝(なら)ビニ怡然(いぜん)トシテ自ラ樂シム。見テ二漁人一ヲ乃チ大イニ驚キ、問フレ所ヲ二従リテ来タル一。具(つぶ)サニ答フレバレ之ニ、便チ要(むか)ヘテ還リレ家ニ、為ニ設ケレ酒ヲ殺シテレ鶏ヲ作ルレ食ヲ。村中聞キテレ有ルヲ二此ノ人一、咸(み)ナ来タリテ問訊(もんじん)ス。自ラ云(い)フ、先世避ケ二秦時(しんじ)ノ乱一ヲ、率イテ二妻子邑人(ゆうじん)ヲ一来タリ二此ノ絶境一ニ、不二復タ出デ一レ焉ヨリ、遂ニ与(と)二外人一間隔スト。問ヒ二今ハ是レ何レノ世ナルカト一、乃チ不レ知ラレ有ルヲ漢、無シレ論ズル二魏晋(ぎしん)一ハ。此ノ人一一為ニ具サニ言ヘバレ所ヲレ聞ク、皆ナ歎惋(たんわん)ス。餘人各ミ復タ延(まね)キテ至ラシメ二其ノ家一ニ、皆ナ出ダス二酒食一ヲ。停(とど)マルコト数日ニシテ、辞シ去ル。此ノ中ノ人語(つ)ゲテ云フ、不レ足ラ下為ニ二外人一ノ道(い)フニ上也ト。既ニ出デ得テ二其ノ船一ヲ、便チ扶(そ)ヒ二向(さき)ノ路一ニ、処処ニ誌(しる)スレ之ヲ。及ビ二郡下一ニ、詣(いた)リテ二太守一ニ説クコトレ如シ此(か)クノ。太守即チ遣リテレ人ヲ随(したが)ヒ二其ノ往(ゆ)クニ一、尋ネシムルモ二向ニ所ヲ一レ誌セシ、遂ニ迷ヒテ不二復タ得一レ路ヲ。南陽ノ劉子驥(りゅうしき)ハ、高尚ノ士也。聞キテレ之ヲ、欣然トシテ規(はか)ルモレ往カント、未ダレ果タサルニ尋(つ)イデ病ミテ終ハル。後遂(つひ)ニ無シ二問フレ津ヲ者一。

「漁師が谷川に沿って上っていくと突然に、両岸数百歩にわたたって桃花の咲き乱れる林に出逢った。不思議に思って更に行くと、水源のところで林が尽きていて、そこに山があり、ほら穴があいていた。ほのかに光がさしていたので人の通れるほどの狭い所を進んで行くと、数十歩でひろびろとした土地の開けたところに出た。家々のたたずまいもきちんとし、田んぼや美しい池があり、桑や竹なども生え、あぜ道は四方にゆきかい、あちこちで鶏や犬が鳴いている。行き来する人々の身なりもきちんとしていて、老人も子供たちもみなにこやかで楽しそうだ。漁師を見てたいへんに驚いてどこから来たのかと尋ねる。こと細かに答えると、家へ連れて帰り、酒席を設け、鶏を殺してもてなしてくれる。家の主が言うには、自分たちの祖先は秦の時代に乱を避けて家族や村人をひき連れてここへやって来て、一度も外に出たことのないまま、外界と隔絶している。今は一体何という時代かと尋ねる。漢代があったのを知らないのだから、魏や晋の時代を知るわけがない。そこで漁師が、一つ一つこと細かに説明してやると、皆ひどく感にうたれたようだ。漁師はまた、別の家に招かれて歓待を受け、数日間滞在して帰ってきたが、その後二度とその仙境を探し当てた者はいない」というのが大意です。

これは陶淵明の描いたユートピアで、自己の内心のいたみを虚構の世界に再現したものと言われていますが、老子の隠逸超俗的な世界を理想とし、「小国寡民」の仙界を具現化しています。

「鶏犬相聞」は平和な田園風景を表しています。

老子の思想とその影響

小國寡民。使有什伯人之器而不用。使民重死而不遠徙。雖有舟轝、無所乘之。雖有甲兵、無所陳之。使民復結繩而用之。甘其食、美其服、安其居、樂其俗。鄰國相望、雞狗之聲相聞、民至老死、不相往來。

（老子　第八十章）

「国は小さく、少ない住民が望ましい。たくさんの武器があっても使わせないようにし、国民に命を大切にさせ、遠くへ移住することがないようにさせる。船や車があっても、これに乗るまでもなく、よろいや武器があってもそれらを陳列することもない。人々に、ふたたび縄を結んで文字として用いさせ、手作りの衣食住を最良のものとさせ、古来の風俗を楽しませれば、隣国はすぐそこに見え、鶏や犬の声が聞こえるほどであっても、人々は年老いて死ぬまで、他国の人と行き来することもしない」の意です。

これは老子の考えた理想の国家像です。国は小さく、住民も少なく生まれた土地で、自給自足の生活をし、年老いて死ぬまでゆうゆうと暮らせた太古の集落のような国を模範にしています。このことは、逆に老子の生きた時代は文化が栄え、国家権力が強く、各国が富国強兵策を競い、戦乱が絶えず、死者や亡国の民が続出し、国民がいかに貧苦に喘いでいたかを物語っています。老子はこのような大国（覇権）主義に対して、「小国寡民」を唱え激しく抵抗しています。

　老子はまた、大いなる道（無為自然）が行われなくなって世の中が乱れ、仁義礼智とか忠孝などの徳目が口やかましく説かれるようになった。こざかしい知恵が出て、大いなる偽り（作為）が起こった（「大道廃れて仁義あり、智慧出でて大偽あり」〈十八章〉）と言っています。老子につきましては、生没年も分かっていませんが戦国期の民間の知識人の代表のような人で儒教による政治を批判し、太古に行われた「無為自然」の道に帰ることを唱えています。

三十輻共一轂。當其無有車之用。挻埴以爲器。當其無有器之用。
鑿戸牖以爲室。當其無有室之用。故有之以為利、無之以為用。
（老子　第十一章）

上善ハ若シ水ノ。水善ク利シテ萬物ヲ而不レ争ハ。處ル衆人之所レ悪ム。故ニ幾シ於道ニ。（老子　第八章）

「三十本の輻が、車輪の中心（轂）に集まる。その何もない空間があるから用をなす。粘土をこねて陶器を作る。その何もない空間があるから用をなす。戸口も窓の穴をあけて家を作る。その何もない空間があるから家としての用をなす。「有」の効果は「無」の働きによっている」の意で、「無」の有用性を説いた文章です。

老荘思想について考える場合は世間的な常識とか、価値観をちょっと脇において考える必要があります。「無」と「有」の価値を比べる時、一般の人は無用よりは有用を、無能よりは有能を、無為よりは有為を、無形よりは有形を価値ありと認めると思いますが老子はその反対です。老子は初めて「無」の大切さを説いた人で、「無」の発見者と言われています。老子は誰もが常識として疑わないもの、無意味なものとして顧みないものの中に真の価値を見出します。ですから老子の書物には逆説的な表現が多用されています。数学が零の発見により飛躍的に進歩したと言われていますが、「無」の発見は、哲学史上これに匹敵する画期的な出来事だったと言えます。

学生の頃、地理の白地図がうまく描けなかった時に、陸地だけでなく海の形もよく見るように教えられ、地図が描きやすくなったことを覚えています。「無」の思想はそれまで無価値として切り捨てられていたものが生き返ってきて、正邪、是非、善悪などの価値観が転倒してしまう恐ろしい思想でもあります。王と人民の関係も歴史の証明するところです。老子の「無」の思想によって、今日までにどれほど多くの人々が勇気づけられてきたか知れません。

老子は水を最も理想に近いもの（「上善は水のごとし」八章）として挙げています。「水は方円の器に従う」と言われますように柔弱の代表ですが、剛強の代表である鉄や岩石までぼろぼろにしてしまいます。また、水は高い所から（人の嫌がる）低い所へと流れてきます。これは、水にへりくだって人と争わない「謙下柔弱」や「不争」の徳が備わっているからだと老子は言っています。この不争の教えに感激したトルストイは老子の翻訳本を出版しています。その影響を受けましたのがインドのガンジーで、断食による無抵抗の抵抗の戦術を編み出しました。今日の核兵器による軍拡競争もソ連邦解体によって、当面の危機は脱しましたが、争いごとはどこかが手を引かぬかぎり果てがありません。

老子の書物は「老子道徳経」と呼ばれ、その思想は道家思想とも言われています。日本でも中世の「道」とつく芸道――歌道、茶道、華道、水墨画、能（書道も例外ではないと思いますが）などはほとんど道家思想の影響を受けています。例えば、花の生け方について見てみますと、西洋のはどの角度からの鑑賞にも耐えうるように盛り沢山に生けてありますが、日本の活け花はわずか数本程度で非常に美しく生けてあります。これは「無」つまり、何もない空間の部分が生かされているからです。庭園も、西洋や中国のは樹木や花や石がやたらに並べてあって賑やかですが、日本のは枯山水のようにわずかな石を用い、砂礫で波を表したり、捨て石までが使われていて実にさっぱりとしています。水墨山水も白黒だけの世界です。能の舞台や演じ方も幽玄そのものです。

総じて道家の影響を受けているものは極端なまでに簡素化され、抽象化されて、余韻や余情が尊ばれています。「無」の世界は想像の世界でもあり、想像は無限です。「無」の思想は後世の文学や芸術方面に主に影響を与えていますが、日本文学にもその影響は顕著に見受けられます。ほんの少しだけ例を挙げてみますと、『徒然草』の「花は盛りに月は隈なきのみ見るものかは。雨に対(むか)ひて月を恋ひ、たれこめて春の行くへ知らぬも、なほあはれに情け深し」（一三七段）の文章も、名月や花は実際に見えなくても心の中で待ち焦がれて、想像する、つまり、「無」の世界のすばらしさを述べています。

また、芭蕉の「百骸九竅の中に物あり。かりに名づけて風羅坊といふ。……つひに無能無芸にしてただこの一筋につながる」（『笈の小文』）とか、「予が風雅は夏炉冬扇のごとし」（『許六離別詞』）の「無能無芸」とか「夏炉冬扇のごとし」という語も単なる卑下したことばではなく、「無用乃用」を自負したことばと言えます。また、「風雅におけるもの造化に随ひて四時を友とす」（『笈の小文』）とか、「松のことは松に習へ、竹のことは竹に習へ」（『三冊子』）には「無為自然」の思想が窺えます。

荘子の寓話

荘子は老子の「無」の思想を継承発展させ、「無の術」を生活の場に生かした人と言われています。彼は想像力が豊かで、巧みな寓話を数多く残していますが、「渾沌」という話が有名です。

南海之帝為レ儵、北海之帝為レ忽、中央之帝為二渾沌一。儵与レ忽時相与遇二於渾沌之地一。渾沌待レ之甚善。儵与レ忽謀レ報二渾沌之徳一。曰、人皆有二七竅一、以視聴食息。此独無レ有。嘗試鑿レ之。日鑿二一竅一、七日而渾沌死。

（応帝王）

南海の帝の儵と北海の帝の忽が中央の帝の渾沌を訪ねてもてなしを受けたので、二人で渾沌に何かお礼をしようと相談しました。人間の顔にはみな七つの穴があって、それで物を視たり、聴いたり、食べたり、息をしたりしているのに、渾沌にはありません。ためしに穴を開けてやろうということになり、一日に一つずつ穴を開けていきますと、渾沌は七日目に死んでしまったという話です。儵と忽の二人の帝（神）は奇妙な名前がついていますが、どちらもすばやいの意です。このせっかちでお節介な二人の帝が渾沌を台無しにしてしまったのです。渾沌はたしかにのっぺらぼうで気の毒に思われたかも知れませんが、それが渾沌の自然の姿で、なにも不自由はしていなかったはずです。それなのに作為や分別が溌溂とした真の実在を死滅させてしまったのです。

この寓話はさかしらな人間の愚かさを諷刺し、無為自然の大切さを説いています。今日の環境問題や教育問題などについてもいろいろと示唆するものがあると思います。

昔者（むかし）、莊周夢ニ爲（な）ル二蝴蝶（こちょう）一ト。栩栩然（くくぜん）トシテ蝴蝶也（たり）。自ラ喩（たの）シミ適スル志ニ與（かな）。不ルレ知ラレ周タルヲ也。俄（にはか）ニシテ而覺ムレバ、則チ蘧蘧然（きょきょぜん）トシテ周也。不レ知ラ下周之夢ニ爲リシ二蝴蝶一ト與（か）、蝴蝶之夢ニ爲リシレ周ト與上ヲ。周ト與（と）ハ二蝴蝶一、則チ必ズ有レリ分矣。此（これ）ヲ之レ謂（い）フ二物化一ト。（斉物論）

この「蝴蝶」の寓話もよく知られています。ある時荘子が蝶になった夢を見ました。ひらひらと花から花へと意のままに飛んで、実に心地よくて、すっかり人間であることを忘れてしまいました。ふと目覚めてみますと元の自分のままです。そこで、自分が夢の中で蝶になったのか、蝶が夢の中で自分となったのか分らなくなってしまいました。

世間の人は夢と現実とを区別しますが、荘子はこれを物の変化した姿と考え、どちらも真相として区別しません。これは荘子の「万物は斉（ひと）しく同じ」という教えです。人々は是非、善悪、高低、美醜などの基準をそれぞれ定めて価値判断をしていますが、これらはみな相対的なもので、「彼（かれ）」と「此（これ）」が場所を代えると「此」であった所が「彼」に、「彼」であった所が「此」になるように、立場（基準）をちょっと変えますと価値観も容易に覆ってしまいます。そこで荘子は絶対的な立場に立って物を判断します。

「生」や「死」についても私たちは生に執着し、生の側に立って死を恐れたり悲しんだりしていますが、荘子は死生も変化の相として捉えます。

荘子の妻が死んだ時、友人の恵子が弔（くやみ）に行きますと、荘子は両足を投げ出して坐り、盆をたたいて歌をうたっていました。恵子が不謹慎ではないかとたしなめますと、荘子が言うには、

「妻はもう一度変化をくり返して、形のある生から形のない気へ、気からまだ気のなかったはじめの状態へ、つまり死へ帰っていったのだ。これは春夏秋冬の四季が循環するのと全く同じではないか。それに、妻は今、天地という巨大な部屋の中でいい気持ちで寝ようとしているのだから泣きわめくようなことは天命を知らぬわざに思われる」

と平然としています。

荘子にとっては死生も、夢と現実の関係と同様にその根源において対立は一つになり、

その対立は超克されます。

荘子は絶対的な「道枢（どうすう）」という立場に立って物を見ます。この立場に立ちますと、九万里の上空で風を下にし、青天を背にして、南冥（天池）に向かって飛び続ける大鵬のように、何ものにもとらわれない絶対自由な精神の世界を逍遥することができると荘子は言っています。

夢の中で胡蝶となれば栩々然（くくぜん）として自ら楽しみ、夢から覚めて自分に戻れば、精一杯生き、鳥や魚になれば、枝上や深淵に遊び、死者となれば墓場に横たわるように万物の極りない流転の中で、あらゆる境遇（運命）を自己に与えられた境遇として、一切を肯定してゆくところに真に自由な人間の生活があります。

陶淵明の「世俗にあってしかも世俗にとらわれない」生き方もこれに当ります。唐代の自然派の詩人たち「王・孟・韋・柳」や李白・白居易などもこの世界に憧れていました。

閑適の味

閑適詩には道家の無為自然の思想が根底にあります。閑適とは俗事を避けて山中に隠れるといった単なる逃避とか、安易な逸楽の境地ではなく、己の人生を己の意志に従って悠々と生きる高い理念や強烈な個性をもって自己の精神を構築する、むしろ厳しい世界で、強い抵抗の精神のもたらした境地です。竹内実氏は「権力の味をひっくり返した味が閑適の味」(『閑適のうた』中公新書)と言っておられます。

閑適の詩には抑圧された自由、挫折の苦悩、死の恐怖などから解放された境地がうたわれています。それゆえに、読む人に真の安らぎをもたらすのではないかと思います。

最後に宋代の邵雍という人の清々しい詩を御紹介して終りにしたいと思います。邵雍は道学者で、一生仕官せず、弟子たちから康節先生と諡された人です。

清夜吟

月到㆓天心㆒處

清夜の吟

月 天心に到る処

風　來㆓水　面㆒時
一　般　清　意　味
料　得　少㆓人　知㆒

風　水面に来たる時
一般の清意味
料り得たり　人の知ること少なるを

（伊川撃壌集・五絶）

起承句は眼前の情景をうたっていますが、内心の境地も込められています。「天心」は大空の中心、天中。「一般」は同様。「清意味」は清々しさの味わいの意です。
月が大空のまん中にのぼった頃、涼風が水面に訪れる時の自然の清々しさを真に自分のものとして感得できるのは、自分の心に一点の汚れのない時にのみ可能であり、その時にこそ人は天地自然と一体化できることをうたっています。

とりとめのないお話で恐縮です。それでは、これでお話を終らせていただきます。
二度にわたりお招きいただきまして、ほんとうにありがとうございました。韻石先生はじめ、皆様方の御厚情に深謝致しますとともに、景雲会のますますの御発展をお祈り致しております。

第三章

漢詩の変遷について

『景雲』（平成十三年十一月十七日　通巻第一九二号）

はじめに

お久しぶりです。本日は、新年会にお招きいただきましてありがとうございます。景雲会の皆様方にまた、お目にかかれまして、たいへんうれしく思っております。先ほどご紹介がありましたが、今回で三度目だと思っていましたら、四度目だそうで、数えてみますと、最初にお招きいただきましてから足かけ九年にもなります。その間に私もすっかり年を取ってしまいました。それにしましても、韻石先生ご夫妻は本当にお変わりなくていつも感心いたしております。

私は一昨年、北園高校を最後に定年退職しまして、その前は、都立の国立高校というところに二十三年ばかりいたのですが、その間に、都立で初めて甲子園に行かせてもらったりしまして楽しい思い出もありました。ただ今は、この精養軒のすぐ裏、裏は動

物園ですけれど、裏の裏の上野高校に嘱託として勤めています。今精養軒の下の五條天神に、とてもきれいな梅が咲いていますけれども、そこを毎日歩いて通っております。

最初に上野高校に行きました時に、教頭が案内してくれまして、三階にある図書館のところから窓を開けまして、

「下を、どうぞご覧下さい」

と言ったものですから見ましたら、ゴリラがいまして、いやあ、面白い学校だなと思いました。日本中探しても、図書館の窓からゴリラのウォッチングができるのどかな学校は、いや、世界中でも珍しいのではないかと思うのです。何回かウォッチングを楽しんでいたのですが、そのうちにゴリラの姿が見えなくなってしまいました。どうしたのかなと思っていましたら、新聞にも載りましたのでご存じの方もおられると思うのですが、死んでしまっていたのです。

パンダクイズ2
さて、ゴリラの死因は？

→答えは一〇七頁

そんなことで、私、週に四日間通っていますけれど、上野高校は生徒会もないとてもユニークな学校でして、文化祭・運動会、何でも自発的に世話係がボランティアとして集まってやっています。募金活動でもなんでもとても活発な学校です。学校では週に九時間教えればいいものですから、あとの暇な時はちょっと自転車に乗って上野界隈を散策していますす。すぐ近くに、美術館や博物館やお寺などがありますから、いろいろな所を暇つぶしに回っています。去年などは、博物館ではインド、エジプト、メソポタミア、それから中国展などもありました。去年の中国展は、ご覧になられた方もおありかと存じますが、とてもいっぱい集めてありまして、中国に行ってもあれだけのものは見られません。ですから、ここにいながら世界中のものが見られて幸せです。それから、ダイヤモンド展などもありました。暇を見つけては、なんでもちょこっと顔を出したりしているのです。それで、この辺はだんだん詳しくなってきました。

さすがに上野は東京の玄関だけあって歴史が深く、名所や旧蹟が多いですね。文学の方でも鷗外や漱石などいろいろなゆかりの地がありまして、鷗外荘などもすぐ下にあります。同僚が文学散歩の会で台東区の広報に募集広告を出しましたら、四百人もの応募があったりして、それで、困っておりました。なかなか文学散歩などでもいい所がありますね。

ところで、この上野の山は何ていう山かご存じですか？「東叡山」といいます。東の比叡山。これは、上野高校の校歌にも入っているものですから知ったのですが、寛永寺が寛永二年にできて、天台宗の天海僧正という人が、京の比叡山にならって、東叡山という名前をつけたそうです。下の不忍池は、琵琶湖になぞらえられていて、池の真中に弁財天の祭ってある小島があるらしいのですが、それが竹生島に見立てて作られているそうです。そんなことで、昔から文人たちもここを非常に愛好しておりました。

この間、本屋で立ち読みをしていましたら、『江戸諷詠散歩』（秋山忠彌著）という本がありました。ちょっと見ていましたら、東叡山をうたった漢詩がありましたので、ご紹介します。大田南畝の「東叡山に花を見て、谷文晁諸子に邂逅す」という詩です。

東叡山看花邂逅谷文晁諸子
放衙偸得片時閑
獨往看花東叡山
山上偶逢同好士
有樽可酌有荊班

東叡山に花を看て谷文晁諸子に邂逅す
衙（が）より放たれて偸（ぬす）み得たり片時（へんじ）の閑（かん）
独り往（ゆ）きて花を看る東叡山
山上偶々（たまたま）同好の士に逢う
樽（たる）の酌（く）むべき有り荊（いばら）の班（し）く有り

谷文晁という人は、洋画の技法を取り入れた絵かきで、「石山寺縁起絵巻」の増補も描いていて、南画に北画を加え、大和絵も得意にしていた人だそうです。芸大のこちら側に大きな半円形の石碑がありますが、私は毎日そこを通っています。大田南畝という人は、号は蜀山人ですが、狂歌の方でも有名で、けっこう漢詩も作っています。読んでみますけれども、題は、東叡山で花を見ていた時に、谷文晁に偶然会ったというのです。その時の詩(うた)です。

衙(が)とあります。これは役所のことです。大田南畝は幕臣でしたから、役人だったのですが、その仕事中にちょっとさぼってその辺の花見に行っていたのです。一人で東叡山に行って花を見ていたら、たまたま同好の士谷文晁に出くわして、その辺の酒屋に入って盃を酌みかわし、旧交を温めたという詩です。

最後のところの「荊(いばら)の班(し)く有り」というのが少し難しい言葉です。調べてみましたら、『春秋左氏伝』（襄公二十六）に出ています「班荊道故(はんけいどうこ)」という故事だったのです。班は下にしく、荊はいばらです。道は言う。故は故人、故旧の意です。この意味は、春秋時代の楚の国で伍挙という人が晋に逃げようとしたのですね。その時に道で友達の声子という人に出くわすのです。そこで荊(いばら)を班(し)いて、罰を受ける時、荊を負うといいますが、ここでは荊は草の意で、草を敷いて（食事をしながら）どのようにして楚に帰っていったらよいかと相談したのだと思います。この話から、「荊を班く」という言葉ができたのです。ですから、「荊を班く」といいますと、「親友や親しい人、古なじみの人とたまたま道で出会って、故旧の情を温める」という意味なのです。江戸時代の人は、ずいぶんよく勉強していたと思うのです。

これはなかなかいい詩ですので、韻石先生、これ精養軒に書いて差し上げられてはいかがですか（笑）。勝手なことを申してすいません（笑）。

江戸時代にこういう人がいたかと思うと、私もたいへんうれしくなりまして、私もちょくちょく仕事をさぼってはその辺をほっつき歩いていますから、たいへん気持ちはよく理解できます。人が一生懸命働いている時に、そういう優雅な暮らしができるというのはなかなかの快感でもあります。

日本でこのような漢詩がたくさん作られたのは、江戸時代から明治にかけてなのですが、中国では唐の時代です。「漢文、唐詩、宋詞、元曲」という言葉があります。唐代の詩を集めた「全唐詩」というのがありますが、その「全唐詩」の中に詩が五万収録されています。作家は二千三百人余、たいへんなものが残っています。それに記されていない詩人はどのくらいあったか。

日本でも、日本の文学は和歌ですが、『国歌大観』という厚いものが出ています。あれ十巻ぐらいあります。第一巻に二十一代集が入っていますけれど、あれが四万ぐらいあると思うのです。和歌はたった一行ですけれども、漢詩は「長恨歌」など百二十行のもありますし、長いのがありますからたいへんなものだと思います。

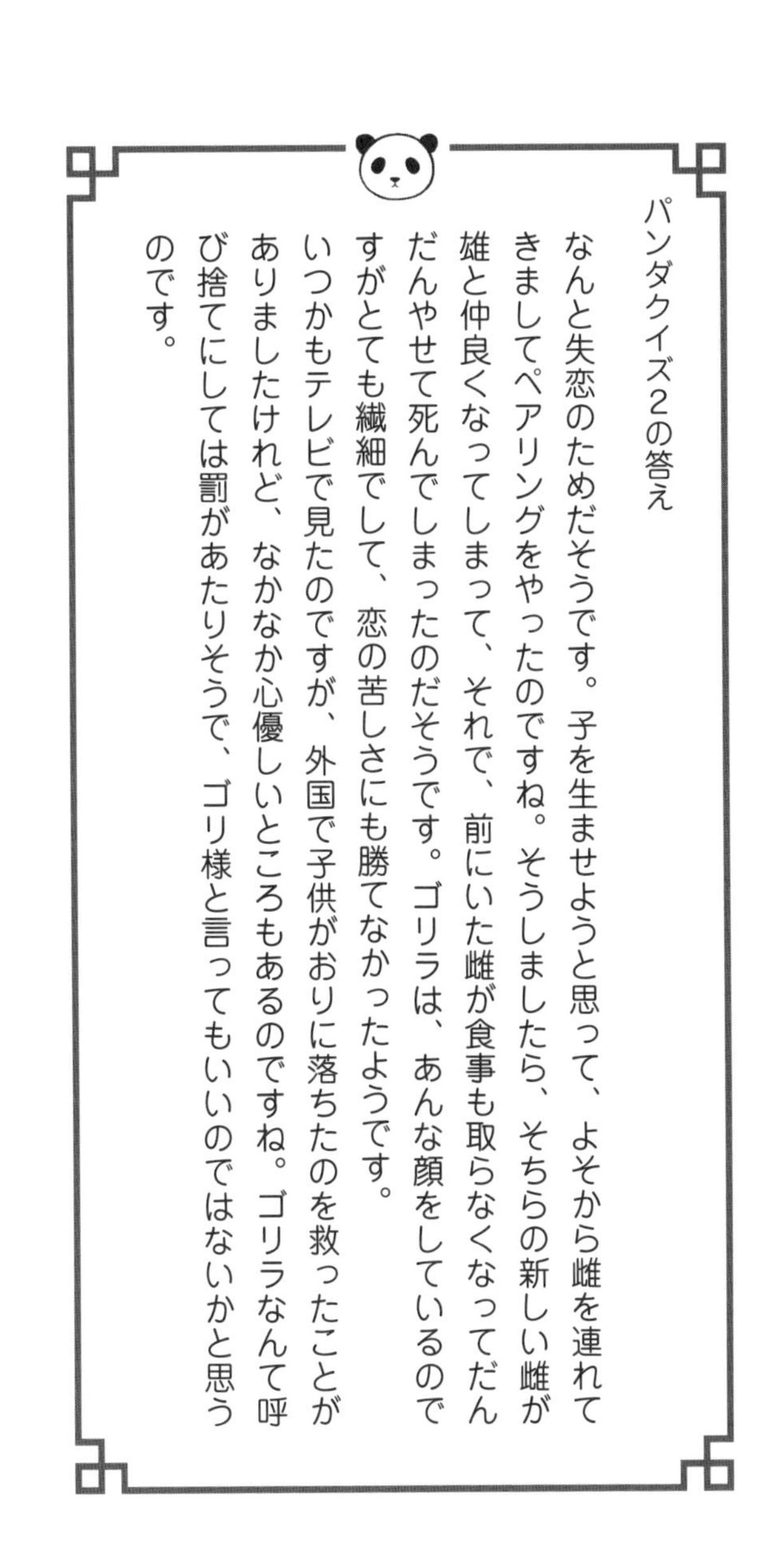

パンダクイズ2の答え

なんと失恋のためだそうです。子を生ませようと思って、よそから雌を連れてきましてペアリングをやったのですね。そうしましたら、そちらの新しい雌が雄と仲良くなってしまって、それで、前にいた雌が食事も取らなくなってだんだんやせて死んでしまったのだそうです。ゴリラは、あんな顔をしているのですがとても繊細でして、恋の苦しさにも勝てなかったようです。

いつかもテレビで見たのですが、外国で子供がおりに落ちたのを救ったことがありましたけれど、なかなか心優しいところもあるのですね。ゴリラなんて呼び捨てにしては罰があたりそうで、ゴリ様と言ってもいいのではないかと思うのです。

変遷の概略

前置きが長くなりましたが、このへんから本題に入らせていただきます。

本日は「漢詩の変遷」ということなのですが、唐詩は漢詩の頂点といいますか、黄金時代のものです。どのようにして、漢詩が生まれ、育ち、成熟し、そして今日どうあるのかというへんをお話ししたかったのですが、実は今、ちょっと後悔しているのです。

最初に韻石先生からお話をいただきました時に、漢詩の流れのようなものを簡単にというふうに言われまして、あまり考えずにお受けしてしまったのですが、漢詩の流れといいましても、中国の漢詩は三千年の歴史がありまして、これ中国の本『中国詩史』（百花文芸出版社）ですけれども、こんなものを、こんなものと言ってはなんですが、一時間ちょっとでというのはとても難しいことなのです。どういうふうにお話ししようかと思って、資料だけは作ったのですけれども。

章末（一四四～一四五頁）の〔表1〕をご覧いただきたいのですが……。いろいろまとめていきまして、お話ししたいことをずっと拾っていきましたら、数字が書いてありますけれども、三十項目ぐらい出てきてしまったのです。これ一つ、二、三分でお話ししても、とても時間が足りないくらいなので、それはあきらめまして、いくつか選んでお話しさせていただくつもりです。それでも、全然触れないというのも流れがよく分かりませんので、一応アウトラインだけはお話ししますが、細かいことは資料の方でお読みいただくということでご容赦いただきたいと思います。

章末〔表1〕の一番上の「王朝変遷」の項目をご覧下さい。これを見ていますと、中国三千年の歴史や、文化、政治、文学、芸術などいろいろなことが浮かんでくるのです。縦に線でも引いていただくとよく分かるのですが、中国の王朝は、「混迷の時代」と「安定した時代」が交互に出てくるのです。最初の殷の時代から、東周のところまで、いかにいろいろな王朝が出てきて政治が混迷しているかというのが、一目で分かりますね。戦国時代です。その次の前漢、これは安定した時期なのです。混迷期と安定期が交互に出てきています。次は、三国時代、例の「三国志」の時代ですね。それから東晋、南北朝と、これはもういっぱい詰まっていますから混迷の時代。次の唐の時代は安定した時代で、その次に晩唐から元の時代の頃までまた混迷の時代が来ています。それから、明、清と安定の時代が来て、その次にここには出ていませんが、革命以前ですから混迷した時代があって、それから今、安定と交互になっています。

詩人たちも、その時代の波に逆らえませんで、その運命に翻弄されています。特に、三国以降ですね。このへんの詩人たちは本当に気の毒で、非常に才能があって優秀な人で、非運、非業の死を遂げた詩人たちは数えあげられないくらいです。ですから、「竹林の七賢」などもその時に現れたのです。詩と政治、文学と政治というのは、中国では切っても切り離せない関係にあります。

その下に詩の変遷が一目でご覧になれると思うのですが、ずっと横にいきますと、先秦文学、漢、魏、六朝文学、その下に詩が出ていますね。四言詩、五言詩、七言詩などそれを大ざっぱにお話しして、それからいくつかの、例えば『詩経』と『楚辞』や、唐代の詩についてや、宋詞など時間のある限りお話ししたいと思ってはいるのですけれど、ひょっとしたら、最初の『詩経』と『楚辞』のへんで、話が深入りしますと終わってしまうかもしれません。

中国の歴史というのは、世界一の資料を誇っていますから、それでこれだけのものが今日伝えられているということで、この表は、たいへん貴重なものだと思います。この表を見てみますと、先ほど申し上げました、例えば漢文というのは、漢の時代の文学では文章が一番だと、中国文学の精華は、漢の時代では文章だということです。下の古文のところをご覧になりますと、秦漢の古文とありますね。そのへんごちゃごちゃいろいろなものがありますが、司馬遷の『史記』（百三十巻）もありますね。これは今から二千年前なんですけれど、たいへんな資料を残してくれたのです。そういうもののおかげで、三千年も前からのものが、われわれに分かるわけです。

今日、さらにいろいろなものが発掘されていますが、それがまたこういうものの裏付け、物的な証拠になって、いろいろなことがまた分かってきました。つい最近までは、中国の北方は優秀な人が多かったから文明は開けていたけれど、南方は暖かくてみんなのんびりしていたからあまり開けなかった、ジャングルばかりだったなどと言われていました。けれども、この間の中国展でも、三星堆の遺跡から発掘された金面人頭像や縦目(たてめ)仮面などが展示されていましたが、青銅器のたいへんな文明を持っていたのです。そして「縦目仮面」が古代蜀王国の祖先神として伝えられている「蚕叢(さんそう)」や『山海経』に記録されている「蜀（燭）龍」とも関係が深いことなども明らかになってきました。文献に記載されている事柄が次々に実証されているわけですが、新たな発掘が待たれていますね。

漢の時代は文で、唐詩のところには近体詩というのがありますね。唐の時代の辺は、世界に冠たる唐詩ですから、そのへんはもう隙間もないほどです。それから宋詞ですが、漢詩は唐代でピークに達してしまいましたから、規律正しいというか規則のやかましい詩は勘弁してくれ、もっと自由に詩を作りたい、うたいたいということで自由な詩がどんどん生まれてきました。そして宋代の文学の華、宋詞が誕生しました。

元の時代には曲です。これは京劇や昆劇のように、歌と台詞と仕草からなる歌劇のようなものが栄えました。このように、この表を見ていきますと、一目でいろいろなことの分かる便利な表です。

黎明期と展開期　——殷〜漢

詩の流れについて、少々お話ししたいと思います。どの国もそうですが、文芸の初期、最初は口承文芸です。まだ文字がありませんから、口伝（くちづて）にいろいろ伝えていく文芸です。それはおそらく、最初は神々に奉げるいろいろなお祈りの言葉や、お祭りの時の歌舞音曲の歌や、それから生活する時の素朴な労働歌のようなものであったと思われます。だんだんと文字が作られてきて、文字で綴られるようになりますが、中国では甲骨文や金文で綴られた詩的な文もあります。

漢詩で現存**最古の詩集は**『詩経』です。『詩経』は中国北方の黄河流域の歌謡で、今から二千五百年くらい前に篇纂されたと伝えられています。その頃は、論語にも載っていますが、「詩」とか「詩三百」と言われていましたが、漢代以後儒家が経典としたので、宋代になって『詩経』と呼ばれるようになりました。孔子が篇纂したと言われていますが、幾世紀にもわたって、多数の人々の手を経て民間歌謡などが採集され、周王朝の楽官たちによって三百余篇に編集されたものと考えられます。『詩経』についてはまた、後ほどにお話ししたいと思います。

それから、二百～三百年後に生まれましたのが『**楚辞**』です。『楚辞』は戦国末期に、中国南方の揚子江中流の楚の地方でうたわれていました民謡です。「□□□兮□□□」や「□□□□□□兮」のような調子を整える語気詞、「兮」を句中におく独自の様式を持つ歌謡集で、屈原およびその継承者である宋玉・景差などの作品群を呼んでいます。

次に、漢の時代の五言詩というのがあります。その前に漢の武帝と「**楽府**(がふ)」について、少しお話しします。漢の武帝は、非常にりっぱな政治を行った人です。財力も非常にあったのですが、大胆な政策で領土拡張政策を行って、特に中国の西方や北方の異民族に対していろいろ圧力を加えました。例の匈奴との対戦や、司馬遷が、この人に宮刑の刑というたいへんな目に遭わされたなど、そういうことでご存じだと思うのです。泰山に、秦の始皇帝と同じようにお参りして天を祭ったり、儒教を国教化したり、文学や音楽などを非常に愛好したのです。それで楽府（「がくふ」でなく「がふ」と読むのですが）という役所を置いていろいろな国の民謡を集めました。楽府というのは、民間の歌謡をつかさどる役所の名前だったのですが、宮廷で演奏される楽歌もだんだんそこで作られるようになりまして、後には、楽府題のテーマとか曲に合わせて、いろいろな歌、つまり替え歌がそこで作られたのです。それも楽府というふうに呼ばれておりまして、四十数編が現存していますが、軍楽のように非常に激しく悲壮な音楽だったらしく、歌詞も激情的で意味のないはやし言葉が多く、極めて難解です。これはまた、後に唐の時代などにも「新楽府」という形で受け継がれています。杜甫や李白や白楽天らも新楽府を作っています。

次に「古詩十九首」についてお話しします。これは『文選（もんぜん）』の巻の二十九に、作者不明のため無名氏というので載っている十九首の五言の古詩のことです。漢代から三国時代に作られた詩です。内容は、おそらく地方に逃亡した知識人の歌ではないかと言われています。さすらう旅人、捨てられた女の人の悲しみ、天上の星の恋など。

例として「迢迢（ちょうちょう）たる牽牛星（けんぎゅうせい）」という詩を次にあげます。「古詩十九首」の第十首で、牽牛・織女のいわゆる七夕伝説をかりて、愛する男に会えぬ娘の嘆きをうたっています。

また、この他、人生の無常を怨み、今を楽しもうとするなど、いずれも巧まず、力まず、自然にして流麗にうたっています。しかし、その切々たる心情が人の胸を打つ、そういう詩が多いです。

迢迢牽牛星

迢迢牽牛星
皎皎河漢女
纖纖擢二素手一
札札弄二機杼一
終日不レ成レ章
泣涕零如レ雨
河漢清且淺
相去復幾許
盈盈一水閒
脈脈不レ得レ語

無名氏

迢迢たる牽牛星、
皎皎たる河漢の女。
纖纖として素手を擢んで、
札札として機杼を弄す。
終日章を成さず、
泣涕零ちて雨の如し。
河漢清くして且つ浅し。
相去る復た幾許ぞ。
盈盈たる一水の間、
脈脈として語るを得ず。

展開期　――三国～南北朝

三国時代の魏、それから晋の時代の詩は、四番目のところですが、この時代は先ほど申し上げましたように、政治的に非常に厳しい暗黒の時代といいますか、テロリズムで中央集権化しようという時代で、多くその意にそむいた知識人が殺害されました。

そういう中で、三曹、建安の七子、竹林の七賢、陶淵明、こういった人たちが活躍した時代なのです。知識人たちは老荘の隠遁思想に心のよりどころを求め、政治の打算、煩瑣な儀礼をはなれたところで人間性を解放しようとしました。それが竹林の七賢でした。

歌には、歌謡――曲に合わせてうたうのと詩を朗誦する――朗々と読み上げるのとあるのですが、「古詩十九首」はその中間でした。

魏晋代の詩は、いよいよ詩のプロ、専門家が登場して、おもに五言の詩を作ったのです。なかなかこの時代のものは特徴があって、変化に富んでいて面白い詩もあります。

その前の漢代の楽府ですと、長い詩が多くて物語り的なものが多かったのですが、このへんから、確乎たる自覚を持ってそれぞれの持ち味を活かした創作的・個性的な詩を作り出した人々が現れました。それが三曹と建安の七子です。

また自然そのもののうちに真意を見出そうとしたのが田園詩人と評された陶淵明です。後の李白や白楽天（白居易）に影響を与えたりしていますけれど、これもまた後でお話しできればと思います。

五言詩がずっと続いていたのですが、この頃完成されています。どうして七言詩があまりはやらなかったかと申しますと、五言詩の方は宮廷に取り入れられて宮廷ではやったからです。七言詩は唐代になってから流行しました。七言律詩や、七言絶句などの詩です。

いよいよ南北朝の詩ですが、南北朝は非常に華麗な楽府が中心でした。南朝と北朝とに分かれていまして、南朝の方は呉声（南の方の音楽）の子夜呉歌という曲に合わせた詩がたくさん作られています。北朝の方は、非常に雄大な男性的な歌が多く、特に北斉の歌で「勅勒の歌」のようないい詩があります。

八番目の沈約（しんやく）という人の活躍、働きが大きいのですが『四声譜（しせいふ）』という韻の本を発表しました。これは少し前にインドの方から、お経の関係で音韻学が入ってきまして、中国人も音韻のことを意識するようになり、中国語に四つの声調（アクセント）があるということも分かってきました。

それで、その四声（四つのアクセント）の並べ方によって詩の美しさを表現しようということで研究が進みまして、南北朝の終わりから唐の時代に、いろいろな韻書、韻に関する専門的な辞書みたいな書物ができあがりました。それで詩の質が変わってくるのです。唐の時代にそれが本格化されて、いろいろな厳しい詩の規則ができました。

章末（一四六頁）の〔表2〕「近体詩図式」もご覧ください。


この近体詩というのが、南北朝から唐にかけて完成した詩です。これは以前にもお話ししたことがあると思います。

絶句と律詩と、それぞれ五言、七言があります。平仄がちゃんと決まっていて、非常に厳しい、規律正しい詩というので律詩といい、その律詩を半分に絶ち切って、八句のものを四句にしたのが、絶句だと言われています。「推敲」という言葉もありますが、完成されたガラス細工みたいに、非常に繊細で、たった一字を変えただけでその詩が壊れてしまう、そのくらい響きを大事にしたのです。その結果、詩風は流麗優美になりましたが、一面また、この規則に縛られて自由さを失い、いたずらに小手先の技巧に走って繊弱に流れる弊害も生じました。

完成期と衰退期　――唐以降

唐の詩は、普通四つの時期に分けて、初唐、盛唐、中唐、晩唐というふうに見ていきます。盛唐が漢詩のピークですけれども、その後だんだん下り坂になっていきます。先ほどのような厳しい規則を壊さないと新しいものはできませんから。

例えば、中唐の白楽天とか元稹という人たちは、元白体と言われたり、元軽白俗というふうに言われました。元というのは元稹、白というのは白楽天ですが、元稹の詩は軽薄で、白楽天のは俗っぽいと言われまして、唐詩選には一つも入っていないのです。それは逆にいいますと、時代の要請でもあったのですね。もうそういうあまり規律正しい詩はピークまで達してしまっていますから、あと新しいことをするには俗語を使ったり、句の数を自由に、あるいは押韻ももっと自由にという形になるわけです。

宋の時代になりまして、唐詩に代わって「宋詞」が盛んになります。これは、日本でいいますと、端唄や俗曲のような当時は低俗なものだったのですが、それがだんだん文学的に高く評価されるようになるのです。

宋詞と唐詩の違いはどういうところかといいますと、宋詞の方は、歌の曲に合わせて、言葉を埋めていくのです。ですから、填詞とも言われています。韻を踏むところや、平仄を並べるところもすべて旋律で決まるわけです。楽府と似ているのですが、旋律に合わせて歌詞を作るために、字数も当然違ってきます。ですから、長い詞と短い詞とが自由に出てくるわけです。初めできたのは端唄のようなもの、遊里、色里でうたわれていたような歌だったのですが、後になりますと、だんだん詩の専門の人たちも宋詞の方に力が入ってきまして、最初は恋の歌のようなものでしたが、後には社会的にも価値のある、倫理性のある歌にだんだん仕上がっていったのです。

ですから、唐詩に対して宋詞というのはやはり大きな力を持っていたわけです。でもやはり、宋詞の方は、唐詩よりも少し低俗だという評価は否めません。けれど一般の人には急速に広まっていきました。

次に、元代の元曲ですが、これは先ほど申しましたように歌劇の歌のことです。元曲は、唱（歌）、白（台詞）、科（仕草）の三つからなっていまして、そのうち文学としてもっとも重要視されましたのは唱です。実際には唱の部分の巧拙によって、戯曲の出来映えも、役者の巧拙も左右されました。実際、観客はその唱（歌の部分）を聴きにいきました。日本でも浄瑠璃や浪曲などは、節と語りを聴いて喜んでいますね。

とりあえずアウトラインということで、先に進ませていただきます。

最後は、宋以後、明、清代の詩はそこにありますように、非常に沈滞した感じで、詩の空白時代と言われています。

でも、いろいろな派が出てきまして、例えば、高啓の詩は、ただ一人、明代にあっては光を放っていたのです。唐詩を一生懸命学んで、その淡白清新と言われる、非常にすがすがしい詩風を創造しました。

そのほかの人たちの、例えば古文辞派や茶陵派などありますけれど、これらは言っていることは立派なことを言っているのですね。「文は必ず秦漢に帰れ」とか「詩は必ず唐詩に帰れ」とか。竟陵派、公安派というのも、「純粋な自由な詩精神を」というようなことをスローガンに掲げているのですが、やっていることは唐詩の二番煎じか三番煎じのような、ぐっと落ちる詩しか残していないのです。

清代になりまして、この時代は非常に学芸が盛んになり、詩の文芸復興みたいな時期ですけれども、この時期でもやはり、宋詞の方が非常に重んじられています。神韻派、格調派、性霊派など、下に書いてありますが、これらもなかなか立派なことを主張しているのですが、実力が伴わず、詩も沈滞していました。

最後の文学革命の時に、胡適や陳独秀たちがこういう主張をしたのです。

「これから以後の文学は古文を廃してすべて白話体（白話体というのは口語文のこと）にしろ」

胡適は自分でも『嘗試集』というのを作っています。これは初めての白話体（口語）の詩集です。

日本でも言文一致運動というのがありましたけれど、中国でも白話体の詩が主流になります。それですっかり漢詩の方は、細っていきました。けれども、現在でも漢詩は旧詩（古い詩）というふうに呼ばれて、一部の教養ある人々、学者、政治家、文人、実業家などの人たちに受け継がれて、余技として即興的に作られています。

一応アウトラインはそれぐらいにしまして、後、『詩経』『楚辞』のこと、唐詩やできれば宋詞もまたお話ししたいと思いますが、ちょっと五分くらい休憩してよろしいでしょうか。

（休憩）

『詩経』

概論的な話は退屈で眠くなってしまうと思います。本当はもう少し短くお話しするつもりだったのですが、ちょっと長くなりました。これからは、漢詩の具体例で少しお話ししたいと思います。

『詩経』と『楚辞』は、先ほど申しましたように、漢詩の歴史の上で非常に大事な役割を果していると思うのですが、その例としましてよく知られております「桃夭（とうよう）」（無名氏）という詩を読んでみましょう。

（一章）

桃之夭夭　灼灼其華●
之子于帰　宜㆓其室家㆒●

桃（もも）の夭夭（ようよう）たる　灼灼（しゃくしゃく）たり其（そ）の華（はな）
之（こ）の子（こ）　于（ここ）に帰（とつ）ぐ　其（そ）の室家（しつか）に宜（よろ）しからん

（二章）

桃之夭夭　有蕡其實▲
之子于歸　宜二其家室一

桃の夭夭たる　蕡たり其の実
之の子　于に帰ぐ　其の家室に宜しからん

（三章）

桃之夭夭　其葉蓁蓁。
之子于歸　宜二其家人一

桃の夭夭たる　其の葉蓁蓁たり
之の子　于に帰ぐ　其の家人に宜しからん

（四言古詩）

この詩は結婚式などに今でもうたわれている詩ですが、非常におめでたい詩です。「桃夭」は桃の若木のことです。「夭」は少壮の意から、若くて盛んなさまを言います。くり返しが多くて「桃の夭夭たる」が三回、「之の子于き帰ぐ」というのも三回出てきます。これは素朴な民謡風の歌だからです。

『詩経』は表現上から、賦、比、興に大別されます。内容による分類、風、雅、頌と合わせて「六義」と言われています。

「賦」とは事実や感情をありのままに述べる方法で、「比」「興」はともに比喩法で、「比」は「まるで何々のよう（だ）」のような直喩法で、「興」は自然などの風物をまずうたい、それにかこつけて詠みたいものを述べる暗喩（隠喩）法です。「比」の歌が諷刺性が強いのに対して「興」は祝賀性が強いと言われています。「興」は日本の枕詞に比べられますが、「興」の方が喩え方が暗示的で象徴性も高く極めて効果的な表現方法です。

この「桃夭」の詩は国風（諸国の民謡）の中の周南に属する「興」の典型でして、桃の木の若くて盛んなさまから、花嫁の姿を連想させ、季節の推移とともに桃の木が開花・結実・繁茂するさまをとらえて、花嫁の美貌を讃え、すばらしい結婚を祝い、将来の幸福な生活を暗示しています。

第一章は「灼灼たり其の華」から桃の燃えたつ花のように美しい花嫁の表情豊かなさまが連想されます。その花嫁が帰（とつ）いで行く。この「歸（帰）（かえる）」という字を「とつぐ」と読んでいますが、これはおそらく、旁の帚は女扁を付けると「婦」、女の人ですね。扁の𠂤はしんにゅう（辶）と似ていて、足で歩いていく意です。昔は結納などありませんから、男は結婚する時に、女の人の家で一定期間労働して、女の人を嫁として連れて帰ることになり、女から言うと男の家へ帰（とつ）いだからと言われています。桃の花が燃えたつように美しくてあでやかな花嫁が嫁いでいくその家にはきっといいことがあるであろうという意味です。
第二章の「蕡たるその実」は「有蕡たるその実」とも読みます。「蕡」はたくさんの意と大きい、熟したの意味があります。たくさんの実からは花嫁がたくさんの子供に恵まれること、大きな実からは花嫁の体格がよくて将来子宝に恵まれることが連想されます。昔は花嫁に子宝が授からないと大問題になりましたね。いずれにしろ、健康でグラマーなお嫁さんがやってきて、その家はきっと子宝に恵まれいいことがあるであろうと。
第三章のところは、葉がどんどん茂っていくのですから、一門がますます繁栄して、きっといいことがあるであろうと。おめでたいことばかりです。

この詩にありますように、一句が四字で、四句で一章になって、それが三章で十二句からなっている、こういう詩の形式が『詩経』には多いのです。勿論ほかにも三言、五言、七言などいろいろあるのですが、四言が主です。四言のリズムといいますと、二、二で切れています。「桃の夭夭たる」を中国語で読んでみます。

タオヂイ　ヤオヤオ　ヅォヅォ　チイホウ
ヂイツウ　ユウクウェイ　イーチイ　シーチァ

これが一章です。二、二のリズムというのは少し退屈なリズムです。行進する時に、

「オイチニ、オイチニ」と行進するのですが、そんな感じでずっと続いて変化に乏しいですね。それに対しまして三字ですとワルツのリズム。また後ほど「垓下の歌」（一三四頁）で出てきます。

一応読みだけやっておきますと、第二章は、

タオヂイ　ヤオヤオ　ヨーフェン　チイシイ
ヂイツウ　ユウクウェイ　イーチイ　チアシイ
タオヂイ　ヤオヤオ　チィイエ　ヂェンヂェン
ヂイツウ　ユウクウェイ　イーチイ　チアレン

こんな調子です。くり返しが多いですから「タオチィ　ヤオヤオ」という響きはずっと耳に残って、美しくあでやかな桃の花のイメージが目に浮びます。同じく、「チィツゥユゥクゥェイ」は美しく着飾った女性の嫁入り姿が目に浮びます。

今から二千五百年以上前の詩ですけれども、既にこの時代に二句目と四句目の句末の字、「華」と「家」が韻を踏んでいますね。この字の音は今の日本語でも「カ」と「カ」ですから、その時代の古い音をずっと伝えています。今の中国では「ホワ」と「チア」ですから少し異なっています。その次の六句・八句の句末の字は「実」と「室」で、日本語では「ジツ」と「シツ」、中国語でも「シイ」「シイ」で同じです。最後は「蓁（シン）」と「人

（ジン）」。「ヂェン」「レン」、今でも似ていますが、これも韻を踏んでいます。

このように既にきちっと韻を踏んでいて、三章、十二句からなっていて「興」という象徴的な手法も用いられ内容も実に整っています。

『詩経』の詩がこのように質が高く、内容が整っていますので、後の人によって手が加えられているのではないかと言われるほどです。

中国語での発音は左のようになります。

桃夭	táoyāo
桃之夭夭	Táo zhī yāo yāo
灼灼其華	Zhuó zhuó qí huā
之子于帰	Zhī zǐ yú guī
宜其室家	Yí qí shì jiā
桃之夭夭	Táo zhī yāo yāo
有蕡其実	Yǒu fén qí shí
之子于帰	Zhī zǐ yú guī
宜其家室	Yí qí jiā shì
桃之夭夭	Táo zhī yāo yāo
其葉蓁蓁	Qí yè zhēn zhēn
之子于帰	Zhī zǐ yú guī
宜其家人	Yí qí jiā rén

くり返しは民謡の特徴ですね。日本の民謡でも同じです。

さきほど唐の時代の詩の表をご覧いただきましたが、唐詩はくり返しを嫌うのです。絶句ですとわずかに二十字か二十八字ですから、その中に二回も三回もくり返しがありますと内容が希薄になってしまいます。エッセンスがぎっしりと詰め込まれているのが近体詩です。

それに比べますと、古詩の方は素朴で、非常にのんびりとしていて、まさにうたわれた詩という感じです。

『楚辞』

次の詩「湘夫人」は九歌の一です。湘水の男神湘君が女神の湘夫人（帝堯の娘、帝舜の妃）を慕ってうたう歌です。ここには冒頭の一節のみを紹介します。

湘夫人　　屈原

帝子降㆓兮北渚㆒
目眇眇兮愁㆑予
嫋嫋兮秋風
洞庭波兮木葉下

帝子北渚に降る。
目眇眇として予を愁へしむ。
嫋嫋たる秋風、
洞庭波だつて木葉下る。

これは屈原の詩で、『楚辞』に出ています。

屈原は楚の貴族の生まれで、初め楚の懐王に仕えて信任されましたが親秦派の讒言に遇いまして、側近より退けられ、憂愁のあまり「離騒（りそう）」を詠みました。祖国を愛し、人民を愛し再び仕えましたが頃襄王の時にまた、讒言にあって左遷されまして失意のうちに、ついに汨羅に身を投じてしまいました。その命日の端午の節句には、不遇の死を遂げた愛国詩人を慕う後世の人々によって、霊を慰めるために粽（ちまき）を河底に投げ入れる風習や飛竜（ペーロン）などの催しが伝えられています。

この詩はそこに説明がありますように、湘水、湘の川の男の神様が、女の神様湘夫人を慕ってうたった歌です。『楚辞』の中に、こういった神とか動物のようないろいろなものが出ていまして、幻想的で『詩経』の素朴さとはずいぶん違います。

帝子というのは湘夫人のことです。帝尭の子の女英とも言われています。その一つの例です。帝尭は舜に帝位を禅譲し、二妃（娥皇と女英）を舜に嫁がせましたが、二妃は舜が蒼梧の野に崩じた時、悲嘆にくれて湘水に身を投じて湘水の神となったと伝えられています。

「湘婦人が、北の渚、みぎわに下りていらっしゃった。けれど、いくら見ても目は眇眇」

眇眇とは遠方がかすんでいるという意味です。

「見はるかす（かすんで見えない）。それで予を愁いしむ（私の心は悲しむ）。嫋嫋たる秋風（嫋嫋とは揺れそよぐ様子）。秋風がさやさやと吹くと、洞庭湖が波立ち、木の葉が舞い落ちる」

こういう詩なのです。何か寂しい感じの詩ですけれども、美しい叙景で始まっています。

湘夫人　　Xiāngfūrén
帝子降兮北渚　　Dì zǐ jiàng xī běi zhǔ
目眇眇兮愁予　　Mù miǎo miǎo xī chóu yú
嫋嫋兮秋風　　Niǎo niǎo xī qiū fēng
洞庭波兮木葉下　　Dòng tíng bō xī mù yè xià

中国語で読んでみますと、

テイツウチャンシイ　ベイヂュウ
ムウミァオミァオシイ　チョウユウ
ニァオニァオシイ　チウフォン
トンテインポウシイ　ムウイエシィア

四句にそれぞれ「兮(けい)」という字が入っているのが分かりますね。これ、「シイ」と言って語調を整える言葉なのです。四字目、四字目、三字目、四字目に。これが『楚辞』の特徴なのです。日本語でいえば、「やあ」や「それ」など民謡の合いの手のようなものなのです。

この語で句末の字、「渚」「予」「下」は韻を踏んでいます。

中国語での発音は上のようになります。

その『楚辞』の影響を受けたのが、「垓下(がいか)の歌」なのです。これは皆さんよくご存じの項羽の「四面楚歌」の中の歌です。

垓下ノ歌
力 抜レ山 兮 氣 蓋レ世●
時 不レ利 兮 騅 不レ逝●
騅 不レ逝 兮 可レ奈レ何▲
虞 兮 虞 兮 奈レ若 何▲

垓下の歌
力(ちから)は山(やま)を抜(ぬ)き気(き)は世(よ)を蓋(おお)う
時利(ときり)あらず騅逝(すいゆ)かず
騅逝(すいゆ)かず奈何(いかに)かす可(べ)き
虞(ぐ)や虞(ぐ)や若(なんじ)を奈何(いかに)せん

（七言古詩）

これを見てみますと、「□□□兮□□□」のように三字目の次に「兮」という字がずっと出ています。意味はもうお分かりだと思うのですが、

私は山を抜くほど力があった。一世を蓋うほどだった。
ところが時の運に恵まれず追い詰められて　名馬の騅も進まなくなった。
騅が進まない。どうしたらいいか。
美人の虞よ虞よ、お前もいったいどうしたらいいか。

力抜山兮気蓋世	Lì bá shān xī qì gài shì
時不利兮騅不逝	Shí bú lì xī zhuī bú shì
騅不逝兮可奈何	Zhuī bú shì xī kě nài hé
虞兮虞兮奈若何	Yú xī yú xī nài ruò hé

という詩ですが、中国語では上のようになり、読んでみますと、

リーパーシャンシイ　チイガイシイ（四、三）
シイプリイシイ　ツェイプウシイ
ツェイプウシイシイ　クウナイフウ
ユシイユシイ　ナイルォフウ

というのですが、「シイ」という字音を取ってしまうと三言です。

リーパーシャン　チイガイシイ（三、三）
シイプリイ　ツェイプウシイ

兮（シイ）が入ると七言になります。

リーパーシャンシイ　チイガイシイ（四、三）

このリズムはどこかで耳にされたことのあるリズムではありませんか？　三・三・七拍子というのは、

チャチャチャ　チャチャチャチャ　チャチャチャチャチャ　チャチャチャチャ（三、三、四、三）

となっていましたね。

リーパーシャン　チイガイシイ（三、三）

というのは、

チャチャチャ　チャチャチャチャ（三、三）

というリズムなのです。

チャチャチャチャチャ（四）

というのは、兮（シイ）を入れた、

リーパーシャンシイ（四）

になります。

やはり手打ち式の、

シャンシャンシャン　シャンシャンシャン
シャンシャンシャン　シャン（三、三、三十〈一〉）

というのもそうですね。

普段私たちはやはり調子がいいと思って行っていると思うのですが、三・三・七拍子でも、

チャチャチャ〈ソレ〉チャチャチャチャ　（三十〈一〉三）

と言いたくなりますね。

リーパーシャン〈シイ〉チイガイシイ（三十〈一〉三）
シイプリィ〈シイ〉ツェイプウシイ（三十〈一〉三）

「シイ」というのはそういう働きをしています。「それ」とか「いやー」とか言っているわけです。

先ほどの四言のリズムは、

タオヂイ　ヤオヤオ（二、二）
ヅォヅォ　チイホウ　ヂイツウ　ユウクウェイ

と単調で退屈なリズムですね。ですから、四言詩は早くから衰え、後世にはわずかに儀礼的な作品を残すのみとなりました。

リーパーシャン　チイガイシイ（三、三）

というのも「シイ」（兮）を入れることによって、

リーパーシャンシイ　チイガイシイ（四、三）

と変化がついてきます。

七言の場合には、四、三というリズム、本当は先に唐詩についてお話しすればよかったのですが、七言絶句などは、リズムは「二、二、三」か「四、三」なのです。先ほど申し上げましたように、二ですとずうっとどこまでも続く行進のリズムですけれど、三が入るとワルツのですから、非常に変化が出てきて、活発になってきます。二と三の組み合わせや、四と三の組み合わせになると、もっと複雑なリズムが出てくるわけです。それで七言や五言というのが定着していったと思うのです。

中国でいい響きというのは、やはり日本でも同じで、五・七調や七・五調というのがよかったですね。先ほどの「シャン、シャン、シャン」もそうですけれど、心地よいリズムはずっと伝えられて残されてきているわけです。そのようにして、今から二千五百年前の『詩経』、それから三百年後の『楚辞』、そういった詩のリズムがずっと続いていって、唐の時代の詩につながったのです。

唐詩の隆盛

唐詩の前に、先ほど（一一八頁）、沈約のことを少し申し上げましたけれど、南北朝の頃からかなり韻や平仄が定着してきました。

「八病説」と下にありますけれど、詩にするのにまずい、やってはいけない決まりというのを八つ並べています。このへんから唐詩のリズム、五言絶句、七言絶句、五言律詩、七言律詩、排律もありますけれど、そういうものが準備されていって、唐代になり、先ほどの表のように完成されました。

ところが、あまり規則に縛られますと、自由に表現できませんから、中唐の頃からだんだん崩れていって、それに取って代わったのが宋の時代の詩、宋詞なのです。必然的にそういうふうに進んでいったと思うのです。

唐詩といいますのは、そのように平仄とか押韻によっていろいろと工夫が重ねられて、世界の頂点を極めたのですが、やはり発音が、南北朝から唐の時代の発音です。今『詩経』など勝手に読んでいますけれど、これは今の北京語で読んでいるわけですから周代の音と違うわけです。けれども、中国語ですから似たところもあると思います。もっとも、私たちは、万葉集や源氏物語をやはり現代語で読んでいますから、また、そうするしかないのですが。その当時テープレコーダーのようなものがありましたら、ちゃんとその時代の音が残っていて便利だと思うのですが。今日その当時に近い音が、中国よりも日本にけっこう残っているというのもたいしたものだと思うのです。

漢詩の中で唐代にあれほど規則の厳しい詩（唐詩）が隆盛を極めましたのは、一つには当然のことですが、うたわれている音がその当時（唐代）の発音であったからと思われます。後世の詩人たちが唐詩を作るには、結局、表を見て作るわけですから、日本人が漢詩を作るのと似たようなものです。言葉は中国語ですが音韻は異なっているわけです。それで、漢詩は次第に廃れていったと思われます。

唐詩隆盛のもう一つの理由は、申すまでもなく、科挙の試験に漢詩が出題されたことです。幼少より詩を学んで猛勉強を重ね、科挙に何年かかっても登第せず、浪人暮らしで終わった人は数えきれません。杜甫などもなかなか科挙に受からなかったのですね。李白は受けなかったのかも知れませんが。一般の人でも、科挙に受かれば役人となって出世も夢ではありませんでした。

しかし唐代の科挙の詩の試験は南北朝の詩風に合っていないと認められなかったのです。南北朝の詩は華麗、緻密で調子はいいのですが、内容があまりありません。今の日本を見ていてもそうですが、そういう試験に受かる優等生というのはあまり独創性があるとはいえませんね。唐の詩人でも多くの傑作を残した人、杜甫や李白や孟浩然などはみな科挙に受からなかった人です。受からなかったといいますか、反発していたといいますか、あんなものは詩ではないというふうな気概もあったかもしれません。そういう人々が本当のものを残しています。

唐の時代の杜甫と李白というのは、唐詩が、山だとしますと分水嶺のようになっています。李白は、その前の、阮籍とか陶淵明といった人たちの詩を集大成した人で、杜甫は、逆に山からこちら側、後の方へ向かって、新しい、例えば、社会詩とか諷喩詩というものを書いたのです。ですから後に白楽天らの新楽府などに受け継がれていきました。

最後に漢詩について一言申し添えさせていただきます。

漢詩は唐代になって、平仄・音韻・その展開法などの工夫や科挙の試験に出題されたことにより、世界の詩の頂点を極めました。しかし、発音が一定の時代（唐代）の音に限られ、規則があまりにも厳しすぎ、自由な表現を妨げたために、衰退していきました。漢詩は現代では、ごく限られた人々にのみ詠み継がれていますが、漢詩の残した遺産にはすばらしいものがあったと思います。

お話ししたいことはまだいろいろありますが、時間ですのでこのへんで本日は終わりにさせていただきます。どうもありがとうございました。

〔表1〕中国王朝と漢詩の変遷

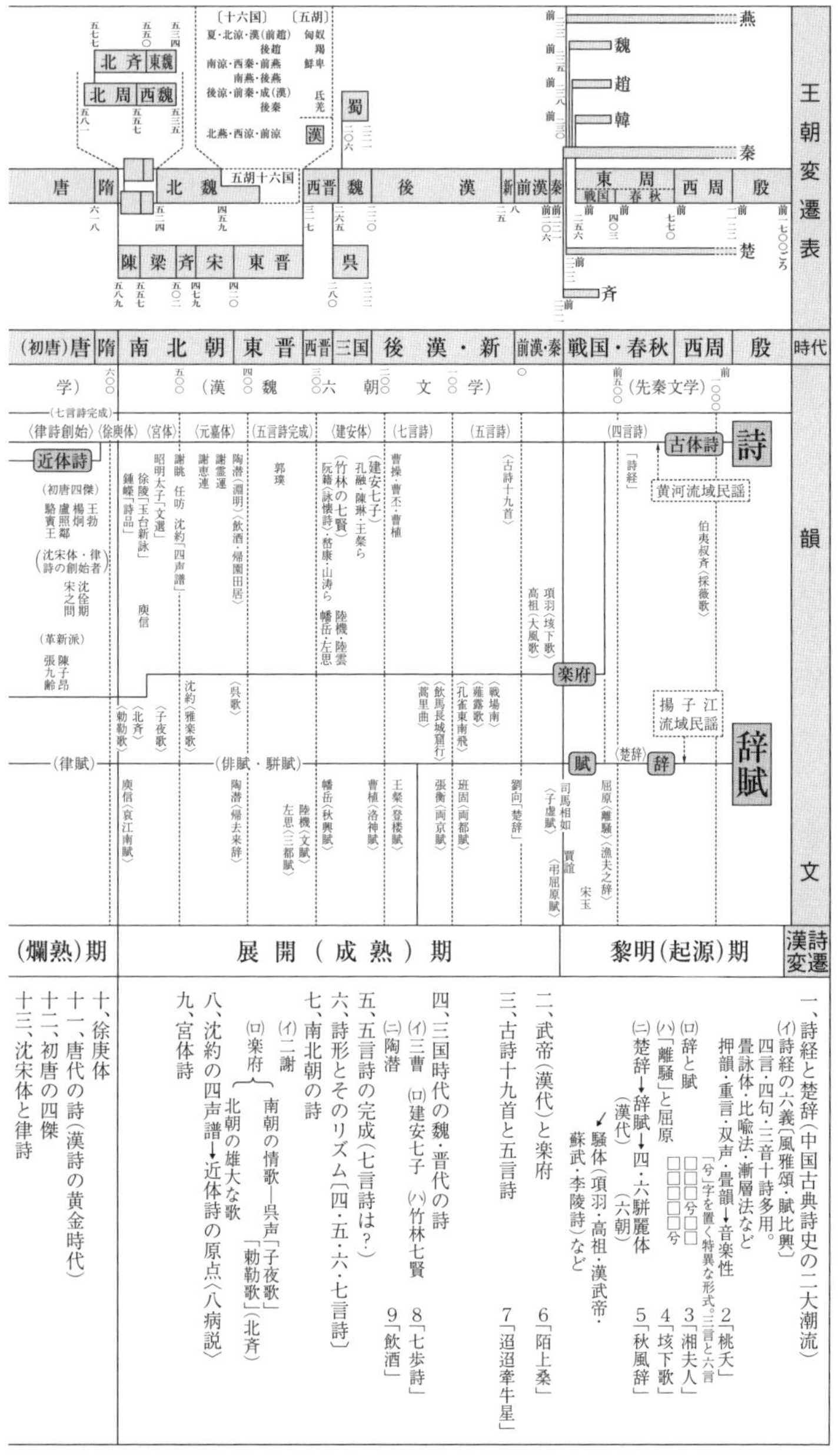

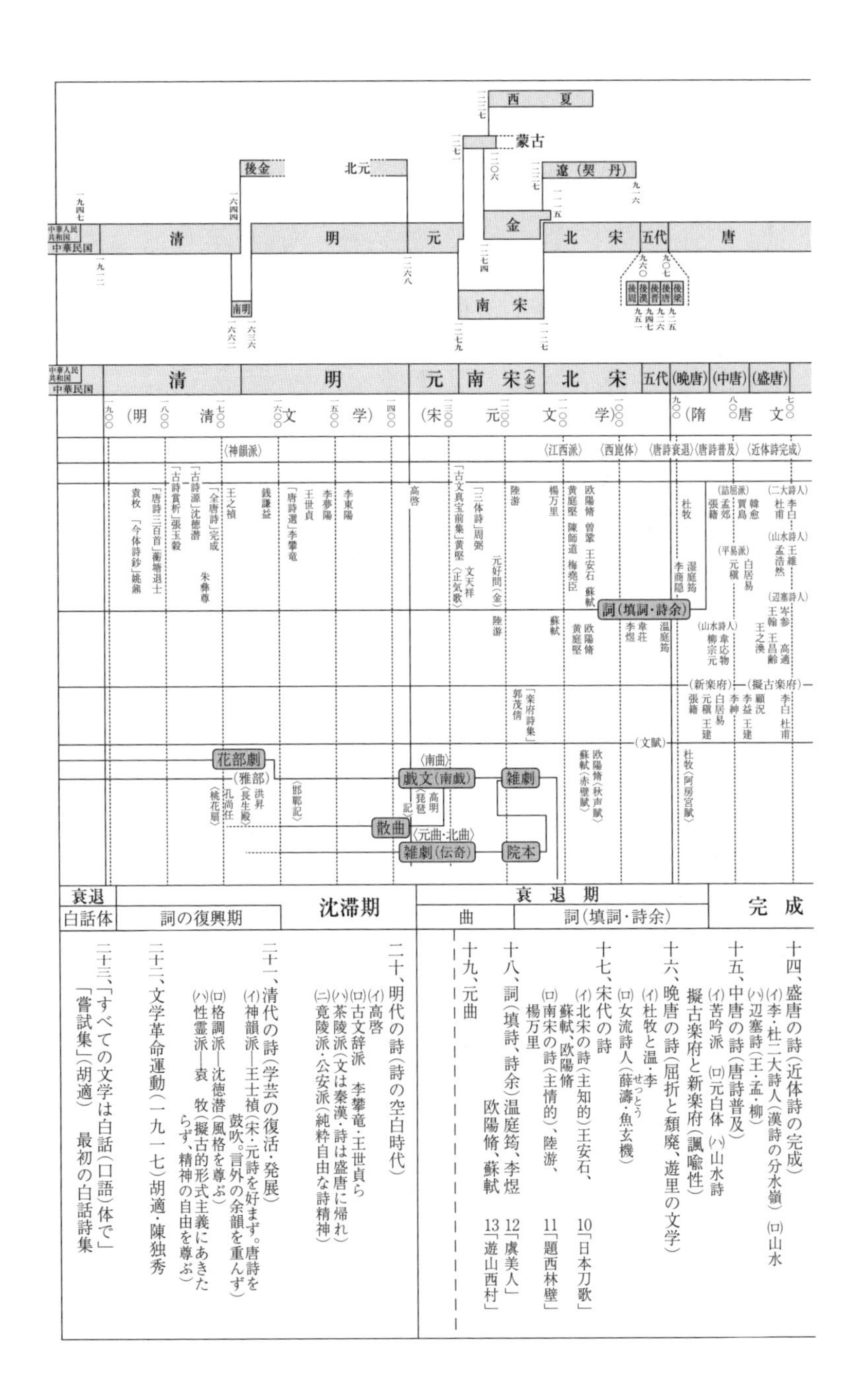

西夏
蒙古
遼（契丹）
金
北元
後金
中華人民共和国
中華民国
清
明
元
北宋
五代
唐
後梁
後唐
後晋
後漢
後周
南明
南宋
一九四七
一九一二
一六四四
一六六二
一六三六
一三六八
一二二七
一二七一
一二〇六
一一二五
一二七四
一二七九
一一二七
九一六
九六〇
九〇七
九二三
九三六
九四七
九五一
中華人民共和国
中華民国
清
明
元
南宋（金）
北宋
五代（晩唐）（中唐）（盛唐）
（明 清 文 学）
（宋 元 文 学）
（隋 唐 文）
〈神韻派〉
〈江西派〉
〈西崑体〉
〈唐詩衰退〉
〈唐詩普及〉
〈近体詩完成〉
袁枚 「今体詩鈔」姚鼐
「唐詩三百首」蘅塘退士
「古詩賞析」張玉穀
「古詩源」沈徳潜
「全唐詩」完成
朱彝尊
王之禎
銭謙益
「唐詩選」李攀竜
王世貞
李夢陽
李東陽
高啓
「古文真宝前集」黄堅
「三体詩」周弼
文天祥〈正気歌〉
陸游
元好問（金）
楊万里
黄庭堅 陳師道
欧陽脩 曾鞏 王安石 蘇軾 梅堯臣
杜牧
温庭筠
李商隠
（詰屈派）孟郊 張籍
賈島
韓愈
（平易派）元稹
白居易
（二大詩人）李白 杜甫
（山水詩人）王維 孟浩然
（辺塞詩人）岑参 王翰 王昌齢 高適
王之渙
詞（填詞・詩余）
陸游
蘇軾
黄庭堅
欧陽脩
李煜
韋荘
温庭筠
（山水詩人）柳宗元 韋応物
（新楽府）
（擬古楽府）
張籍
元稹
白居易
李紳
李益
顧況
李白
杜甫
王建
王建
郭茂倩「楽府詩集」
（文賦）
欧陽脩〈秋声賦〉
蘇軾〈赤壁賦〉
杜牧〈阿房宮賦〉
花部劇
（雅部）
洪昇〈長生殿〉
孔尚任〈桃花扇〉
〈邯鄲記〉
〈南曲〉
戯文（南戯）
高明〈琵琶記〉
雑劇
散曲
〈元曲・北曲〉
雑劇（伝奇）
院本
衰退
白話体
詞の復興期
沈滞期
衰退期
曲
詞（填詞・詩余）
完成
十四、盛唐の詩（近体詩の完成）
(イ)李・杜二大詩人（漢詩の分水嶺） (ロ)山水
(ハ)辺塞詩（王・孟・柳）
十五、中唐の詩（唐詩普及）
(イ)苦吟派 (ロ)元白体 (ハ)山水詩
擬古楽府と新楽府（諷喩性）
十六、晩唐の詩（屈折と頽廃、遊里の文学）
(イ)杜牧と温・李
(ロ)女流詩人（薛濤・魚玄機）
十七、宋代の詩
(イ)北宋の詩（主知的）王安石、蘇軾、欧陽脩
10「日本刀歌」
(ロ)南宋の詩（主情的）、陸游、楊万里
11「題西林壁」
十八、詞（填詩、詩余）温庭筠、李煜 欧陽脩、蘇軾
12「虞美人」
13「遊山西村」
十九、元曲
二十、明代の詩（詩の空白時代）
(イ)高啓
(ロ)古文辞派 李攀竜・王世貞ら
(ハ)茶陵派（文は秦漢・詩は盛唐に帰れ）
(ニ)竟陵派・公安派（純粋自由な詩精神）
二十一、清代の詩（学芸の復活・発展）
(イ)神韻派—王士禎（宋・元詩を好まず。唐詩を鼓吹。言外の余韻を重んず）
(ロ)格調派—沈徳潜（風格を尊ぶ）
(ハ)性霊派—袁 枚（擬古的形式主義にあきたらず、精神の自由を尊ぶ）
二十二、文学革命運動（一九一七）胡適・陳独秀
二十三、「すべての文学は白話（口語）体で」
「嘗試集」（胡適） 最初の白話詩集

〔表2〕近体詩図式

〈注〉○は平声（ひょう）、●は仄声（そく）、◎は平声の韻字

◑ ◐は平仄どちらでもよい字（◑＝本来は平、◐＝本来は仄）

		五言 正格（仄起式）	五言 偏格（平起式）	七言 正格（平起式）	七言 偏格（仄起式）
絶句	（起句）	◐●○○●	◑○○●●	◑○◐●●○◎	◐●◑○◐●◎
	（承句）	◑○◐●◎	◐●●○◎	◐●◑○◐●◎	◑○◐●●○◎
	（転句）	◑○○●●	◐●○○●	◑●◐○○●●	◑○◐●○○●
	（結句）	◐●●○◎	◑○◐●◎	◑○◐●●○◎	◐●◑○◐●◎
律詩	（首聯）	◐●○○●	◑○○●●	◑○◐●●○◎	◐●○○●●◎
		◑○◐●◎	◐●●○◎	◐●◑○◐●◎	◑○◐●●○◎
	（頷聯）	◑○○●●	◐●○○●	◐●◑○○●●	◑○◐●○○●
		◐●●○◎	◑○●●◎	◑○◐●●○◎	◐●◑○◐●◎
	（頸聯）	◐●○○●	◑○○●●	◑○◐●○○●	◐●◑○○●●
		◑○◐●◎	◐●●○◎	◐●◑○◐●◎	◑○◐●●○◎
	（尾聯）	◑○○●●	◐●○○●	◐●◑○○●●	◑○◐●○○●
		◐●●○◎	◑○◐●◎	◑○◐●●○◎	◐●◑○◐●◎

	五言 例	七言 例
絶句	正格「登鸛鵲楼」（王之渙） 偏格「春暁」（孟浩然）	正格「早発白帝城」（李白） 偏格「江南逢二李亀年一」（杜甫）
律詩	正格「旅夜書レ懐」（杜甫） 偏格「登岳陽楼」（杜甫）	正格「江村」（杜甫） 偏格「秋興」（杜甫）

第四章

漢詩の変遷について

――漢魏晋代の詩

『景雲』（平成十七年十月一日　通巻一九八号）

はじめに

本日はお忙しい中をご遠路お集まりいただきまして、ありがとうございます。唐詩は世界でも一番と言われるほどの詩なのですが、前回は、そのすばらしい詩がどのようにして生まれたのかということと、宋以後、明・清代を経て今日、漢詩はどのようになっているのかというようなお話をざっとさせていただきました。それで、具体的な詩の話に入りまして、ほとんど『詩経』と『楚辞』のお話で終わってしまったのですね。たいへん申し訳なくて、もう少しいろいろな詩についてお話しできたらと思っていたのですが、このような機会を与えていただいて本当にうれしく思っています。

最初に、本日ご紹介致したい詩につきましてお話し申し上げます。

まず、『詩経』と『楚辞』の影響を著しく受けています詩で、漢詩の黎明期から展開期に謡われた漢代の三つの「楽府」についてです。

これらは『詩経』の歌謡性をそのまま受け継いでいて、漢代でも謡われていました「上邪」「江南」「陌上桑」の詩で、いずれも恋の歌です。非常に素朴で楽府らしい詩ですので、取り上げてみました。

次は「古詩十九首」の一つで「去者日以疎」という詩です。それまでの詩はうたわれたものですが、この詩の頃になりますと、音楽とは関係なく朗誦されるようになりました。

次の詩は魏の「三曹」（曹操・曹丕・曹植）のものです。この時代になりますと完全に詩のプロといいますか、個人の名前を明らかにして、しっかりと自己を主張するような作品になっています。

それから「詠懐詩」というのがありますが、これは阮籍という人の、極めて暗い時代の詩で、当時の人々がいかにして生きたかという生き様の表れている深刻な詩です。そのような暗黒時代の詩を経て、陶淵明の「飲酒」までの詩の流れがお伝えできればと思っています。

序 ――詩形とリズム

この前と重複致しますが、王朝変遷表（景雲一九二号巻末の表1／本書一四四～一四五頁）の韻文の欄（時代の欄の下）に古体詩の流れが載っていて、四言詩とか五言詩とか七言詩とか書いてありますね。そこのところをちょっとお話ししたいと思います。この前の詩形とリズムについてのおさらいです。

まず、四言詩という詩の形ですが、これは一番古い詩形で、『詩経』の大部分の詩がこの四言詩です。この詩形は南北朝から東晋以後はほとんど用いられなくなりました。と言いますのは、詩のリズムについて前回にもお話しいたしましたが、四言は二字と二字の組み合わせからなっています。これは行進とか労働歌のリズムで、一・二、一・二……と、どこまで行っても単調なリズムなので飽きられてしまったのです。

それで、その次に楽府の形式が出てくるのですが、これは雑言と言いまして一句の字数に制限がなくて、長句も短句も織り交ぜてうたう詩形です。音楽の節に合わせてうたわれたものですが、その替え歌のようにして作られていったものです。作りやすくて、自分の気持ちも自由に述べられるということでたいへん流行しました。特に規則のやかましかった唐代には、絶句や律詩の他に新楽府として、杜甫・李白・白楽天といった人たちに好んで作られました。

それから、本日のテーマにも関係あります五言詩ですが、魏・晋の時代に確立したものです。五言は二字と三字の組み合わせで変化に富んでいます。二字は行進、三字はワルツのリズムです。これが巧みに組み合わさっていましたので六朝数百年間を通じてずっと流行っていました。

その後に、七言詩が登場しましたが、当初、五言詩に比べてあまり流行りませんでした。何故かと申しますと、五言詩の方は宮廷にも取り入れられて誰もが作ったものですから非常に流行ったようです。七言詩の方は断片的には古くから見られましたが、唐代になってから、七言の絶句・律詩・排律という形で沢山作られました。七言は四字と三字、あるいは、二、二、三字の組み合わせですから、五言のような荘重な響きには及びませんが、五言よりもっと複雑で、五言にない流暢さが加わり纏綿たる情緒をうたうのに相応しい詩形だというので、後になって流行りました。

だいたいその後は皆様もご存じのように、詩といえば一句が五言か七言が主流になり、わが国でも和歌や俳句、七五調などもやはり響きがいいので未だにその形式が受け継がれているわけです。

そのほかに、六言の詩も六朝の頃から作られていましたが、その数は極めて稀です。文章の方では、四字句と六字句の入り混じった四六駢儷体の文があります。

詩形とリズムはそのくらいにしまして、早速、楽府の詩からお話しいたしたいと思います。

次の項で紹介している「上邪」（一五五頁）という詩ですが、一句の字数が不揃いですよね。これが楽府の詩の特徴です。注のところに「永遠の愛を誓う歌」となっておりますが、その下に「鼓吹曲辞・鐃歌」と書いてあります。これは竹管を束ねた笛と、太鼓とで演奏された軍楽で、行進する時や戦に行く時などに演奏された勇壮なものだったと思われます。詩も難解なところがあるのですが、その形式を借りています。

ついでに、後ほど「陌上桑」（一六二～一六三頁）という詩が出てまいりますので、「相和歌辞」で、管楽器と弦楽器、それにカスタネットをカチカチ鳴らしながらうたわれたものです。今日でも、詩に節をつけ、カスタネットを用いる朗詠法は伝えられていますが、後継者が少なくなったので、現在若手を養成中とのことです。

そのほか、「琴曲歌辞」についてですが、皆さんのよくご存じの詩、項羽の「力抜山」とか、高祖の「大風起」などがこの部類で、琴の演奏に合わせてうたわれていたようです。

また「新楽府辞」は、唐代の詩人たちが漢の「楽府」に倣って作った詩で、風諭（風刺）性のある社会詩です。

それから、漢代には西域から新しい音楽がどんどん入ってきました。楽器も、鼓、鐃、「箜篌」（立琴〈ハープ〉）、「笳」（胡笳）などがあり、そのような楽器で演奏されるエキゾチックな音楽がシルクロードによって伝えられて、「楽府」はまた大いに流行ったのです。

漢代の三つの「楽府」

上邪　我欲㆔与㆑君相知
長命無㆓絶衰
山無㆑陵　江水為竭
冬雷震震　夏雨㆑雪
天地合　乃敢与㆑君絶

上邪(じやうや)
長命(ちやうめい)して絶衰(ぜつすゐ)無(な)からんと欲(ほつ)す
山(やま)に陵(をか)無(な)くして
冬雷震震(とうらいしんしん)として
天地合(てんちがつ)して
我君(われきみ)と相知(あひし)り
江水為(かうすゐため)に竭(つ)き
夏(なつ)に雪雨(ゆきふ)り
乃(すなは)ち敢(あへ)て君(きみ)と絶(た)えなん

永遠の愛を誓う歌。鼓吹曲辞・鐃歌。
○上邪：「上」は何を意味するのかよく分からないが、何かに向かって呼びかけている言葉であろう。普通は「天なる神」と訳しているが、案外「あなたよ」ぐらいの意味かも知れぬ。○絶衰：愛情が断絶し薄れること。○陵：丘や峰。○震震：雷鳴のとどろくさま。
○天地合：この世の終わりの比喩であろう。

それでは、また「上邪(じょうや)」に戻りますが、これは「鼓吹の曲辞」の詩ですから、笛と太鼓の演奏に合わせてうたわれた歌です。「上邪」の「上」は、注にもありますように上帝、天なる神、一説にあなたの意で、「邪」は詠嘆・呼びかけの助字です。英語のオーマイゴッドとか、オーマイダーリンにも通じるようですが、果たして何を意味しているのか、よく分からないところがあります。とにかく、読んでみましょう。

「上や　我君と相知り　長命して絶衰無からんと欲す。山に陵なくして　江水為に竭き冬雷震震として夏に雪雨り　天地合して乃ち敢て君と絶えなん」

最初の二句の意味は、天の神様、私はあなたとお知り合いになったからには、いつまでも愛が、途絶えて変わることのないようにしますの意です。ここの「長命」の「命」は「令」に通じていますので、使役の意と取り、「長く絶え衰えること無からしめんと欲す」と読ませ、ずっと長く絶えさせぬという意味に取る説もあります。

次の四句は、天変地異を表しています。山が崩れて平地になり、そのために川の水が涸れ、冬に雷が轟き、夏に雪が降る。中国では、雷が鳴るのは二月から八月ですから、「冬雷震震」は天災を意味します。「震震」は雷鳴のとどろく様子です。

最後は、結びの部分です。天地が一つになり、つまりこの世が終わりになったら、そこで初めて、あなたとお別れしましょうという意味です。実際には、そのようなことは起こり得ないので、あなたとはいつまでも別れないという永遠の愛の誓いが込められています。

この歌は、最初の「上邪」の語が何を指すかによって主題が変わってきます。軍楽とありますから、初めはおそらく君主への忠義の誓いをうたっていたのでしょうが、後には永遠の愛を誓う歌と見られるようになりました。誇張法によるオーバーな表現が微笑ましくもありますが、天地自然に人間の愛の永遠性を対比させているところに中国らしい壮大さを感じさせます。

中国人の天に対する考え方は日本人とは全く異なります。古代の中国では天命思想が信じられ、天は絶対的に信頼されていました。天命思想とは、天には帝、あるいは上帝がいて、万物を支配している。「天命」というのは天が人に賦与した使命で、それを受けた人が天子です。天子は上帝の意思を受け、神的権威をもって天に代わって民を治めます。したがって、人民は絶対的に天子に従わなければならないという思想です。これは殷代の頃までで、周代末になると崩れていくのですが、秦の始皇帝や漢の武帝が泰山で天を祭って封禅の儀を行った話は有名で、その記事は『史記』にも載っていますし、泰山には、実際にその石碑も残っています。

北京には天壇がありますね。あそこは、今でも聖域になっています。いつでしたか、日本のある航空会社ですが、その会社は毎年世界の美女をカレンダーに掲載しています。それをいつも友人が届けてくれるものですから、毎年楽しみにしていたのですが、たまたまある年、その航空会社が製作しましたカレンダーが全部回収されてしまったそうです。友人が参りまして、「今年は回収されてしまいましたが、特別に」と一部を届けてくれました。見てみますと、天壇を背景にした美女の貴重な写真が載っていました。このように、いまだに天が祭られているところは聖域ですから、古代に天が絶対的な存在であったことは申すまでもございません。

「上邪」の詩は、絶対的存在である天地が壊れてしまったならばお別れしましょうと言っていますが、天地は壊れるはずがないと確信しているのですから、真意はいつまでも絶対に離れ離れにはならないという熾烈な恋をうたった歌、つまり、愛の賛歌とも言えます。


これと同じ表現方法が「長恨歌」の最後の二句にあります（次頁参照）。「天長地久時有りてか尽くこの恨みは綿綿として絶ゆるの期無からん」のところです。「天長地久」は「天地長久」の互文で、天地は永遠であるの意でして、古代の人たちは絶対に信じて疑わないことでしたね。ですから、「杞憂」という故事成語も生まれたのです。その絶対であるはずの天地が万一尽き果てて壊れてしまっても、この恨みは永遠に絶えてなくなることはないの意です。ここの、永遠に絶えることのない「恨み」というのが長恨歌の詩題にもなっていますが、誰の、何に対する、どんな恨みなのかが、なかなか難解なのです。

「この恨み」は、主題とも関連のある重要な言葉となっていますが、日本語の「恨めしや」というような意味とも異なります。玄宗皇帝と楊貴妃が七月七日、七夕の夜に長生殿で睦言を交わしました。その時、二人は「天上界にいても比翼の鳥となって、地上（界）にいても連理の枝となって」いつどこにいても、いつまでも一緒にという誓いをしたのですが、結局、楊貴妃は殺されて仙界に行ってしまいましたね。

貴妃は仙界へ行っても、玄宗が忘れられず慕い続けていました。一方、玄宗も貴妃のことを思って、夜も眠れなくなりました。そこで、玄宗は仙人の使者を仙界に遣わして貴妃の魂を捜させます。

このように、この世とあの世とに離れ離れになっても、互いに求め合う永遠の愛のことを白楽天は「此恨」と表現しました。そして、「この恨み」は永遠であるはずの天地が万一尽き果てることがあっても、絶対に滅びることのない愛だとうたいあげています。「上邪」の詩の影響もあるかと思われますが、同じ愛の讃歌でも、「長恨歌」の愛の方がさらに強烈ですね。

臨別殷勤重寄詞　詞中有誓両心知
七月七日長生殿　夜半無人私語時
在天願作比翼鳥　在地願為連理枝
天長地久有時尽　此恨綿綿無絶期

江南可レ採レ蓮　蓮葉何田田
魚戯蓮葉間　魚戯蓮葉東
魚戯蓮葉西　魚戯蓮葉南
魚戯蓮葉北

江南に蓮を採る可し　蓮葉何ぞ田田たる
魚は戯る蓮葉の間　魚は戯る蓮葉の東
魚は戯る蓮葉の西　魚は戯る蓮葉の南
魚は戯る蓮葉の北

次は二番目の「江南」の詩です。これは大勢の女の人たちがそれぞれの船に乗って蓮の実を摘みながら、声を揃えてうたった歌と思われます。江南は水郷地帯ですから、のどかな田園風景と明るい雰囲気の感じられる歌です。それでは、読んでみましょう。

「江南に蓮を採るべし　蓮葉何ぞ田田たる」

この後は少しずつ異なったフレーズになっていますが、ほとんど同じような言葉の繰り返しになります。

「魚は戯る蓮葉の間　魚は戯る蓮葉の東
魚は戯る蓮葉の西　魚は戯る蓮葉の南
魚は戯る蓮葉の北」

このようにこの詩の三句目以降はみんな同じ調子の繰り返しになっていますね。これが民謡の特徴です。ここは声を合わせてうたわれたところでしょうか。あるいは、男女による懸け合いの歌の部分かもしれません。今日、カラオケのデュエットもなかなかの人気ですが、中国の南方では、今でも即興でうたわれる男女の懸け合いの歌がうたわれています。日本でも万葉時代に男女が山や市などに集まって互いに歌を詠み交わしたり、踊ったりして遊んだ「歌垣」とか「嬥歌（かがい）」がありましたが、この歌も歌垣を連想させるところがあります。

訳してみますと、

「江南は蓮の実を採るのによい　蓮の葉は、何と見事に広がっていることよ
魚は戯れる蓮の葉の間で　魚は戯れる蓮の葉の東で
魚は戯れる蓮の葉の西で　魚は戯れる蓮の葉の南で
魚は戯れる蓮の葉の北で」

という詩ですが、「魚」と「蓮の葉」がそれぞれ、何かの比喩になっているようです。日本の民謡にも、真室川音頭の「梅の花」に「鶯」とか、「花」に「蝶」などの例がありますね。それから「蓮」は音が「憐」に通じ、愛人の隠語ですので、「採蓮」は恋人探しのことです。やはり、「魚」が男でしょうか。活発ですね。蓮の葉の間をあっちへ行ったりこっちへ行ったりしてお相手を捜しています。ですから、これも恋の歌です。

江南の水郷地帯の、青々とした空と湖水、燦燦と降り注ぐ太陽の下での、素朴で明るい娘たちが蓮を採りながらみんなで歌をうたい、楽しそうに働く姿が目に浮かぶようです。この歌も愛すべき民衆の歌で、楽府の特徴をよく表しています。

「何ぞ田田たる」は感嘆文。「田田」は（蓮の葉の）広がる、連なるさま。
ちなみに、蓮は花が清らかで聖なる植物とされ、その根は食用、葉は薬、実は食用と染料として用いられ、古来重宝がられています。

陌上桑

日出㆓東南隅㆒　照㆓我秦氏樓㆒
秦氏有㆓好女㆒　自名爲㆓羅敷㆒
羅敷憙㆓蠶桑㆒　採㆓桑城南隅㆒
青絲爲㆓籠系㆒　桂枝爲㆓籠鉤㆒
頭上倭墮髻　耳中明月珠
緗綺爲㆓下帬㆒　紫綺爲㆓上襦㆒
行者見㆓羅敷㆒　下㆑擔将㆓髭鬚㆒
少年見㆓羅敷㆒　脱㆑帽著㆓帩頭㆒
耕者忘㆓其犂㆒　鋤者忘㆓其鋤㆒
來歸相怒怨　但坐㆑觀㆓羅敷㆒
使君從㆑南來　五馬立蜘蹰

日は東南の隅より出でて　我が秦氏の楼を照らす
秦氏に好き女有り　自ら名づけて羅敷と為す
羅敷は蚕桑を憙くし　桑を城南の隅に採る
青糸を籠係と為し　桂枝を籠鈎と為す
頭上には倭堕の髻　耳中には明月の珠
緗綺を下帬と為し　紫綺を上襦と為す
行く者は羅敷を見て　担を下ろして髭鬚を将り
少年は羅敷を見て　帽を脱ぎて帩頭を著はす
耕す者は其の犂を忘れ　鋤く者は其の鋤を忘る
来り帰りて相怒怨するは　但だ羅敷を観るに坐る
使君南より来り　五馬立ちて蜘蹰す

使君遣二吏往一　問是誰家姝
秦氏有二好女一　自名爲二羅敷一
羅敷年幾何　二十尚不レ足
十五頗有レ餘　使君謝二羅敷一
寧可二共載一不　羅敷前置レ辭
使君一何愚　使君自有レ婦
羅敷自有レ夫
東方千餘騎　夫壻居二上頭一
何用識二夫壻一　白馬從二驪駒一
青絲繫二馬尾一　黃金絡二馬頭一
腰中鹿盧劍　可レ直二千萬餘一
十五府小史　二十朝大夫
三十侍中郎　四十專二城居一
爲レ人潔白皙　鬑鬑頗有レ鬚
盈盈公府步　冉冉府中趨
坐中數千人　皆言夫壻殊

使君吏をして往かしめ　問ふ是れ誰が家の姝ぞと
秦氏に好き女有り　自ら名づけて羅敷と為す
羅敷は年幾何ぞ　二十には尚ほ足らざるも
十五頗る余り有り　使君羅敷に謝し
寧ろ共に載る可きや不やと　羅敷前みて辞を置く
使君一に何ぞ愚なる　使君自ら婦有り
羅敷も自ら夫有り
東方の千余騎　夫壻上頭に居る
何を用てか夫壻を識る　白馬に驪駒を従へ
青糸を馬尾に繋け　黄金もて馬頭を絡ふ
腰中の鹿盧の剣は　千万余に直ひすべし
十五にして府の小史　二十にして朝の大夫
三十にして侍中郎　四十にして城居を専らにす
人となり潔くして白皙　鬑鬑として頗る鬚有り
盈盈として公府に歩み　冉冉として府中に趨る
坐中の数千人　皆言ふ夫壻は殊なりと

美しい人妻が領主の誘惑を毅然としてしりぞけるという貞婦美談。別に「艶歌羅敷行」とも、また「日出東南隅行」ともいう。相和歌辞・相和曲。
○陌上桑：陌はあぜみちのこと、道ばたの桑摘み。○隅：方角のこと。○秦氏　古代歌謡には美女の姓としてよく用いられる。あるいは、美人の多い地方の一部族の呼称であったのかも知れない。○羅敷：この歌の主人公の名まえであるが、昔は美しい娘のごく一般的なおよび名であったらしい。わが国の「花子」とか「小町」とかいうほどのもの。○籠係：籠を肩からかける紐。○籠鈎：籠についている曲がった取手のこと。○倭墮：委佗、または婀娜と同じ意で、たおやかであだっぽいさまをいう。○髻：もとどり、たぶさ。○明月珠：美しい真珠のことであろう。○緗綺：あさぎ色のあやぎぬ。○下帬：もすそ、スカート。○上襦：上着、ブラウス。○擔：担、肩にかついだ荷物。○将：指先でひねる。○髭鬚：口ひげとあごひげ。○帩頭：帩は頭を包んでいる布、鉢巻きのことであるが、一種の礼装であるらしい。○犁：牛に牽かせる柄の曲がった大すき。○但坐：坐は因と同じ、もとづく、原因になること。○使君：太守、地方長官。○蜘蹰：ためらうさま、躊躇と同じ。○姝：美女のこと。○謝：あいさつすること。○共載：男女が一緒に車に乗るということは情交を意味するもので、『詩経』の鄭風にも「有女同車」という篇がある。○上頭：先頭、指揮官。○驪駒：黒い馬。○鹿盧劍：柄頭にろくろ型の玉を飾ったもの。○小史：役所の書記。○朝大夫：重臣。○侍中郎：侍従官。○鬑鬑：ひげがふさふさしているさま。色が白くてひげが長いことが美男子の条件である。○盈盈：満ち足りてゆったりしている態度。○冉冉：漸進の意。○趨：貴人の前は恭懼して趨るのが礼であるという。○殊：殊尤・ひときわ秀れている。

それから三番目は「陌上桑」です。物語のような長い詩で、前の二つが民謡調でしたけれど、これはオペラ調なのです。これは先ほど申し上げましたように相和歌辞で、管楽器と弦楽器とカスタネットでカチャカチャ、拍子を取りながら、語るようにうたわれたようです。また、これには前奏曲も後奏曲もあったようです。羅敷という女の人が出てくるのですが非常に美しい人で、人妻です。その人に太守、つまり、偉い地方の長官が言い寄るのですけれども、果たしてどうなってしまうのでしょうか。有名な歌なのですが、長いので途中まで区切って読んでみます。

「陌上桑　日は東南の隅より出で　我が秦氏の楼を照らす　秦氏に好女有り　自ら名づけて羅敷と為す　羅敷は蚕桑を憙くし　桑を城南の隅に採る　青糸を籠係と為し　桂枝を籠鈎と為す　頭上には倭堕の髻　耳中には明月の珠　緗綺を下帬と為し　紫綺を上襦と為す　行く者は羅敷を見て　担を下ろして髭鬚を採り　少年は羅敷を見て　帽を脱ぎ帩頭を著はす　耕す者は其の犂を忘れ　鋤く者は其の鋤を忘る　来り帰りて相怒怨するは　但だ羅敷を観るに坐る」

このへんまで訳してみます。最初が分かりますと、物語のような詩ですので後は分かりやすいです。

日が東南の方から出てくる。これは何かを暗示しています。東方紅という言葉がありますが毛沢東のトンファンフォンの歌は有名ですね。輝かしい朝日がこれから出てくるヒロインを照らしています。「我が秦氏の楼を照らす」の「楼」というのは二階建て以上の建物を指します。ですから当時としては立派な建物です。毛沢東の演説などでも、青年たちに向かって「諸君は午前十時の太陽である」という言い方をします。これが午後三時の太陽では困るのです。もう沈んでおしまいになってしまいますから。朝日が東方から出てくる、これが最初で、これからすばらしい物語が展開されていく、そういう暗示だと思います。「秦氏に好女有り」は、秦の家によき娘さんがいて、名前を羅敷(ラフ)といった。おもしろい名前ですけれど当時としては「太郎・花子」と同じように一般的な名前です。「羅敷は蚕桑を憙くし」は、桑を植えてそれで蚕を飼っている。「桑を城南」の「城」というのは中国では都市、町という意味です。町の南、郊外で桑を「採」という字は、手偏を取ってしまうと旁の上の字「采」は「爪」です。爪で木の芽を摘んでいる。後になって手偏がまた、加えられました。桑を摘んで農作業をしています。とても働き者のようです。それから非常におしゃれなのです。「青糸を籠係と為し桂枝を籠鈎と為す」の「籠」はカゴ、「係」は肩に掛けるひものことです。「桂枝」は桂の枝で、「籠鈎」というのはかごの取っ手の意です。頭には「倭堕の髻」、倭堕というのは婀娜と同じ。婀娜は日本語になっていますね。粋な格好の髻をしていて、耳には、「明月の珠」は真珠のことです。真珠のイヤリング。「緗綺を下帬と為し」の「緗」はあさぎ色の絹、「綺」はあやぎぬです。あさぎ色というのは、ねぎの薄い色。下帬はスカート。「紫綺」、紫色のあやぎぬを上着（ブラウス）にして着ている。目立っているのでしょうか、通るものはみんな羅敷を見て「担を下ろして髭鬚を捋り」とは担ぐ物を下ろして「髭鬚」はひげです。ひげをなでたりして見とれてしまっている。若者は羅敷を見てどうするかといいますと「帽を脱ぎ」、つまり、かぶっているものを脱いで、「帩頭」とは注がありますが、頭を包んでいる布の意、いろいろと格好をつけていたのですが、今でしたら髪をなでたり、整えたりしてよく見せようとすることです。「耕す者は其の犂を忘れ鋤く者は其の鋤を忘る」とは、農作業をしている者はぽーっとして仕事を忘れ、見とれてしまうわけです。それで隣りに奥さんとか恋人がいるとたいへん、家に帰ってきてけんかになってしまう。「来り帰りて相怒怨する」は、怒って怨んだりすねたりするのは「但だ羅敷を観るに坐る」と、羅敷を見たのが原因で家庭不和になってしまうのです。そこまでで一区切りです。

その次を読んでみますと、「使君南より来たり　五馬立ちて踟蹰す　使君吏をして往かしめ　問ふ是れ誰が家の姝ぞと　秦氏に好き女有り」、これは繰り返されています。

「自ら名づけて羅敷と為す　羅敷は年幾何ぞ　二十には尚ほ足らざるも十五頗る余り有

り　使君羅敷に謝し　寧ろ共に載る可きや不なやと」

この読み方ですが、「共に載るべきや載るべからざるや」（寧可共載不可共載）という疑問文の下が省かれますと、「載る可きや不なや」という訓読になります。

「羅敷前みて辞を置く使君一に何ぞ愚なる　使君自ら婦有り　羅敷も自ら夫有り」

この辺までで訳してみます。使君が南の方からやって来た。「使君」というのは地方の長官（太守）です。偉い役人が「五馬」五頭だての馬でやって来た。「蜘蹰」は止まったのです。使君が「吏」、家来に行かせて尋ねさせます。「誰が家の姝ぞ」と。誰の家の「姝」というのは美人、つまり「あなたはどちらのべっぴんさんですか」。「秦氏に好女有り」で、秦氏の娘で羅敷といいます。「羅敷は年幾何ぞ」の「幾何」は疑問詞。何歳の意。数学で幾何とかいっているのですけれど、あれはギリシャ語のジオメトリーの発音を写しているだけです。二十歳には足りなくて十五歳では余ってしまうというのですから、十七、八のピチピチの娘さんです。「使君羅敷に謝し」の「謝」には感謝とか謝礼とか謝罪とかいろいろな意味がありますが、ここでは挨拶すること。「寧ろ共に載る可きや不なや」の「寧ろ」というのは「むしろ、AかBか」と選択する時に使われます。お乗りになりませんかの意。今ならマイカーで誘っているところです。羅敷は進み出て次のようにあいさつしました。「使君一に何ぞ愚なる」の「何ぞ愚なる」は感嘆文。いったいなんてあなたはおばかさんなのですか。

「使君自ら婦有り」とは、あなたはもとより奥さんがいらっしゃるでしょう、私にも亭主がおります。「自ら」はもとより自明の理でしょう。そのだんなは「東方の千余騎」、つまり、東の方の馬を千余騎も引きつれていて、夫は「上頭に居る」で一番前におります。「何を用て夫壻を識る」とは、何によって、「用て」というのは「よって」の意です。夫はどうして識別できるかといいますと、白馬に乗っていて黒い馬を従えている。隊長さんですね。いやたいへんなことになってきました。ちょっと読んでみますと「青糸を馬尾に繫け黄金もて馬頭を絡ふ腰中の鹿盧の剣は直ひ」の「直」というのは人偏を付けると「値」です。「千万余に直ひすべし十五にして府の小史二十にして朝の大夫三十にして侍中郎四十にして城居を専らにす」、つまり出世コースです。「人となり潔くして白皙鬑鬑として頗る鬚有り盈盈として公府に歩み冉冉として府中に趨る坐中の数千人皆言ふ夫壻は殊なり」の「殊」というのは特殊の殊だから格別、格段に、優れている。ざっと訳しますと、「東方の千余騎夫壻上頭に居る」、夫は千余騎を引きつれて、一番前で白馬にまたがって黒い馬を従えているのですぐ分かる。「青糸」を「馬尾」で馬の尻尾のところ、しりがいに掛けていて、金色の物をおもがいにまとっている。腰には「鹿盧の剣」、これは注にあります。「柄頭にろくろ型の玉を飾った」もので、すばらしい剣なのです。一千万金（何億）の値がする。十五で小史（役所の書記）になって、二十歳で朝廷の大夫（重臣）になって、三十歳で侍従官になって、四十歳で一城の主になった。「人となり」とは人柄は潔く、そして「白皙」は明晰で、「鬑鬑として」はふさふさとした鬚がある意。役所の周りをゆったりと歩いて、役所の中では「冉冉として趨る」、つまり、慎んで小ばしりに走る。昔は偉い人の前では恐縮して小走りに急いで通り過ぎました。「座中の数千人」で、あなたの旦那さんは数千人の中でも特にすばらしい人だと皆さんが言っています、と言って、羅敷は言い寄る太守を毅然として退けています。

誇張表現が多くて、ユーモラスな詩ですが、実はこの羅敷さんのモデルがいたらしいのです。晋の崔豹という人の注によりますと、羅敷という人は趙の都の邯鄲で評判の美人だったようです。王仁という人の奥さんで、ある日、道端で桑摘みをしていた時に趙王に見初められて宴に召され危うい目に遭いそうになりました。その時に、羅敷は、当時「陌上桑」という歌があったらしいのですが、その曲をうたって王の誘惑を退けたので、後に貞女の鑑とされ、この話はますます広まっていって、それがまたこのような歌になってうたい継がれてきたと思われます。

私は羅敷の詩を読みますと、いつも沖縄の組踊りを思い出します。沖縄と申しましても今から五十年以上前に初めて行ったのですが、その頃はまだ日本に返還される前で、南西諸島のパスポートを持って渡り、ドルで買い物をしていた時代です。那覇高校に招待されました時は飲めや歌えや、そして、踊れやの大歓迎を受け、泡盛があまりに美味しかったものですから、すっかり飲み過ぎて三日酔いになってしまいました。そのために、折角の正月料理もたべられず、波の上宮の初日の出も拝めませんでした。その時の後遺症として未だに泡盛や中国の茅台酒などの酒の臭いを嗅いだだけでその酒が飲めなくなっています。

その折に、琉球の古典芸能である組踊りを見学させてもらいました。歌舞伎の華やかさと能の幽玄さを持ち合わせたような芸能に心うたれましたが、その時の演目の一つがこの陌上桑の光景にどこか似通った所があって忘れられません。題名は忘れましたが、三姉妹の一人が名主にしつこく言い寄られて、これを拒んだところ、借金の形に連れていかれてしまいます。それで後に残された姉妹が敵討ちに行くという話です。芝居には、小娘が権力者によって危うい目に遭わされたりする話はよくある話ですが、沖縄の置かれている立場を思いますと、深刻で重苦しくて、とても他人事とは思われませんでした。

なにしろ当時の沖縄は、米軍の占領下で、米兵によって返還運動の日の丸が焼かれたり、女性が乱暴されたりするのは珍しいことではありませんでしたから、沖縄の人たちの憤りや怨念が込められているようにも感じられました。そのような状況は五十年以上経った今日でも残念ながらなくなっていません。

これに対し羅敷の詩は太守の誘惑に対し肘鉄を食らわすという明るくて痛快な筋立ての、この時代としては珍しく長編の物語詩となっていますが、これも、楽府の代表的な歌の一つです。

『古詩十九首』に見る楽府

去者日以疎●
來者日以親●
出㆓郭門㆒直視
但見㆓丘與㆒㆑墳●
古墓犂爲㆑田
松柏摧爲㆑薪●
白楊多㆓悲風㆒
蕭蕭愁㆓殺人㆒●
思㆑還㆓故里閭㆒
欲㆑歸道無㆑因●

去る者には日々に以て疎く
来る者には日々に以て親しむ
郭門を出でて直視すれば
但丘と墳とを見るのみ
古墓は犂かれて田と為り
松柏は摧かれて薪と為る
白楊悲風多く
蕭蕭として人を愁殺す
故の里閭に還らんことを思ひ
帰らんと欲するも道因る無し

次は四番目の「去者日以疎（去る者には日々に以て疎く）」という『古詩十九首』の詩ですね。この詩は故事成語にもなっていますので、よくご存じかと思いますが、『文選』に十九の古詩が載っていまして、その代表的な詩の一つです。

それでは、今度はご要望によりまして、ご一緒に音読することにしましょう。

「去る者は日に以て疎まれ、来たる者は日に以て親しまる。郭門を出でて直視すれば、但だ邱と墳とを見るのみ。古墓は犂かれて田と為り（畠・白田の意の時の『田』の読みはデンと読みます）、松柏は摧かれて薪と為る。白楊に悲風多くして人を愁殺す。故里の閭に還らんと思い、帰らんと欲すれども道因る無し」

どうもありがとうございました。

なかなか調子のいい詩ですね。墓の前で世の無常を感じて郷愁に駆られるのですが、なぜか故郷に帰れないという哀切な詩です。

「松柏」の「柏」は、其の葉が、かしわ餅に用いられる落葉樹の柏ではなくて、針葉樹の檜とか、さわらのような葉の「このて柏」のことです。韻石先生は北京の天壇にいらっしゃいましたか。確か、あの手前に植えられています青々とした木が「このて柏」です。昔は墓に植えられていたのでしょう。

人は亡くなりますと手厚く墓に葬られてあの世に旅立ちますが、やがて人々に忘れ去られます。町はずれの郭門を出て見ると、丘陵や墳墓だけが目の前に広がっています。古墳群もいつしか耕されて畑にされ、そこに青々と茂っている常緑樹の松柏でさえも砕かれて薪にされて、跡形もなくなります。ここまでは諸行の無常であることを述べています。

そして、はこ柳（ポプラ）に蕭蕭と吹く風が身に沁みて、寂しさに耐えられず故郷に帰りたくなるのですが、老病のためでしょうか、それとも貧しさのためでしょうか、何かの事情によってどうしても帰れないという詩です。「閭」は村里の門、ここはふるさとの村の意。「因」は手段、方法の意です。

三曹（魏）の詩

短歌行

曹操

對レ酒當レ歌
人生幾何
譬如二朝露一
去日苦多
慨當二以慷一
憂思難レ忘
何以解レ憂
唯有二杜康一
青青子衿
悠悠我心
但爲レ君故
沈吟至レ今

酒(さけ)に対(たい)して当(まさ)に歌(うた)うべし
人生(じんせい)は幾何(いくばく)ぞ
譬(たと)えば朝露(あさつゆ)の如(ごと)し
去日(きょじつ)は苦(はなは)だ多(おお)し
慨(がい)して当(まさ)に以(もっ)て慷(こう)すべし
憂思(ゆうし)忘(わす)れ難(がた)し
何(なに)を以(もっ)て憂(うれい)を解(と)かん
惟(ただ)杜康(とこう)有るのみ
青青(せいせい)たる子(し)が衿(きん)
悠悠(ゆうゆう)たる我(わ)が心(こころ)
但(ただ)君(きみ)が為(ため)の故(ゆえ)に
沈吟(ちんぎん)して今(いま)に至(いた)る

呦呦鹿鳴
食㆓野之苹㆒
我有㆓嘉賓㆒
鼓㆑瑟吹㆑笙
明明如㆑月
何時可㆑掇
憂從㆑中來
不㆑可㆓斷絕㆒
越㆑陌度㆑阡
枉用相存
契闊談讌
心念㆓舊恩㆒
月明星稀
烏鵲南飛
繞㆑樹三匝
何枝可㆑依

呦呦として鹿鳴き
野の苹を食う
我に嘉賓有らば
瑟を鼓し笙を吹かん
明明として月の如し
何れの時にか掇る可けん
憂は中より来って
断絶す可からず
陌を越え阡を度り
枉げて用て相存せば
契闊談讌して
心に旧恩を念ふ
月明かに星稀に
烏鵲南に飛ぶ
樹を繞ること三匝
何れの枝にか依る可き

山不レ厭レ高
海不レ厭レ深
周公吐レ哺
天下帰レ心

山は高きを厭はず
海は深きを厭はず
周公哺を吐きて
天下心を帰す

次は五番目の曹操の詩について触れさせていただきます。これは漢代の楽府（歌謡）と同じく、メロディに合わせて新しく作り直された歌です。「短歌行」とか「兵車行」の「行」は楽府のスタイルをした長い歌という意味です。

曹操は、例の魏・呉・蜀、三国時代の魏国の始祖で、権謀に富み、詩をよくした曹孟徳です。この詩は酒宴の際に即興でうたわれたものと思われますが演説のような詩ですね。

要約してみますと、酒を酌み交わして大いに歌おう。人生は非常に短くて、まるで朝の露のようなものだ。朝結んだかと思うとすぐに消えてなくなる。「露」は極めて儚いものの譬えです。わが国でも、「命」の縁語になっていますね。そのように人生は短いのだから、酒を大いに酌み交わして憂いを消そうというのが最初です。次は良い客が来たら琴を弾き、笛を吹いて大いに楽しもう。そして、最後は終わりから八句目ですが、「月明らかにして星稀に、烏鵲南に飛ぶ」、この詩句も有名な言葉ですね。「樹を繞ること三匝何れの枝にか依るべき」はかささぎが飛んできて、三回回ってどの枝に止まろうかと迷っている。賢才が自分のところに迷うことなく、どんどん来てほしい。「山は高きを厭はず……」、山はどんな土でも受け入れるので高くなるし、海は流れ込むどんな水でも受け入れるので深くなる。

「周公は哺を吐きて天下は心を帰したり」、ここは少し説明を要します。周公旦が天下の人材を登用することに熱心で、一度湯浴みする間に髪を結び終える間もなく三度も手で髪を握りながら士と会い、また、一度食事する間に三度も食べ掛けた食物を吐き出してまで士と応接したという故事を踏まえています。立派な士人や名君は人の来訪を嫌ったりはしない。だから有能な人々が集まってくる。周公旦はそのようにしたので、多彩な人材が集まってきて、天下がうまく治まった。自分もそうでありたい。来たい人はどんどん来て欲しい。立派な人が来て、国造りに協力して欲しいというメッセージです。管子の『形勢解』にも「明主は人を厭はず、故に能く衆を成す」とあります。

パンダコラム

建安（けんあん）の三曹（さんそう）と七子（しちし）

建安時代（一九六～二二〇年）に曹操の下に集まり、五言詩、楽府を中心とする文学活動を行った文人グループ。自由闊達で、反骨精神に富んだ力強い作風。

三曹――文武の才能にも長けた曹操とその子の曹丕、曹植の兄弟。二人は詩人として、また、後継者としても互いにライバルであったが、曹丕が魏の初代皇帝となった。

七子――孔融・王粲・陳琳・徐幹・阮瑀・応瑒・劉楨の七人の詩人。

この時代は先ほど申し上げました『楽府』から『古詩十九首』の時代を経て、詩のプロが登場する、そういう時代ですね。その代表が「三曹」です。

曹操は文人としても一流で、文武兼備の武将でした。長男の曹丕も武人でありながら文才豊かな人でした。その周りに「建安の七子」のような文人たちが輩出いたしまして、この時代は文芸至上主義の時代とも言われています。

その弟が曹植という人で、この人がまたお兄さん以上に才能がありました。後に杜甫にも比せられましたが、父親の曹操はこの曹植の方に後を継がせたかったようです。それで、兄弟仲が悪くなってしまい、結局、曹操の死後曹丕が王（文帝）となりますと、曹植は流され、彼の側近は殺されたりしました。

七歩詩

曹植

煮豆持作羹
漉豉以爲汁●
萁在釜下燃
豆在釜中泣●
本是同根生
相煎何太急●

豆を煮て持て羹と作し
豉を漉して以て汁と為す
萁は釜の下に在って燃え
豆は釜の中に在って泣く
本は是れ同じ根より生ぜしに
相煎ること何ぞ太だ急なるや

〈五言古詩〉

○七歩詩：兄の文帝に、七歩あるく間に詩を作れなければ死刑にする、と言われて作った詩。○羹：あつもの。濃いスープ。○豉：豆に塩を混ぜ、ねかして作るもの。みそや納豆の類。○萁：豆がら。○煎：煮つめて汁をなくすこと。

「七歩の詩」はその不遇の詩人曹植の詩です。当時のいろいろなエピソードを集めた『世説新語』という本に、曹植が曹丕に召し出され、七歩、歩くまでに詩を作らなければ死を与えるという難題を突きつけられて、詠んだ即興の歌として紹介されています。では、またご一緒に読んでみましょう。

「豆を煮て持て羹と作し　豉を漉して以て汁と為す　萁は釜の下に在って燃え　豆は釜の中に在って泣く　本は其れ同じ根より生ぜしに　相煎ること何ぞ太だ急なるや」

最初の二句は豆の料理について詠んでいます。豆を煮てスープを作り、味噌を漉して汁物を作る。「羹」は羊の肉と野菜を入れて煮た吸い物、あつものの意で、「羊羹」のことです。日本の「羊羹」はこの製法により、栗や小豆などを入れて甘みを付けたもので、今日では中国に逆輸入されています。「豉」は豆に塩を混ぜ、ねかせて作ったもので、味噌の類です。

次の三、四句目は、その豆の調理法で、萁（まめがら）を燃やして釜に入れた豆を煮るのですが、釜の中の豆が熱がってグズグズと泣いています。ここでは、擬人法が用いられ、「豆」と「萁」がそれぞれ比喩になっていますね。

最後の五、六句目に主題がうたわれています。もともと、豆は萁と同じ根から育ったのに、萁によって釜の中で煮られるとは、何という災難であることかの意です。もう、お分かりのことと思いますが、「萁」と「豆」の関係は「同じ根」とありますから、曹丕、曹植の兄弟を暗示しています。ですから、弟の曹植が兄の曹丕に、肉親なのにあまり酷い目に遭わせないで欲しいと、豆の詩に託して苦しい胸の内を訴えています。

「何太急」は感嘆形で、何とはなはだ危急なことかの意です。

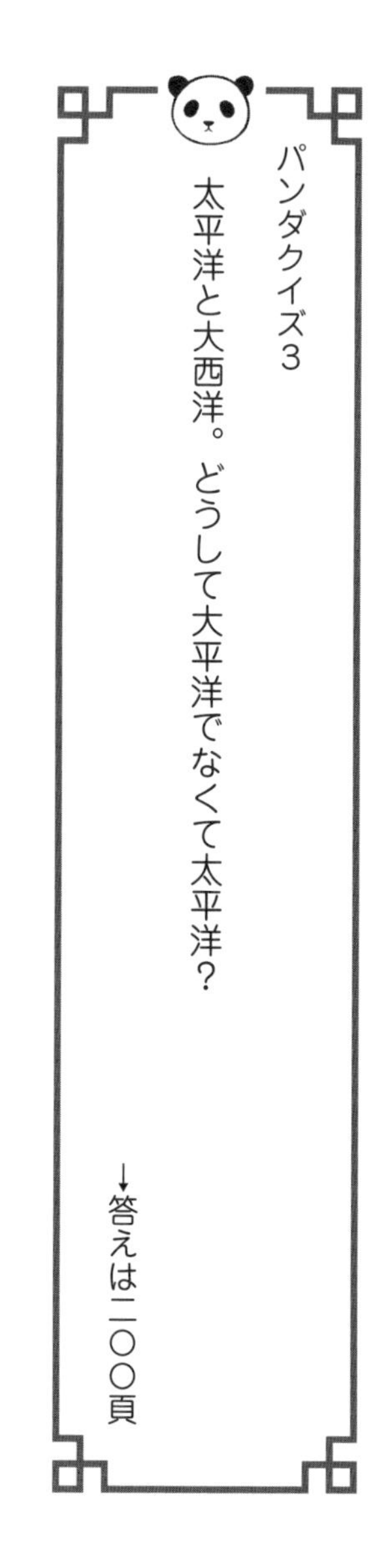

パンダクイズ3
太平洋と大西洋。どうして大平洋でなくて太平洋？
↓答えは二〇〇頁

この詩は、わずかに七歩、歩む間に即興で詠んだ曹植の戯れ歌と言われていますが、あまりに話ができすぎていて、小説じみていますので、曹植の作品とする説は疑問視されています。真偽のほどはともかくとしまして、この詩によって曹操に寵愛されていた曹植が、いかに曹丕に怨まれて酷い仕打ちを受けていたかということが窺われます。

暗黒時代の詩

――玩籍から陶淵明まで

詠懐詩　　玩籍

夜中不レ能ハレ寐ヌル●
起坐シテ彈ズ二鳴琴ヲ一
薄帷ニ鑑リ二明月ヲ一
清風吹ク二我ガ襟ヲ一●
孤鴻號ビ二外野ニ一●
朔鳥鳴ク二北林ニ一●
徘徊シテ將タ何ヲカ見ル
憂思シテ獨リ傷マシムレ心ヲ●

夜中寐ぬる能はず
起坐して鳴琴を弾ず
薄帷に明月鑑り
清風我が襟を吹く
孤鴻外野に号び
朔鳥北林に鳴く
徘徊して将た何をか見る
憂思して独り心を傷ましむ

次は「詠懐詩」です。この「詠懐詩」の「懐」は「ふところ」の意ですから、懐中の思い、つまり自己の内部の思想とか、感情を直接うたいあげた詩の意です。これは阮籍の連作で、四言詩三首、五言詩八十二首、全部で八十五首からなっています。この連作は詩人であり、哲学者でもあった阮籍が自分の思索と感慨とをさまざまな角度からうたいあげたものです。

このような詩になりますと、もう単なる詩ではなく、自分の感情を表す一つの文芸形式のようなものになっています。後にこの影響を受けて陶淵明の『飲酒』二十首、庾信の『詠懐』二十七首、李白の『古風』五十九首などの連作が作られています。

阮籍ですが、姓は阮、名は籍、字は嗣宗。陳留（河南省）尉氏県の人です。

青白眼でよく知られていますね。「竹林の七賢」の一人で、リーダー格でしたが、気に入った人には青眼、即ち普通の目つきで迎え、嫌な相手には白眼で接したという人物です。

そう言えば、今日、阮籍のような人にお目にかかりました。電車に乗っていましたら、前に座っていた男の人がこのように上目遣いに私を見たのです。つり革に掴まって上から見ていますと、まるっきり白眼でしたので、ぞっとしました。

この阮籍は大酒飲みで、いろいろな奇行の持ち主でして、本を読み出すと戸を閉じたまま何か月も外に現れなかったとか、山野を歩き回ると何日も帰って来なかったとか。

また、これも『世説新語』に書いてあるのですが、彼の母親が危篤の際に、彼は来客と囲碁を打っていました。「碁打ちと何とかは親の死に目に会えない」とよく言われますね。私も耳が痛いのですが、夢中になってしまいますと、本当に時間も何も分からなくなってしまうのです。臨終の知らせに、相手が対局を止めようと言ったのですが、阮籍は「いやいや」と静かに押し止めて、勝負がついてから酒を三斗飲みました。「三斗」は罰杯三斗などとも言われますが、三十升分に相当します。ご存じのように、「斗」は北斗七星の「斗」のことですから、柄杓型の枡の意で、当時は現在の約十分の一の分量です。それでも、今の三升程の大酒を飲み干し、号泣して血を吐くこと数升、久しく廃頓し、つまり、倒れて寝込んでしまいました。

それから、葬式の時に、彼はたいへん痩せ衰えていたそうですが、喪中なのに毎日酒を飲み、肉のご馳走を食べていました。いにしえは親が死ぬと三年の喪に服さなければなりません。三年と申しましても足掛け三年ですから、二年と少しですが、その間、家に閉じ籠り粥を食べ麻を着るのがきまりで、勿論、おしゃれもご馳走も許されません。今日でも、天皇の崩御の際にいろいろな行事がキャンセルされたり、自粛されたりいたしましたね。『論語』の陽貨篇にも載っていますが、宰我という弟子が孔子に、いくら親でも三年の喪は長過ぎるので、丸一年くらいでいいでしょうと言って食ってかかっています。そして、孔子に「子供は生まれて三年たって、やっと父母の懐から離れるのだ。お前は一人前になるまでどのくらい親の恩を受けているのか分からないのか、三年くらい当たり前だ」と窘められています。

そして、いよいよ埋葬の日になりますと、今度は子豚を殺してきて蒸し焼きにし、二斗の酒を飲んで柩に別れを告げ、その後で、「窮せり（万事休す）」と言って号泣し、血を吐いて倒れたそうです。

また、これも酒に絡んだ話ですが、阮籍は時の権力者で幕僚の司馬氏に、この人につきましては後にまたお話しいたしますが、見込まれまして、娘を自分の息子の嫁に欲しいと申し込まれました。彼は娘を司馬家に嫁がせたくなかったのか、毎日酒を飲み続け、六十日間も酒浸りでしたので、司馬氏は遂に縁談を持ち出せなかったということです。

阮籍はこのように大酒飲みでして、習俗や儀礼に背を向け、奇行の話にも事欠かない人物でしたが、何故そのような行動を取ったかは、また後でお話し致すことにしまして、早速、彼の作った「詠懐詩」の連作を読んでみましょう。では皆さんご一緒に。

「夜中寐ぬる能はず　起座して鳴琴を弾ず　薄帷に明月鑑り　清風我が襟を吹く　孤鴻外野に号び　朔鳥北林に鳴く　徘徊して将た何をか見る　憂思して独り心を傷ましむ」

詩の内容は、夜中に眠ろうとしても眠れない。起き上がって琴を弾いた。阮籍は陶淵明と同様に酒と琴が大好きでした。何か気を紛らわせるために欠かせなかったのでしょうか。「薄帷」の「帷」は布偏に隹の字で、「隹」は「囲」という字を書いてもいいのですが、めぐらす意ですから、周囲にめぐらされた布、つまり、とばりとかカーテンの意味です。明月がカーテンを照らし、清風が襟元に心地よく感じられる。

「明月」と「清風」は何かの比喩のようです。「孤鴻」と「朔鳥」も対句となっていて何かの比喩です。「孤鴻」の「鴻」は大きな雁のこと。「おおとり」とも読みます。真夜中に、一羽の大きな鳥が荒れ野で悲痛な叫び声を上げている。「朔鳥」は北の鳥の意。北から飛んで来た鳥は北の林で鳴いている。表を彷徨って、何を見ようとするのか。思いしずんで、一人心を痛めているという詩です。何か、救い難い悲愴な詩のようですね。

ところで、「明月」と「清風」、「孤鴻」と「朔鳥」はそれぞれどんなことを意味しているのでしょうか。まさに彼の生きた後漢末の建安時代（三世紀末）はたいへんな暗黒時代だったのです。四百年続いた漢が倒れ、魏・呉・蜀の三国時代になります。その魏の始祖が曹操でしたね。

今日の時代も、変革の時代とか言われて内外ともに混乱しています。これまでの常識が通用しなくなったり、価値観が覆ったりして紛争が絶えない、いろいろな意味での過渡期ですね。現在、アフガンでも内戦が続いていて、国外に逃亡していました国王が今度、国に戻って来ると言われていますが。そして今、タリバンとか、北部同盟とかが覇権を争っています。そうしますと、そのような状況下でのインテリとか指導者たちはどのように身を処したらいいのでしょうか。どの派閥に属すかによって自分の命運が決まるわけですから。

阮籍の父親は、建安七子の一人の阮瑀でして、滅び行く魏帝国側に仕えていました。逆に、阮籍は実権派の家老の司馬氏側、先ほど話に出てきました娘さんを自分の息子の嫁に寄越せと申し入れた人ですが、その司馬氏の三代に仕えました。この司馬氏というのは後の晋国を建てる人です。

阮籍の本心は父と同じ魏帝国の方にあったと思いますが、帝国のお先は真暗闇です。従いまして格好だけは、一応司馬氏についていますが、板挟みになっています。下手をすると、密告されて暗殺されかねません。アフガンでも今、処刑だとか、テロだとか、凄いですね。暗黒時代の身の処し方はたいへんだったと思います。先が読めずにみんなが疑心暗鬼になっていますから、どちらについても心が穏やかではありません。

この「明月」と「清風」というのは難解なのですが、魏帝国の古き良き時代のことでしょうか。そして、「孤鴻」は魏国の王で、「朔鳥」は司馬氏（晋）のこと、あるいは、「孤鴻」は作者とか、中央から追われた賢者で、「朔鳥」は権力に群がる者たちという説もあります。いずれにしましても、この詩は、国家存亡の危難に直面した時の不気味な光景とその苦衷とを映しています。三曹以後、魏では幼い子たちが王位を継ぎましたが、権力者の司馬氏によって、次々に捕えられ、殺されたりしました。魏帝国や一族の運命を思う時、阮籍の心はいかばかりであったでしょうか。

詠懐詩

嘉樹下成蹊
東園桃與李
秋風吹飛藿
零落従此始
繁華有憔悴
堂上生荆杞
駆馬舍之去
去上西山趾
一身不自保
何況恋妻子
凝霜被野草
歳暮亦云已

嘉樹　下　蹊を成す
東園に桃と李と
秋風　飛藿を吹き
零落　此れ従り始まる
繁華に憔悴有り
堂上に荊杞生ず
馬を駆りて之を舎てて去り
去きて西山の趾に上る
一身すら自ら保んぜず
何ぞ況んや妻子を恋ひんや
凝霜は野草に被り
歳暮れて亦云に已みぬ

この「詠懐詩」も阮籍の詩ですが、急いで読んでみます。

「嘉樹下蹊を成す　東園に桃と李と　秋風飛藿を吹き　零落此れ従り始まる　繁華に憔

悴有り　堂上に荊杞生ず　馬を駆りて之を舍て去きて　西山の趾に上る　一身すら自ら保んぜず　何ぞ況んや妻子を恋ひんや　凝霜は野草に被り　歳暮れて亦云に已みぬ」

この詩には四季がうたい込められています。一、二句目が春・夏で、東の園に咲き匂っている桃や李のように、すばらしい樹の下には小路ができる。いわゆる、成蹊ですね。ここまでは、平安な魏の国の様子です。そこへ突然に秋風が吹いてきた。「秋風」は比喩で、司馬氏たちによる内乱でしょうか。司馬氏がやって来て、魏の王朝を吹き飛ばした。零落が始まって、「繁華に憔悴有り」、栄えた所が衰えていった。

「堂」は日本では本堂とか、講堂とかの大きな建物を指しますが、中国では、母屋とか表座敷のことです。宮殿の表座敷であった所が荒れ果てて、「荊杞」はいばらや、枸杞（くこ）のような草が生い茂っている。人々が馬を駆り立てて逃げていく。自分もそこを離れて西山に籠ろう。「西山」というのは、昔、殷代の処士の伯夷・叔斉の兄弟が殷の紂王を討伐した周の武王の不義に憤り、隠棲し餓死した山で、首陽山ともいいます。自分も名高い西山に登って籠ろう。

「一身すら自ら保んぜず」、自分の身の安全さえ保てないのに、どうして妻子の面倒など見られようか。

最後は、「凝霜」、冬ですね。一面の野草が霜に覆われ、歳が暮れて万事窮す。

何か、魏国の終焉を予言しているかのような寒々とした詩ですね。自分の心はまだ魏朝にあるのですが、それが知られれば密告されて司馬氏の一味に捕えられるし、司馬氏に服従していると、狂い死にしそうで、どちらについても浮かばれないので西山に籠る決意をせざるを得なかった阮籍の苦悩がうたわれています。

吉川幸次郎氏の『阮籍の「詠懐詩」について』（岩波文庫）の「附　阮籍伝」をご参考にしていただきますと、さらにご理解がいただけるかと存じます。要点だけ読んでみます。「なぜ阮籍は、そうした生活態度（酒乱や狂気や数々の奇行）を取ったか。それは彼の生きていた時代が、偽善と詐術にみちた不潔な時代であったからであり、彼の生活はそれに対する抗議であったということが、普通にいわれている。それはまた事実でもある。すなわち彼の生まれた二一〇年は、大漢帝国最後の皇帝である献帝の建安十五年にあたる。つまり四百年の間、中央集権による秩序整然たる統一を、中国の全土、すなわち当時の意識では文化をもつ人類の居住する地域のすべてに及ぼしていた大漢帝国」

先ほど申し上げました四百年間続いた帝国が崩れていくところです。

「（その）帝国の崩壊は、彼の生まれる二、三十年前から、中央朝廷の衰弱と、それに反比例する地方豪族の擡頭とによって、その過程をはらみつつあったが、崩壊の段階をおしすすめたのは、大規模な百姓一揆」

黄巾の乱というのがありましたね。それがきっかけになっています。その後、農民一揆

が続発しまして、

「各地に奮起した豪族の義勇軍によって鎮定されたけれども、武力を持つようになった豪族たちの間には、つぎつぎに内戦が交され、帝国の崩壊を早めた。四百年の歴史をもつ大漢帝国の崩壊、それはローマ帝国の崩壊と同じく、帝国を支えていたもろもろの秩序の崩壊であり、当時の意識における世界の崩壊であった。そうした紛争が二十年近く続いたあと、阮籍の生まれた頃には、天下は三分の形勢にあった」

これが三国時代ですね。

「北方には曹操、曹丕父子の魏、東南には孫権の呉、西南には劉備の蜀と三つの勢力が鼎立していたことは、『演義三国志』が手近に示す通りである。うち阮籍が居住する地域の実際の主権者であり、また彼の父のパトロンでもあったのは、魏の武帝、すなわち曹操である。曹操は文学を愛し……」

この辺はお話しいたしましたので、三行ほど飛ばしまして、

「次の皇帝たるべき機会を狙っていた。彼が独裁者としての地位を高めるべく、魏公という称号を漢の天子から授かったのは、阮籍四歳の時であり、魏王という称号に進んだのは、阮籍七歳の時である。そうして、阮籍十一歳の時には、曹操の子、曹丕が……」

これが長男ですね。

「正式に漢の皇帝の譲位を受けた。大漢帝国は名実ともに消滅し、曹丕の新しい帝国は魏

と称した」

この後が大事なところです。

「この譲位の経過は、最も欺瞞に満ちたものである。漢の皇帝はまず曹丕にむかい、天命はすでに我が家を去った、あなたこそ帝位にのぼるがよいという詔勅を発する。曹丕は辞退する。詔勅は更に発せられ、曹丕は更に辞退する。そうしたことが何度かくり返される」

「辞退」とありますが、「固辞」に近いですね。固辞も何度か断って、最後は受け入れることもあります。ここも最後に、

「百官群臣からも、辞退はかえって万民のためでないという勧告文が届けられる。かくて曹丕はしぶしぶ新しい天子になったというのが表面の形式であり、すべては威嚇と脅迫によって行われたというのが、裏面の実際であった。十一歳の児童は、この喜劇への直接な参加者ではなかった。しかしながら、喜劇は再び彼の成長と共に、まったく同じ形で進行しつつあった。曹操、曹丕によって始められた魏の帝室は、その孫の代には早くも衰弱を始め、実権は家老の司馬氏に移っていったからである。阮籍四十歳の時、魏の皇族、曹爽が、宰相の司馬懿に殺されたのが一つの画期である。次に司馬懿の子の司馬師が、魏の天子の一人を廃した時は四十五歳であり、司馬師の弟、司馬昭が」

この人が阮籍の娘を息子の嫁に欲しいと言ってきた人です。後で系図を書いてご覧にな

られますとよくお分かりになると思いますが、

「人を使嗾して、もう一人の天子を殺させ、しかも、罪を下手人になすり付けて、涼しい顔をした時は、五十一歳であった。幸か不幸か、阮籍は喜劇の大詰を見ることはできなかった」

阮籍はその最後までは見届けないで、この世を去ってしまいましたが、

「司馬昭の子、司馬炎が例の偽善的な手続きで、魏の天子の譲位を受け、晋という国号のもとに、新しい帝国の開祖となったのは、阮籍が二六三年、五十四歳でなくなる翌翌年であったからである。しかし、大詰への進行は彼の生前すでに決定的であった。つまり彼の一生は魏という欺瞞によって起こり、欺瞞によって倒れた王朝と、ほぼ時を同じくして始まり、ほぼ時を同じくして終わったと要約することができる」

というわけです。

このような暗黒時代には、いつ身に危険が降りかかるかわかりませんから、容易に本性を明かすわけには参りません。そこで、中国人の特技なのでしょうか、「佯狂」（狂ったふりをすること）に、あるいは酒によってしか憂さを晴らせなかったのかもしれませんが、酒浸りになってしまったのでしょう。とにかく、このような生き方でしか生き延びられない状況だったのでしょう。それで、八十数首もの「詠懐詩」が生まれたものと思われます。

阮籍につきまして、彼が仕えました司馬氏の三代目の司馬昭が次のように評しています。

「世の中で最も慎重な人物、それは阮籍である。いつ話をしても言葉はみな玄遠である」
つまり、比喩が多く暗示的なのです。この詩もそうですが、彼の連作の詩にはこのような詩が多く詠まれています。明言すれば、どこか言葉尻を捉えられ、偉い目に遭わされるのではないか。しかし、心の内を表現しないと発狂しそうですから、このように〈玄遠〉な「詠懐詩」になったのだと思います。

また、「そうしてかく正直な心情の表白である点にこそ、阮籍の『詠懐詩』が五言詩の歴史の上に、そうしてまたひいては中国の詩の歴史の上にしめる最も大きな意義があると、私は考える。すなわち、五言詩は阮籍において、知識人が、その人生観世界観を歌い得る文学となったと共に、知識人がもっとも正直にその心情を吐露すべき文学形式となる伝統も、ここに成立したと見得る」と吉川幸次郎氏は述べておられます。

五言詩はこのようにして確立されましたが、それ以後、この詩形が専ら流行しまして、陶淵明の五言詩に詠み継がれていくことになります。

陶淵明につきましては以前にも少しお話しいたしましたので、またの機会にしまして、最後に阮籍と陶淵明の隠逸詩の境地につきまして、一言触れて終わりにいたしたいと思います。

招隠詩　　左思

杖策招隠士
荒塗横古今
巌穴無結構
丘中有鳴琴
白雲停陰丘
丹葩輝陽林
石泉漱瓊瑤
纖鱗亦浮沈
非必糸与竹
山水有清音
何事待嘯歌
灌木自悲吟
秋菊兼餱糧
幽蘭間重襟
躊躇足力煩
聊欲投吾簪

策(さく)を杖(つえ)ついて隠士(いんし)を招(たず)ぬ
荒塗(こうと)　古今(ここん)に横(ふさが)る
巌穴(がんけつ)　結構(けっこう)無(な)く
丘中(きゅうちゅう)鳴琴(めいきん)有(あ)り
白(しろ)き雲(くも)は陰(きた)の丘(おか)に停(とど)まり
丹(あか)き葩(はな)は陽(みなみ)の林(はやし)に輝(かがや)く
石泉(せきせん)　瓊瑤(けいよう)を漱(すす)ぎ
纖鱗(せんりん)　亦(また)　浮沈(ふちん)す
必(かなら)ずしも糸(いと)と竹(たけ)とのみに非(あら)ず
山水(さんすい)　清音(せいいん)有(あ)り
何事(なにごと)ぞ嘯歌(しょうか)を待(ま)たん
灌木(かんぼく)　自(おの)ずから悲吟(ひぎん)す
秋菊(しゅうきく)は餱糧(こうりょう)を兼(か)ね
幽蘭(ゆうらん)は重襟(ちょうきん)に間(まじ)わる
躊躇(ちゅうちょ)すれば足力(そくりょく)煩(わず)ろう
聊(いささ)か吾(わ)が簪(しん)を投(とう)ぜんと欲(ほっ)す

遊仙詩　　郭璞

京華遊俠窟
山林隠遯棲
朱門何足栄
未若託蓬莱
臨源挹清波
陵崗掇丹荑
霊谿可潜盤
安事登雲梯
漆園有傲吏
莱氏有逸妻
進則保竜見
退為触藩羝
高踏風塵外
長揖謝夷斉

京華は遊侠の窟
山林は隠遯の棲なり
朱門　何ぞ栄とするに足らん
未だ蓬莱に託するに若かず
源に臨んで清き波を挹み
崗に陵りて丹荑を掇る
霊谿　潜み盤しむ可し
安んぞ雲梯に登るを事とせん
漆園に傲吏有り
莱氏に逸妻有り
進んでは則ち竜見を保つべく
退いては藩に触るるの羝と為る
風塵の外に高踏し
長揖して夷斉に謝せん

この左思（さし）の「招隠詩（しょういんし）」と郭璞（かくはく）の「遊仙詩（ゆうせんし）」という二つの詩についてお話しします。

これらの詩はこの世を厭うて隠棲し、仙界に遊ぶすばらしさをうたった詩です。特に、「招隠詩」は仙界に入ってしまった隠者を連れ戻しに行くのですが、ミイラ取りがミイラになってしまうように、自らもその虜になってしまいます。

乱世であればあるほど、このようなアウトサイダーが出現しますね。日本でも、中世には哲学や宗教が盛んになり、出家して寺に籠った人も少なくはありません。

阮籍も役人生活が辞められれば、憧れの仙界で心穏やかに暮らせたのでしょうが、心は魏帝国、体は司馬氏に縛られて身動きができず、酒浸りにでもならぬ限りは居たたまれなかったのでしょう。そこで、「詠懐詩」の連作を綴ることにより真情を吐露したのではないかと思われます。従いまして、阮籍の隠逸詩は仙界への憧憬が主に詠い上げられています。

飲酒

結レ廬 在二人 境一　　廬（ろ）を結（むす）んで人境（じんきょう）に在（あ）り

而 無二車 馬 喧一　　而（しか）も車馬（しゃば）の喧（かまびす）しき無（な）し

問レ君 何 能 爾　　君（きみ）に問（と）ふ　何（なん）ぞ能（よ）く爾（しか）ると

心遠地自偏
採レ菊東籬下
悠然見二南山一
山氣日夕嘉
飛鳥相與還
此還有二眞意一
欲レ辯已忘レ言

心遠ければ地自ら偏なり
菊を採る　東籬の下
悠然として南山を見る
山気　日夕に嘉く
飛鳥　相ひ与に還る
此の還るに真意有り
弁ぜんと欲して已に言を忘る

〈五言古詩〉

これに対しまして、陶淵明は役人生活を辞めて田園で悠々自適の生活を送り、この「飲酒」にもありますように、「庵を結んで人境に在り、而も車馬の喧しき無し……この中に真意有り、弁ぜんと欲すればすでに言を忘る」と俗世間にありながらの隠者暮らしの、つまり、仙界のすばらしさを詠い上げています。

しかしながら、陶淵明もこのような境地に到達するまでには、有能な人物でしたので田園に帰ってからもしばしば役人復帰への勧誘も受けたようで、阮籍同様、飲酒によって憂さを紛らす日々も多々あったのではないかと推察されます。

ともあれ、阮籍の愛した五言詩は、その後、謝霊運と陶淵明に受け継がれて参りますが、その山水（自然）詩人とか、田園詩人と呼ばれた二人の詩風は、やがて〈王・孟・韋・柳〉と称された人々、即ち、王維・孟浩然・韋応物・柳宗元や李白、白楽天といった後世の詩人たちに受け継がれていくことになります。

それでは、本日はこのへんで終わります。どうもありがとうございました。

パンダクイズ3の答え

「太」を「はなはだ」と読むのは、「太」字が「大の大」つまり、「大大」「大々」「夳」の略字で、最大・偉大、はなはだしい（最上級）の意を表すからです。

今日でも「太」と「大」は、太陽・太陰、太平洋と大西洋、皇大子でなくて皇太子などのように使い分けられていますね。

第五章

歴史と伝統の地を訪ねて

『景雲』（平成二十一年十二月一日　通巻二〇三号）

はじめに

おめでとうございます。本日は景雲会の新年会にお招きいただきましてありがとうございます。また、皆様に御目に掛かれましてたいへんうれしく思っております。前回から何年くらいでしょうか？　五、六年ですかね。

最初にお招きいただきましてからはもう十五年くらいになりますか。ついこの間と思っていましたが、本当に光陰矢の如しですね。暮に話題になりました流行語大賞に、アラフォーというのがありましたね。何かフランス語かイタリヤ語の洒落た言葉かと思っていました。ア・ラ・カルトなどの。ところが、アラウンドフォーティーの略だそうで。不惑ですか、そんな時代もあったんですね。還暦のことを「アラ還」というそうですが、私はもう古希ですから、「アラ古希」になってしまいました。もうすぐ、アラアラってなことになりそうです。アラフォーは女性限定用語ですか？　アラ、そうですか。

論語から出た言葉で、不惑と同じように省略して年齢を表す言葉がありましたね。志学（十五）、而立（三十）、知命（五十）、耳順（六十）、従心（七十）などですが、喜寿、米寿、卒寿、白寿などは字形をもじった駄洒落のような言葉ですね。

私は現在、アラアラにならないために二つのことを行っています。一つはジムで水泳を。もう一つは惚け予防としてネットで囲碁を嗜んでいます。インターネットですから、いながらにして世界の人々といつでも楽しむことができます。日本棋院と他のあるサイトの両方で打ってみましたが、日本棋院の方はさすがにレベルも高く、礼儀正しくていいのですが、他サイトの方はマナーの悪さが目立ちます。無料の上に、名前も顔も分からないせいもありまして、特に点取り主義（勝つと点数が加算される）の人に良くない人が多いようです。

ところで、このマナー、つまり**礼＝禮**ですが、本日のテーマの一つでもあります。

本日の演題は「**中国逍遥遊**」ですね。「**逍遥遊**」は私の大好きな言葉ですが、例の鵬の出てくる『**荘子**』の寓話の篇名です。

逍遥遊第一

北冥有魚、其名爲鯤。鯤之大不知其幾千里也。化而爲鳥、其名爲鵬。鵬之背、不知其幾千里也。怒而飛、其翼若垂天之雲。是鳥也、海運則將徙於南冥。南冥者、天池也。齊諧者、志怪者也。諧之言曰、鵬之徙於南冥也、水擊三千里、搏扶搖而上者九萬里、去以六月息者也。

○北冥：北海。北方はるか幽境にある大海。○怒：全身に力を込める。「努」と同じ。○垂天之雲：天空一面を覆う雲。○海運：海の気が動き、大風が起こる。○斉諧：書物の名。一説に人名。○志レ怪：不思議なことを記す。「志」は、「誌」と同じ。○搏二扶揺一：つむじ風に羽ばたく。○去以二六月一息：六月の大風に乗って去る。息は、気息の意。

幾千里あるか分からぬ大きさの大鵬が三千里羽ばたいて九万里上昇し、南冥（天池）に向かって飛んで行く壮大な話です。その高みから見下ろしますと、地上は青いに決まっていると荘子は言っています。ガガーリンよりも二千年以上も前に、荘子は断言していますから驚きです。昔、南氷洋に行く捕鯨船に図南丸という船がありましたが、その「図南」（大事業を企てること）という言葉もこの逍遥遊篇が出典です。

最近は、大相撲にも鵬の付く四股名の人が増えてきましたね。中国でも鵬は人気があるらしくて、クラスに必ず何名か鵬の名の付く男の子がいました。「荘子」には寓話が多いのですが、この鵬の寓話ははたして何を意味しているのでしょうか。

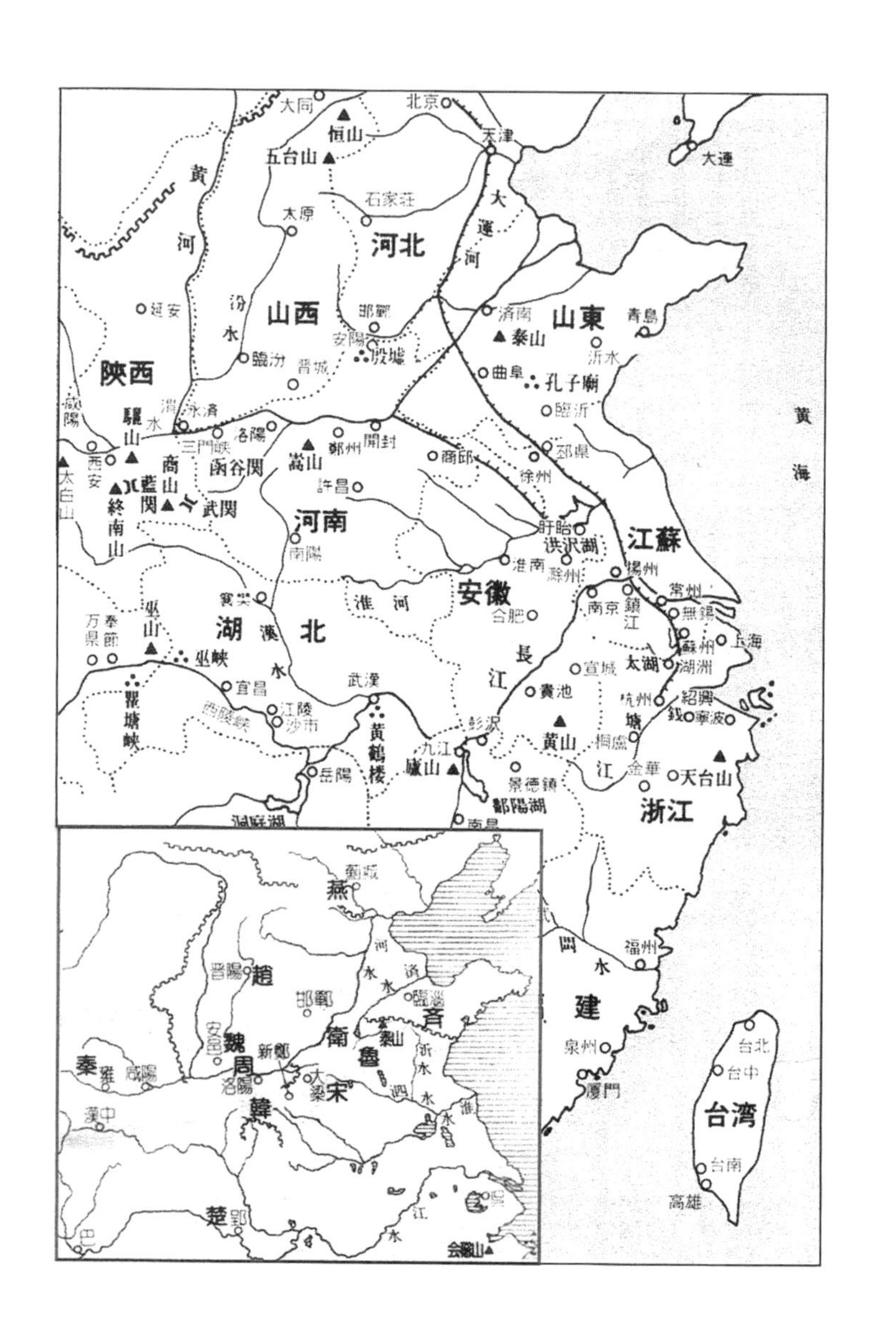

大同
北京
恒山
天津
五台山
大連
黄
河
石家荘
太原
大
運
河
河北
汾
水
延安
山西
邯鄲
済南
山東
青島
安陽
泰山
殷墟
沂水
臨汾
晋城
曲阜
孔子廟
陝西
渭
水
永済
臨沂
黄
海
驪山
洛陽
三門峡
開封
鄭州
嵩山
商邱
邳県
西安
函谷関
徐州
太白山
商山
藍関
許昌
終南山
武関
河南
盱眙
江蘇
洪沢湖
南陽
淮南
揚州
滁州
常州
安徽
淮
河
南京
鎮江
無錫
合肥
万県
奉節
巫山
湖
北
漢
水
蘇州
上海
巫峡
長
江
太湖
湖州
宣城
瞿塘峡
宜昌
武漢
貴池
杭州
紹興
江陵
沙市
黄鶴楼
彭沢
黄山
銭
塘
江
寧波
桐廬
九江
廬山
金華
天台山
岳陽
景徳鎮
鄱陽湖
浙江
洞庭湖
南昌
薊城
燕
河
水
済
水
晋陽
趙
邯鄲
臨淄
斉
安邑
魏
新鄭
衛
泰山
魯
沂
水
秦
咸陽
周
洛陽
大梁
宋
泗
水
韓
淮
水
漢中
楚
郢
江
水
巴
呉
会稽山
閩
水
福州
建
泉州
厦門
台北
台中
台湾
台南
高雄

これは長くなりますのでまたの機会にいたしまして、本日は最初に**大連と大連大学**についてご紹介させていただきます。大連大学には五年間ほど在職いたしました。実は、私には九十八歳の母がいまして、現在その介護のために帰国中なのですが、その間に大連を拠点にしまして中国各地を逍遥しましたので、そこで体感いたしましたことなどを少しお伝えできればと思っています。

次に**山東省曲阜の孔子、孟子の故里**を訪れましたので、**禮**につきましてお話しいたします。

さらに**鄭州安陽の殷墟**を見学しましたので漢字の起源、**甲骨文字**につきまして、さらに時間がありましたら、**陝西、東北、海南島**の旅などについても触れたいと思っています（時間の都合で次の機会になる）。

本日は、特に**禮と文字**についてお話しいたしたいと思います。今さら禮なんて、とお思いになられるかもしれませんが、古代の中国を知るには禮の理解は不可欠ですし、三千年経た今日でも、禮を抜きにして社会は成り立ちません。中国の旅を通じて、常に意識させられましたのはこの禮についてです。沖縄にも守礼門がありますが、この礼（禮）とは何か？　禮の起源は？　また、「禮」の字の偏は何を表しているのか？　などにつきまして後に考えてみたいと思います。

大連と大連大学

沿海都市・大連

大連と聞きますと、何を思い浮かべられますか。あの、白くてあまい香りで知られるアカシアでしょうか。それとも、青い空と海でしょうか。

アカシア祭りは今でも毎年催されていますが、アカシアは現在、市内にはそれほど多くは残っていません。むしろ、大連市郊外にある大黒山の麓の大連大学付近に密生していまして、そのシーズンともなりますと鈴なりの白い花の香りで咽(むせ)てしまいそうになります。

大連は港町でして、美しい海浜公園や多くの広場にも恵まれています。そこには上海や横浜、神戸などと同じくハイカラで進取の気性に富んだ人々が住んでいます。町並みも整然としていて、とても中国とは思えない光景もあります。

ここは市内の景観が一望できる大連の観光スポットです。いろいろな高層ビルが立ち並んでいますが、この中には森ビルもあります。現在、どこも建設ラッシュ中で、わずか数ヶ月で街の様子が様変わりしてしまうほどです。郊外は工業化が進み、日系企業が二千以上もあるそうで、一種の日本ブームが起こっています。

日本語を学んで、日系企業に就職できれば高収入が得られますので日本語の学習熱も盛んです。全国からエリート学生が集まり、大連外語大、大連大、理工大、民族大、遼寧師範大などで学んでいます。その他に専門学校や企業内の学校など、至る所で日本語は学ばれています。毎年行われる佳能(キャノン)主催の日本語弁論大会は熱気に溢れ、さながら大連の甲子園大会といった感じです。千二百余名の参加者で争われ、優勝者には二千元と一週間の日本旅行が贈られます。

市内には日本料理店も多く、新しい所では回転寿しや餃子の王将などが人気を集めていました。韓国の食堂も人気がありましたが、興味深かったのは北朝鮮直営のレストランです。ウエートレスは質素ですが、みな美人揃いで、ショータイムになると全員が華やかな歌姫や舞姫に早替りし、見事な民謡や踊りで客をもてなしてくれます。このようなレストランは北朝鮮の外貨獲得の国策として、中国の東北地方、北京、上海などの各都市や東南アジアのタイ、インドネシアなどの各都市にも設けられているようです。

市郊外の開発区の海浜に温泉がありましたので行ってみ

大連

ましたら、日本の健康ランドのようなものでして、経営者はやはり日本人でした。そこの温泉プールが気に入りまして、毎週のようにお世話になっていました。

また、大連外大付近にある、昔の東本願寺であった所には、大連唯一の京劇の劇場がありまして、時々楽しませてもらいました。

▼▼広大なキャンパスに漲る創新の気　大連大学▲▲

大連大学は大連市の開発区の郊外にある大黒山の山麓にあります。資料にもありますが、その広さはなんと約百万平方メートルもあります。筑波大学も広くて迷いそうになったことがありますが、とても太刀打ちできません。全寮制でして、その敷地には白亜の建物が百以上配置され、さらに新築工事が続行されていまして、約二万名の学生が学んでいます。学風は歴史が浅いので、〝創新〟のスローガンのもと、自由と清新さにあふれています。

一九八七年に大連大学医学院、師範学院、工学院が統合され、現在は教育、文、史、法、経、理、工、医、管理、哲学の十学科、二十一学院からなる総合大学です。

日本語言文化学院は学生三百人に対し教師三十六人（含日本人九）による少数精鋭の教育が行われています。大連には日系企業が多いこともあって、学生は日本や日本語に対しての関心が極めて強く、たいへん勉学に熱心です。特に日本語学科の学生は優秀で、男子も女子も日本の一時代前の中学生のように純真ないい子たちばかりです。別れの際などには経験したことのないような慟哭の涙を流す学生もいます。

我々外国籍教師にはこのように可愛いらしくて有能な学生の付き人が配属され、何か困ったことがあれば銀行でも買い物でもどこへでも同行し、通訳も兼ねて助けてくれます。

担当教科

担当教科は四学年の日本文学と日本概況でした。日本文学は日本の高校二年程度の教材で、散文と小説それに日本文学史です。小説は川端、芥川、水上、小林多喜二などの作品です。学生たちは日本語検定三級に合格しないと卒業できませんので、四学年ともなりますと日本語はかなり上達していますが、個人差もかなりあります。

大連大学

疑問点や難解な語句などにつきましては中国語を交えて説明したり、グループで調べさせて発表させたりします。日本文学のテーマ性や心理描写、自然描写、文学的表現などのすばらしさが伝わりますと非常に喜んでくれますので、楽しく授業が進められました。

更に日本文学に興味を持った学生は学内に設けられた仁田文庫の本を読み漁っていました。この文庫は同僚で、元朝日新聞の記者であった仁田丈三氏が書籍の寄贈を人々に呼びかけて、「愚公山を移す」の精神で長年にわたって集められたもので、日本語の小説類の蔵書約三千冊があります。

一方、日本概況には弱りました。教科書も何もなしに日本の紹介をしなければなりません。日本の歴史、地理、政治、文化、産業、社会、文学等々、日本に関する一切が含まれるそうです。何をどのように伝えるべきか。準備していったビデオも機器がなくて使えなかったので、とにかくパソコン教室を確保してもらい、年間授業の前半は講義に当て、後半は学生たちをグループに分けて、各自日本に関して調べてみたい課題を決めて発表してもらいました。

パンダコラム

愚公山を移す

愚公

『列子』の寓話に出てくる人物。愚直一徹な人物の代表者として扱われる。

『列子』湯問篇

北山の愚公が齢九十歳にして通行に不便な山を他に移そうと思い、人の批判にも耳を貸さず、箕で土を運び始めたので、天帝が感心してこの山を他へ移したという寓話。たゆまぬ努力を続ければ、いつかは大きな事業も成し遂げるたとえ。

講義

最初に導入として毎日新聞の万能川柳を教材にしてみました。作品に触れながら、現代の日本の世相や庶民の心を分からせるのに好都合と思ったからです。学生たちは初め戸惑っていましたが、意味が分かるにつれて少々毒気を含んだユーモアを面白がっていました。次に日本の伝統食を取り上げました。それから日本の紹介をどのようにしたら良いかいろいろと迷って、三題噺ではありませんが、身近にあった日本古来の品々である風呂敷、日本手拭、和服の代わりに、着用していた浴衣を教室に持ち込んで紹介してみました。

まず、それぞれの特徴や用い方を実演入りで説明しました。

風呂敷は名前の通り、江戸時代には風呂に入る時に着物を包むために用いた物でしたが、その包み方によっては袋状にしたりして、何でも持ち運びができ、レジ袋などよりも遥かに便利で、地球にも優しいエコ製品であることを強調し、いろいろな包み方の実演をしました。中国では捨てられたレジ袋が風に舞い、木々に引っかかっていたりして、清掃にも手を焼いていますのでＭＯＴＴＡＩＮＡＩのよい教材にもなりました。

日本手拭はいろいろな鉢巻きになりますので、その実演。また、骨折した時の支えや救急用の包帯の代りにもなり、紐をつければ褌にもなるという便利な代物。

和服の代わりに浴衣を学生に着せてみました。和服は美しさでは世界一と言っても過言ではありません。中国の学生たちにもたいへんな人気で、彼らの発表のテーマにも選ばれました。一見、動きに不便そうですが、端折ったり、襷がけにしたりすれば、動きやすくて機能的である点、サイズもフリーに近く、あげで調節もでき、襲（かさね）の色目やいろいろな帯の使用によりその美しさも変幻自在であることなどを説明しました。

以上、三つの品が用いられる際の共通点は何でしょうか。いずれも融通性に富んでいますね。そして、それぞれ自由で柔軟な発想や工夫がなされています。これらは日本の文化、思想、宗教などから、言語や物造りに至るまで、あらゆる物に通じている日本人の優れた特性と言えないでしょうか。

例えば、昔の日本家屋の各部屋には厳重な個室や鍵などなく、板の間に畳を敷き、障子や襖で間仕切りし、風や視界を遮りたければ屏風を立て、寝室にしたければ蒲団を敷き、その上げ下ろしによりその空間を自在に利用しています。思想も宗教も多種多様で、信仰も鎖国の時代を除けば、比較的自由です。

日本人は常に外来文化を輸入摂取して、より豊かなものにしてきました。古くは和魂漢才、近年は和魂洋才、今日では衣食住などあらゆるものに和洋折衷などの雑多な工夫が見られます。

文字では漢字、カタカナ、ひらがな、万葉仮名、ローマ字、アルファベットを使いこなしてきました。

また、言語も、例えばトイレにつきましては、お手洗い、化粧室、ＴＯＩＬＥＴ、厠、ＷＣなど世界に類を見ない雑多な表記を使い分けることができる優秀な語学的センスを持っています。そのレベルの高さは、多様な書き文字の併用のみならず、ある内容を誰かに伝える時に日本人は、場面に応じた言葉や、複雑な敬語による使い分けさえもやってのけます。

また、相手を慮っての推量・婉曲表現も実に多いといったようなことをそれぞれ、例を挙げて解説しました。

また、スポーツなども相撲や柔道、剣道、空手などが国技であることは学生たちもよく承知していますが、今日では野球やサッカーやゴルフなどの方が人気があり、おそらく日本人ほど多種多様なスポーツに挑戦し続けている国も珍しいのではないでしょうか。これも、日本人の好奇心の強さと柔軟性によることなども付け加えて話しています。

捩じり鉢巻きをして学生たちを揄いながら、叩き売りの実演の授業をしていました時、笑い声が余程騒々しかったのか、隣室で授業の参観をしていた教務主任の老師が教室に闖入してきました。彼は阪大に留学して経済学を学び博士になった人で、愛する大阪弁で講義もしていましたので、「たけしみたいでめっちゃ面白うおました。ほんまに感動しましたわ」と言って帰っていきました。

大阪といえば、同僚で、浪花の幻舟さんと呼んでいた大阪出身のおばはんがいまして、たいへん多才で、日本語の他に、お花・お茶・着物の着付けなども教えておられました。お花は学生たちにも大連市民にも好評で、学内のイベントの際にはいつも華道部が作品を展示し、日中の老師たちも我流ながら飛び入りで花を活けて出品し、皆で楽しんでいました。また、市内のデパートや大ホテルでも共催による展示会がしばしば開かれていましたが、異国での花材集めや花器類の調達にはたいへんご苦労されていました。

書も達筆で、展示品に添えられたちょっとした折り紙細工やカードなどにも見事な文字が認められていました。また、大学にお偉方が見えると、いつも招かれてお茶を立てて、重宝がられていました。着付け教室では和服が足りず、ネットなどでよく寄贈を呼びかけたりしておられました。

赴任当初、適当な会話の教科書がなかったので、スタッフでそれを作ろうということになり、私には何故か、日中の古典芸能と国会、選挙などの項目が割り当てられました。深くも考えずに言われるままに引き受けたのですが、いざまとめの段になって参ってしまいました。能・狂言、歌舞伎や京劇などといった伝統のある古典芸能は調べれば調べるほど奥が深くて、簡単にまとめることができません。まして日本語も覚束なく古典芸能も見たこともないお相手に分かりやすく、簡潔に、会話文でとなるとスペースの問題などもあって、とても至難の業です。

そこで、日本留学中の大学院生と一緒に観劇や国会見学に行くという設定で会話文にまとめ、コラムとして活用してもらうことにして、お役御免にしてもらいました。苦労した甲斐がありまして、いろいろなことが学べ、日本概況の講義の際にはたいへん助かりました。

正月には百人一首の大会を催しました。四年生のため時間に余裕がありませんので、百人一首の現代語訳付きのプリントを配り、約三十首を読解・鑑賞しました。そして、考査の範囲に入れるので好きな歌五十首以上を暗誦するように指示し、大会で入賞したら成績は4以上、優勝したら5を進呈するから頑張るよう告げておきました。

予選で練習試合も何回か試みましたので、本番では皆よく覚えてきましてたいへん盛り上がりました。結果はなんと日本語の一番苦手な子が優勝し、無事卒業していきました。

発表の授業

各グループで話し合い、日本に関して調べてみたい事柄を決め、全体に発表する形式の授業です。グループ分けは好きな者同士三、四人以下とし、その発表とレポートで評価をしました。

特賞として、優秀な発表をしたグループには、私と食事を共にすることのできるプレゼント付きで、その審査方法は学生たちの拍手の割合によって決めることにしました。

中国の大学では自由な発表形式による授業は珍しいようで、就職試験の時期にも拘らず、CDなども作り、各グループともたいへん熱の籠った発表をしてくれました。

主な発表テーマは天皇制、和服、日本のアニメ・漫画、冠婚葬祭、宗教、家屋、世界遺産、国民性、芥川賞文学『蛇にピアス』（金原ひとみ）、手塚治虫などでした。

日本には世界に誇れるものが多々ありますが、アニメや漫画も学生たちにたいへん好評でして、彼らの中には子供の頃から、これらによって日本に興味を抱き、日本語や歌の学習をするようになった者も少なくありません。

彼らにカラオケやインスタントラーメンなどの出所がどの国か聞いてみましたが、誰も知りません。日本発であることを告げますと吃驚していました。炊飯器や洗濯機も同様でしたが、シャワートイレなどは日本産でしょうか。もしそうなら、世界に誇れるすばらしい発明ですね。

これからはエコの時代と言われていますが、ますます高い技術を有する日本の活躍が期待されています。日本の技術や精密機器だけでなく、日本文学とか日本文化の素晴らしさも、もっと世界の人々に理解されるようになればいいですね。日本概況を担当させられて、自分の身近なものや、日本について強く意識させられるようになりました。

「三笠の山に出でし月かも」ではありませんが、郷愁からでしょうか、帰国した時に丁度、中学の同窓会の案内状が来ていましたので、五十年ぶりで出席してみましたら、昔の悪がき共が当時のまんまで歓迎してくれましたので感激しました。高校の同窓会は珍しくもありませんが、ふるさとの幼馴染みは本当に懐かしいものですね。

三楽の一　学生たちとの交流

発表の授業ではいずれのグループにも日本に対する興味や関心の強さと真摯な学習態度が見受けられました。約束の、優秀なグループとの食事は学生同士の麗しい友情（?）もありまして、どのグループにも盛大な拍手が送られましたので、全グループがその権利を獲得してしまいました。

人気のレストランでの饗宴は最初に発表したグループで、天皇制についての綿密且つ精力的な発表でした。その他のグループとは学生食堂や職員食堂で、更には学外の一般食堂で、ささやかながらも楽しい饗宴が続けられ、一段と学生たちとの親密度も増しました。

中には、裕福な家庭の子女たちもいまして、食堂のではなく、どうしても私の手作りの料理が食べたいと言って聞かないものですから、台湾料理の海鮮入り八宝菜などを作ってやりましたところ、

「日本の男の人は料理が上手くないと聞いていたのに、こんなに美味しいのは初めてです」

と生意気な（?）コメントをしていました。

学生たちとは専家楼（教員の住居）の台所でよく料理を作り、しばしば食事会や少人数のパーティーを行いました。

餃子パーティー

学内では毎年、日本語によるスピーチ、朗読、カラオケ、作文、百人一首などの大会やいろいろなイベントが行われていますが、その都度、学生たちが指導と助言を求めてやって来ます。

この度、中国の書道のアンケート結果を寄せてくれた孫奎君もその一人ですが、今回ネットで問い合わせましたら、最後の卒業試験中にも拘らず学内外に諮って資料を纏めてくれました。

彼は一年生の時に日本語の朗読のコンテストで優勝し、すっかり日本語の虜になり、二年次には中央大学に留学しました。そして今年の九月から新潟大学の大学院に留学することになっています。

同じく、呉婷婷さんも私がたまたま担当することになったのですが、三年生の時に佳能杯のスピーチ大会の学内予選で見事優勝しました。その後、大阪大学の大学院で経済学を修め、この春から大崎にあるＩＴ関係の会社に勤めますが、初任給がなんと年収で四百万円を超えるそうです。

また、陳佳さんも現在は大連の日系企業に勤務中とのことですが、以前に見てあげた作文が国内のコンテストで二位になったとの朗報をメールで寄せてきました。

彼女も近々来日することになっていますが、このような卒業生たちが日本の各地で活躍しておりまして、来日しますと、訪ねてくれる者も年々増えてきていますので将来が楽しみです。これらも三楽の一です。

パンダコラム

「三楽（さんらく）」とは

『孟子』尽心上から由来する、君子の三つの楽しみのこと。

①父母兄弟が共に生存し
②天にも人にも恥じるところがなく
③天下の英才を教育すること

カルチャーショック

所変われば品変わると申しますが、以前は旅行者の目でしか中国を認識できませんでしたが、住み着いてみますと納得し難いこともいろいろありまして、カルチャーショックにも出会いました。

初めて日本語言文化学院に挨拶に行った時のこと、中国の先生方への手土産として菓子折りを持参しました。女性の副学院長に紹介されましたので、「皆様でどうぞ」と言ってそれを手渡しましたところ、怪訝な顔をされ両手を広げて、「え、皆さんにですか？」と何度も問い返され、呆気に取られている私に、「私に、ですか？」と言われたので、思わず「はい、どうぞ」と言わざるをえませんでした。

中国で割り勘は利かないのは承知していましたが、いい勉強になりました。全員に配りたい場合は一人一人に直接手渡さなければならぬそうです。

中国では、当然のことながら、権限が責任者に集中しています。学院の会議（職員会議）でも、学院長や副学院長のお言葉を全員がひたすら拝聴しているだけで、たいへん静かです。校務も日本のように組織化されておらず、すべてがトップダウンですので職員は命令されたことだけを忠実に行ってさえいれば、といった感じです。

もっとも、どこかの国の都教委も時代に逆行し、教員の裁決権を封じ、同じようなことを行おうと企んでいるようですが、そんな非民主的な運営では自主性も失せ、未来がありません。

雑用なども幹部任せですので、責任者は何でも屋のようです。たとえば、私たちの歓迎会や親睦会などでも、学院長が場所の設定から、接待、車の手配に至るまで一人で仕切っておられ、たいへんご苦労されていました。毎週行われることになっている会議も当日にならないと開催の有無や時刻なども分かりません。行事や授業も電話一本で突然に予定が変更されることがしばしばで驚かされました。

専家楼に初めて入居の日、行ってみて驚きました。泥まみれの絨毯に、窓側のドアの錠は壊れたまま、トイレは故障中で、約束の台所もなく、電話やネットは故障中で不通でした。入居者がやって来るまでに当然準備しておかなければならぬことが何もできていません。日本では信じられないことです。

中国では言われてから、いや、言われてからもなかなか捗りません。電話とインターネットの開通に二、三週間も掛かりましたので、毎日苛々して酒ばかり喰らっていました。寮にはバス、トイレ、台所付きというのが契約の条件でしたが、台所は三、四階にはそれぞれ共用のがあるのですが、私たちの二階にだけありません。食堂の食事は塩辛過ぎて口に合わず、パンも腹に合いません。下痢ばかりして痩せてしまいましたので、自炊用の台所は不可欠です。

こちらでは大事なことは係の人に頼んでも無駄であることが分かりましたので、何でもトップ（外事処長）と交渉することにしました。台所は勿論ですが、当面、電子レンジと電気釜などを要求しましたところ、学院長のサポートもありまして、すべての要求が通りました。

中国では万事がこのようで、不合理なことも黙っていれば、そのままで済まされてしまいます。裏から行かない限り、何事も喧嘩腰で交渉するくらいでないと埒が明きません。台所は作るとなると突貫工事で、二階共用のをひと月足らずで作ってくれました。早いのは結構ですが、四川の耐震建築でも問題になっていましたが、手抜き工事が多くてすぐに故障したり、階段などでも工事後数ヶ月で傷んで崩れたりします。ですから、それらの修復などのために、また、停電や断水がしばしばです。

誰もが寝入っている真夜中の二時頃、突然爆発音が学内に轟き渡りました。何事かと飛び起きて外に出てみますと見事な大輪の花火でした。それが十数発も続けられましたので睡眠が妨害され皆怒っていましたが、翌日になって犯人が分かりました。

パンダクイズ4

真夜中の突然の花火！　さて、その企みは何？

↓答えは二四六頁

他人の迷惑も考えぬ行為として許せないのは、乗り物を待つ時とか、切符を買う時の行列への割り込みの酷さです。自動車の割り込みや追い越しも怖くて命の縮む思いですが、日本の十倍もの人口の中を生き抜くためには欠かせぬ生活の術なのでしょうか。

旧暦の八月十五日は中秋節に当ります。日本では薄と団子を月に供えますが、中国では月餅を供えて、家族揃ってそれを分け合って食べる風習が今でもあります。大学でも全員に大きな月餅が配られ、皆で家族のように祝い合います。良い習慣だと思ったのですが、学生に聞いてみますと大学の月餅はまずいので食べず、好みの店のを買って食べているそうです。

国民の祝日に教師の日というのがありまして驚かされました。日本では教師はよく批判や非難の対象にはなりますが、祝う日などとうてい考えられません。もっとも、そんな日があったとしても教師たちは照れ臭くて落ちついていられないと思われますが、中国に居ますとごく自然に受け入れられるので不思議な感じがしました。

当日は大学当局から演芸会やコンサートに招待されて労をねぎらわれたり、学生たちからはクラス全体と、個人から、それぞれ手造りの心の籠った品々が贈られたりします。

演芸会には学内に歌舞芸能の科がありますので、テレビで活躍中の一流の歌い手や踊り手が登場し、楽しませてくれます。学生たちは子供の頃から躾けられていますからごく当たり前のこととして教師を敬い、感謝の念を表します。そのようにされますと、当然またなんとかしてあげたいと思うのが人情です。

また、中国では何かにつけて、奨励のために表彰が行われています。日本でも、よい点は見習ってみても良いのではないかと思いました。

孔孟の里を訪ねて

——山東の旅

煙台から済南(サイナン)行きの車中、四人掛けの席で、私の前の席二人分を占拠して寝ている男の人がいました。彼が目を覚ましたので、行き先を聞いてみますと済南の人でした。雑談をしていますと、バッグの中からタブロイド版のグラビア雑誌を取り出して私にくれました。

彼は北京にあるその雑誌社の編集長で、陳香という人でした。山東省の話から孔子や論語の話になった時、私が「有朋(ヨウポン)、自遠方来(ツーユアンファンライ)、不亦楽乎(プーイールーフー)」とゆっくりと発音しますと、陳香さんは人懐こい笑顔で握手を求められました。

それから話が弾み、老子や荘子などの話になって老荘思想への造詣の深さも窺え、二人は意気投合しました。

陳香先生

パンダコラム

「有朋、自遠方来、不亦楽乎」

「有朋、自遠方来、不亦楽乎」は『論語』の「學而第一」の一文。

〇子曰、學而時習之、不亦説乎。有朋自遠方來、不亦樂乎。人不知而不慍、不亦君子乎。

〇曾子曰、吾日三省吾身。爲人謀而不忠乎。與朋友交而不信乎。傳不習乎。

済南に着くと陳香さんは空軍の素適な招待所を予約して下さり、ご自分はすぐ近くのホテルに泊っているので、夕方になったら晩餐にどうぞと誘って下さいました。

夕方までは、少し時間がありましたので、タクシーで林厚礼君と黄河見物へ行くことにしました。林君は大連大の機械科の学生でこの旅行にどうしても参加させて欲しいと言って、同行している私の棋友です。

黄河までは数十分で行けるとの運転手の甘言につられて車に乗ってはみましたが、行けども行けども着きません。ようやく遠方に長い橋が見えてきたところで夕暮れになり、雷雨がやってきました。そこからはずっと遠くまで歩いて行かないと河流は見られないとか。とても陳香さんとの約束時間には間に合いそうにありません。仕方なく、黄河の流れとおぼしき所を遥かに仰いだだけで、運転手とは喧嘩して別のタクシーに乗り換えて帰ってきました。

途中、大雨に見舞われ、道路が冠水したため車が渋滞し、真っ暗になって夜の八時頃に宿に着きました。

陳香さんには車中からお断りの電話を入れておいたのですが、待っているから是非にと言われて秘書の方を迎えに寄越して下さいました。宿までは歩いて四、五分の所なのに、雨が土砂降りだったので彼はびしょ濡れになっていました。そして、わざわざ車を呼んで彼らの宴席まで案内してくれました。そこで、白酒と毛沢東の好物だったという毛家の料理などを嫌というほどご馳走になり、大歓待を受けました。

恐縮して、お礼に酒でもと思って売店で買っていましたところ、二人がかりで羽交い絞めのようにされて阻止されてしまいました。そして、都合が付いたら明日も同行して、一緒に泰山に登りたいがどうかと言われましたので、勿論大賛成しました。

翌日、陳香さんは早朝から宿に迎えに来られ、バスセンターまで連れていって下さり、一緒に泰山の麓の泰安に行きました。そして、六十元（約九百円）で泊れる彼の友人の経営するホテルを紹介して下さいました。

トイレなど、ガタがきていて少し戸惑いましたが、一先ず荷物を預けて近所の飯店で昼食を取ることにしました。

ビールで乾杯しているところに、陳香さんの教え子が三人駆けつけて来ました。泰安医科大の学生たちでした。

陳香さんはこの大学の文学の老師もなさっていて、小説の講義を担当しておられました。それから、また乾杯が繰り返され、すっかり盛り上がりました。昨晩の返礼にと、トイレに行くふりをして精算しに行くと、また大揉めになり学生たちに拘束されて阻まれてしまいました。

その後、タクシーに分乗して、念願の泰山登山に向かいました。前車に陳香先生と二人の医大生、後車には、林君と医大生と私の三人が乗ってロープウエー乗り場の付近に来た時、陳香先生が振り向いて車中から手を振っておられました。不審に思っていると、車はそのままどこかへ消えていってしまいました。医大生に聞いてみますと、「先生は緊急の連絡が入って、お供できなくなられました。これは先生からの贈り物です」と言ってビン詰の飲料水と食料を差し入れて、お礼も受け取らずに帰っていってしまいました。

陳香先生との登山を楽しみにしていましたので、一瞬、呆然としてしまいましたが、先生の心憎いばかりのお心遣いにすっかり敬服してしまいました。学生たちが宴席で、陳香先生はとても優しい先生ですと話していた意味が諒解できたような気がしました。

泰山

結局、泰山へは林君と二人だけで登ることになりました。ロープウエーに乗って泰山の絶景に見入っていましたが、やがて半ばくらい上った所で雲海に突入し、何も見えなくなりました。ロープウエーは強風に煽られて、たいへん怖い思いをしました。

山頂駅で降りると、雲は流れていて泰山は時々晴れ間から荘厳な姿を見せます。さすが中国第一の名山、二千五百年前、孔子も登ったという記念の建造物や巨大な石碑などもあり、感激しました。古代には歴代の天子も泰山に登り、天を祭る封禅の儀式を行いました。『史記』にも始皇帝や漢の武帝の記事が見られます。

その後、泰山の頂上まで登り、千六百余段の階段を下りて帰って来ました。あまりに急な階段で危険なので、斜め歩きを繰り返しながらゆっくりと慎重に下りました。

というと、聞こえは良いのですが、実は前日からの宴会続きで、酒やビールが効き過ぎてお腹が冷え、頂上付近で腹痛が始まりました。でも、折角泰山に来たのだから記念にと思って、歩いて下り始めました。

吐き気がしてきて、霧に覆われた天下の名山を楽しむ余裕はありません。なんと、千六百段下る間に、何回も腹がくだるという、くだらないお話になりました。死ぬかと思うほどの苦痛に耐えられずに、なりふり構わず岩陰へ何度も飛び込んだりしました。足は震え、ふらつきながらの下山に見かねたのか、一人旅の中国の青年が肩を抱えてくれました。脱水症になりそうになりましたが、ここでも陳香先生のお心の籠った賜物に助けられて、なんとか麓まで辿り着くことができました。

李女史・筆者・陳香先生

ですから、泰山は私にとりましては地獄のような魔の山でして、悲惨な思い出しか残っていません。宿に着きましても何も咽喉を通らず、おも湯を啜って翌日の曲阜行きに備えました。

泰山　1600段の最下段

翌日はバスで曲阜に着き、早速、李さんに電話をしましたところ、すぐに駆けつけて下さり、宿の手配と曲阜の案内をして下さいました。李さんは陳香先生のお友達で、医師の奥様です。先の済南までの車中で懇意になった曲阜の人で、曲阜に着いたら、電話をするようメモを下さった方です。

曲阜は春秋時代の魯国の首都で、孔子の生地です。なんと人口七十万の五分の一、つまり十四、五万人が孔の姓だそうです。

世界的な観光名所で、孔子墓の他に、見事な城壁も復元されています。孔子墓の他に、孔子の死後、哀公が孔子の居宅に遺品を集めて祭ったという孔子廟があります。当時三部屋だったのが、歴代王皇の庇護の下に現在は四百以上もあるとか。代々の子孫の邸宅兼官署である孔府、これも現在四百以上もあります。それから、代々の孔子一族の墓で、世界最大規模の孔林や孟子の墓などがありまして、とても短時間では見きれないほどです。

孔子墓所（山東省曲阜）

パンダコラム

即興の七言絶句

左下の写真の扇は孔府にて入手したものです。

広い孔府内で、人とはぐれてさ迷っていましたところ、奥まった深閑とした所にお堂がありまして、一人の老人に招じ入れられました。

いろいろ話しているうちに、扇に文字を書いてくれるというので、記念に「有朋自遠方来　不亦楽乎」と書いてもらいましたところ、私の氏名を聞き、裏にそれを織り込んで即興で七言絶句を作り、扇に記してくれました。

津府智哲天賜福
村達富首逢祥禄
正基千秋騰鵠鴻
登致康隆得錦途
山東曲阜　孔府
官園居士の朱印　留念孔府の朱印

山東の旅では人々の情けや親切というものが身に沁みて感じられました。今思い出しても目頭が熱くなるほどです。

後日、陳香先生にお礼の品を送ろうと思って北京の出版社に電話をしましたところ、会社は既につぶれていて、陳香先生の消息は分からなくなってしまいました。とても心残りで、山東省出身の学生たちにも頼んで探してもらっているのですが、いまだに連絡が取れません。李さんといい陳香先生といい、中国の人たちがどうして見も知らなかった風来坊のような日本人に対して、あのような厚遇や歓待をして下さったのでしょうか。

人情や信義に厚いのは山東省の土地柄なのでしょうか。

山東といえば、嘗て日本軍が二度にわたって出兵し、済南事件を引き起こし、多数の市民が犠牲になった所です。訪れた時は、ちょうど済南のサッカー場で反日の騒ぎがあった頃ですので、とても信じ難い出来事でした。

山東の旅はその後、青島、煙台を経て無事に終わりましたが、とくに済南と曲阜の町は活気がありながら落ち着きがあり、孔孟の教えのためでしょうか、たいへん人情味豊かで、あたかも孔孟の徒に遭遇したかのように思われました。

そういえば車の運転のマナーなども山東省は北京や大連とは異なり、模範的で無茶な追い越しなどもせず整然と走っています。〝自転車タクシー〟の多いせいもありますが、人間がとても大切にされているように思われました。山東にはいまだに伝統の禮楽が生きています。車のナンバーに「魯」だの「衛」だのが見られます。春秋時代の国名です。近くを沂水も流れています。地名や山川の名前など、何を見てもある種の懐かしさを覚えます。二千五百年前の歴史そのままです。孔子が生まれたのが小国の魯でその都が曲阜でした。

孔子が弟子の冉有を伴って遊説中（『論語』子路第十三）、立ち寄ったところが衛国で、町がたいへん賑わっていました。

子適(ゆ)クレ衛(えい)ニ。冉有僕タリ。子曰ク、庶(おほ)キ矣哉(かな)ト。冉有曰ク、既ニ庶シ矣、又何ヲカ加ヘン焉ト。曰ク、富マサントレ之ヲ。曰ク、既ニ富メリ矣、又何ヲカ加ヘン焉ト。曰ク、教ヘントレ之ヲ。

孔子が「多いなあ、人が」と言いました。

中国語で、人の多いことを「レンシャン　レンハイ（人山人海）」と言いますが、今でも中国の都市には、本当に人が多いですよね。日本でも新宿や渋谷に行きますと人の多さは目立ちますが、道幅や人の流れがまるで異なっています。一昔前ですと人と自転車が、現在は人と自動車が混在していて、白髪三千丈流に言えば、黄河のように勢いよく流れている光景です。

冉有が「いっぱいいますね。この人たちに何を施しましょうか?」と。孔子は「豊かにしてやろう」と。

冉有は「もう衣食も満ち足りているようですが、さらに何を施しましょうか?」と。孔子は「〈Aを〉教えよう」と。

原文では〈Aを〉の箇所が省略されていますが、もうお分かりでしょう。孔子の教えの根幹ですから。

パンダクイズ5

孔子の教えの根幹、〈A〉に入る二字の漢字は?

→答えは二四六頁

続きまして、『論語』の中で最も長い文(先進十一)で、四人の弟子たちがそれぞれの志を述べる文章の中に沂水の名前が見受けられます。休憩時間なのでしょうか、弟子たちが琴を弾きながら寛いでいます。すると、孔子が「日頃、諸君は自分を認めて用いてくれる人がいないと嘆いているが、もし諸君の真価を知って用いてくれる人が現れたら何がしたいかね」と尋ねます。

子路・曾晳（そうせき）・冉有（ぜんゆう）・公西華侍坐（じざ）ス。子曰ク、以三テ吾（わ）ガ一日長二ゼルヲ乎爾（なんぢ）一ヨリ、毋（なか）レ二吾ヲ以一テスルコト也。居（を）レバ則（すなは）チ曰フ、不ル二吾ヲ知一ラ也ト。如（も）シ或（あるい）ハ知レラバ爾ヲ、則チ何ヲ以テセン哉（や）ト。

子路がいきなり答えて言うには「私は大国に挟まれて戦乱と飢えに苦しむ中程度の国の政治を担当し、三年くらい任せてもらえれば、国民に勇気と道義心とを持たせることができます」などと、どこかの大統領顔負けの「ＹＥＳ　Ｉ　ＣＡＮ」を強調して、孔子に笑われています。

すると、冉有は「小国を治めて三年も任せてもらえれば、衣、食、住は満たせてやれますが、禮楽の方はその道の専門家にお願いします」と先生の手前、謙遜して言っています。

公西華も禮楽の専門家なのですが、「国の祭祀や諸侯の国際会議に礼装して介添え役（下働き）でもできたら」とこれも謙遜しています。

最後に、琴を爪弾いていた曽晳は孔子に促されて、「晩春に春着を着て、青年たち五、六人、少年たち六、七人と沂水で沐浴して舞樗（雨乞いをする高台）に登り、涼風に吹かれて歌をうたいながら帰って来るような暮らしがしたいです」と答えますと、孔子は肯いて曽晳に絶大な賛意を表しました。

點爾ハ何如ト。鼓スルコト瑟ヲ希ナリ。鏗爾トシテ舎キテ瑟ヲ而作ツ。對ヘテ曰ク、異ナリト乎三子者之撰ニ。子曰ク、何ゾ傷マン乎。亦各々言フ其ノ志ヲ也ト。曰ク、莫春ニ者、春服既ニ成ル。冠者五六人、童子六七人、浴シ乎沂ニ、風ジ乎舞雩ニ、詠ジテ而歸ラント。夫子喟然トシテ歎ジテ曰ク、吾ハ與セント點ニ也。

春の終わりの（やや、暑い）日に若者たちと連れ立って郊外へウォーキングに出掛けて沐浴し、涼風に吹かれ合唱しながら帰宅するという何気ない光景ですが、この曽晳の抱負に対して孔子はどうして絶賛しているのでしょうか。

この章句は論語の他の文章に比べて極端に長く、曽子の父親である曽晳の描写が詳細で、あまりに整い過ぎているので、戦国後期に孔門の曽子学派の誰かが公冶長篇の孟武伯問「子路仁乎――」などの文を参考にして記述したものではないかと言われていますが、ここには孔子の理想が巧みに述べられているように思われます。

子曰く、朝に道を聞かば、夕に死すとも可なり。

この「里仁四」の章句にも通じているのですが、孔子の理想は道の行き渡っている平安な世の実現です。

ここで、注目したいのは本文には特に何も触れられていませんが、「沂水で沐浴し舞雩で涼風に吹かれ、皆で歌をうたいながら帰る」時の心境についてです。

そこには孔子の道、つまり禮楽の教えが行き渡り、老いも若きも満ち足りて、平和に暮らす様子が描かれていることは勿論ですが、同時に私の思い込みかもしれませんが、その時の住み心地が暗示されているように思われます。

私は現在健康のために毎夕、スポーツセンターの温水プールに通って一〇〇〇メートルくらい泳ぎ、その後に一風呂浴びて涼風に吹かれながら帰ってくるのが日課となっているのですが、その時の爽快感は、一杯のビールの美味しさもさることながら、何にも代え難い気分です。清められた身と爽やかな心、そのような自在で従容とした爽快感こそが孔子をして命と引き換えにしても、と言わせた境地なのではないでしょうか。

ハンカチ王子やハニカミ王子の爽やかさが囃（はや）されるのは、彼らの技能やルックスもさることながら、その言動がマナーに適っていて、品格があるからでしょう。

世界中で禮楽や禮節が人々に守られて互いに信じ合うことができれば、争いごともストレスもなくなり、どんなにか爽快で清清しく、住み心地の良い世の中になることでしょう。残念ながら、現実はそれほど甘くはありません。現に今日の日本も金や欲に目が眩んで、禮節を弁えぬ輩が政治家を始めとして少なからずいます。そのためにいろいろな偽装や詐欺、争いごと、果ては殺人といった事件も絶えず、人々に不信感や不安感を募らせています。

論語の文章はこのようにごく身近な事柄や、簡潔な言葉で何気なく述べられていますが、珠玉の言葉が随所に散りばめられています。お恥ずかしいことに、私は学生の頃には論語など見向きもしませんでしたが、年のせいでしょうか、近頃は身に沁みて感じられるようになりました。

しかし、孔子の哲学は実践哲学ですから、単に理解できただけでは喜んでいられません。嘗て、独学で「荘子」を研究され、その出版により、朝日文化賞を授賞されました公田連太郎という方が「私には荘子の講義はできますが、論語の講義はできません」と語っておられたのを思い出しました。

やはり、「論語」は古典の中の古典、「聖書」と並んで世界のベストセラーと言われる所以ですね。それもそのはず、孔子の唱えた禮楽の中心概念は仁です。論語中に仁を論じた章句は五十八章、仁の語は百五回くらいも見えていまして、孔子がいかに仁を重視していたかが分かります。

樊遅（はんち）問フレ仁ヲ。子曰ク、愛スレ人ヲ。問フレ知ヲ。子曰ク、知ルレ人ヲ。

顔淵（がんゑん）問フレ仁ヲ。子曰ク、克（か）チテレ己ニ復（ふ）ムレ禮ヲ爲スレ仁ト。一日克チテレ己ニ復メバレ禮ヲ、天下歸スレ仁ニ焉。爲スハレ仁ヲ由（よ）リテレ己ニ、而由ランレ人ニ乎哉（や）ト。

仁とは人を愛することで、親が子を、子が親を思うように人を思いやるのが恕です。ですから禮楽は人の存する限り、いつ、いかなる世にも必須不可欠の徳目です。

儒家たちは先ずこれを自らのものとし（**修身**）、次第に周囲に広めて（**斉家**）、国を治め（**治国**）（天下を統一して）平安な世の中にしよう（**平天下**）（『**大学**』）と努めました。『**論語**』は十巻二十編、ほとんどが断片で、配列の順序も不規則ですので、どこから読んでも構いません。機会がありましたら、ぜひご子弟たちにもお薦めいただけたらと思います。

孔子は「**克己復禮**」が仁だと言っています。**克己**とは我儘な自分に打ち勝つこと。そうして禮を踏み行うのが仁ということの意です。「仁」は「**忍**」と音が通じていて、**耐え忍ぶ心**が原義です。おしんのように耐え忍ぶことのできる人は自身が辛くて苦しい思いをしていますから、他人の苦しみや痛みがすぐに分かりますので、人に対して思いやりがあります。よく言われますように健康な人には病人の、金持ちには貧乏人の苦しみは分かりません。ましてや、二世、三世の政治家に庶民の気持ちの分かるはずはありません。

ところで、冠婚葬祭には禮（礼）はつきものですが、禮とは一体何のことでしょうか。

禮の起源についてですが、禮の字は意符の示と音符の豊（り）とからなる形声文字（一説に会意）です。示す偏は神に捧げる皿のような器に生け贄の血がいっぱいに盛られ、滴り落ちている象形ですから、神に関する事柄を表しています。神社の「神」は天の神で、「社」は土地の神のことです。音符の豊（り）は離・隔離の意で、忌、禁忌の意（一説に意符で、饗飲の儀礼の意）を表しています。禮はタブーマナー信仰と同様に人が神聖なものに近づくための手続きのようなものです。

ちなみにタブーマナーの「Ｔａｂｕ」はポリネシア語で「聖なる」の意です。広辞苑にも「超自然的な危険な力を持つ事物（神）に対して社会的に厳しく禁止される特定の行為、触れたり、口に出したりしてはならないとされる物・事柄」と載っています。

つまり、神に捧げる宗教儀礼が禮の起源です。この神への手続きである儀礼を怠りますと神の祟りに遭いますので、その畏怖心から生け贄が捧げられたり、敬虔な祈りや舞が奉納されたりしました。祭礼の「祭」の字は手で肉を捧げ持ち、神に供している形（会意）です。神権政治下の殷代の儀礼では人も生け贄として神に捧げられましたが、一般には、牛、羊、鶏などが犠牲として神に供されてきました。

それでは、このように神に捧げる宗教儀礼であった**禮**がどうして礼儀、作法のような人と人との行為に欠かせぬ徳目になり、社会規範の総称となったのでしょうか。また、**禮**と昨今ブームになっております**品格**なる語との関係などにつきましても次の機会、**殷墟の甲骨文**のところで触れさせていただきます。

資料『論語』釈文

「学而第一」（二二八頁）

子曰く、学びて時に之を習ふ、亦(また)説(よろこ)ばしからずや。朋、遠方より来(きた)る有り、亦(また)楽しからずや。人知らずして慍(うら)みず、亦(また)君子ならずや。

曾子曰く、吾日に吾が身を三省す。人の為に謀(はか)りて忠ならざるか。朋友と交(まじは)りて信ならざるか。習はざるを傳へしかと。

「子路十三」（二三六頁）

子、衛に適(ゆ)く。冉有(ぜんゆう)僕たり。子曰く、庶(おほ)きかなと。冉有曰く、既に庶し、又何をか加へんと。曰く、之を富まさんと。曰く、既に富めり、又何をか加へんと。曰く、之を教へんと。

「**先進第十一**」（二三八頁）

子路・曾皙・冉有・公西華侍坐す。子曰く、吾が一日爾より長ぜるを以て、吾を以てすること毋れ。居れば則ち曰ふ、吾を知らざるなりと。如し或は爾を知らば、則ち何を以てせんやと。

點、爾は何如と。瑟を鼓すること希なり。鏗爾として瑟を舍きて作つ。対へて曰く、三子者の撰に異なりと。子曰く、何ぞ傷まんや。亦各々其の志を言ふなりと。曰く、莫春には、春服既に成る。冠者五六人、童子六七人、沂に浴し、舞雩に風じ、詠じて帰らんと。夫子喟然として歎じて曰く、吾は點に与せんと。

「**顔淵第十二**」（二四一頁）

樊遅仁を問ふ。子曰く、人を愛すと。知を問ふ。子曰く、人を知ると。

顔淵仁を問ふ。子曰く、己に克ちて禮を復むを仁と為す。一日己に克ちて禮を復めば、天下仁に帰す。仁を為すは己に由りて、人に由らんやと。

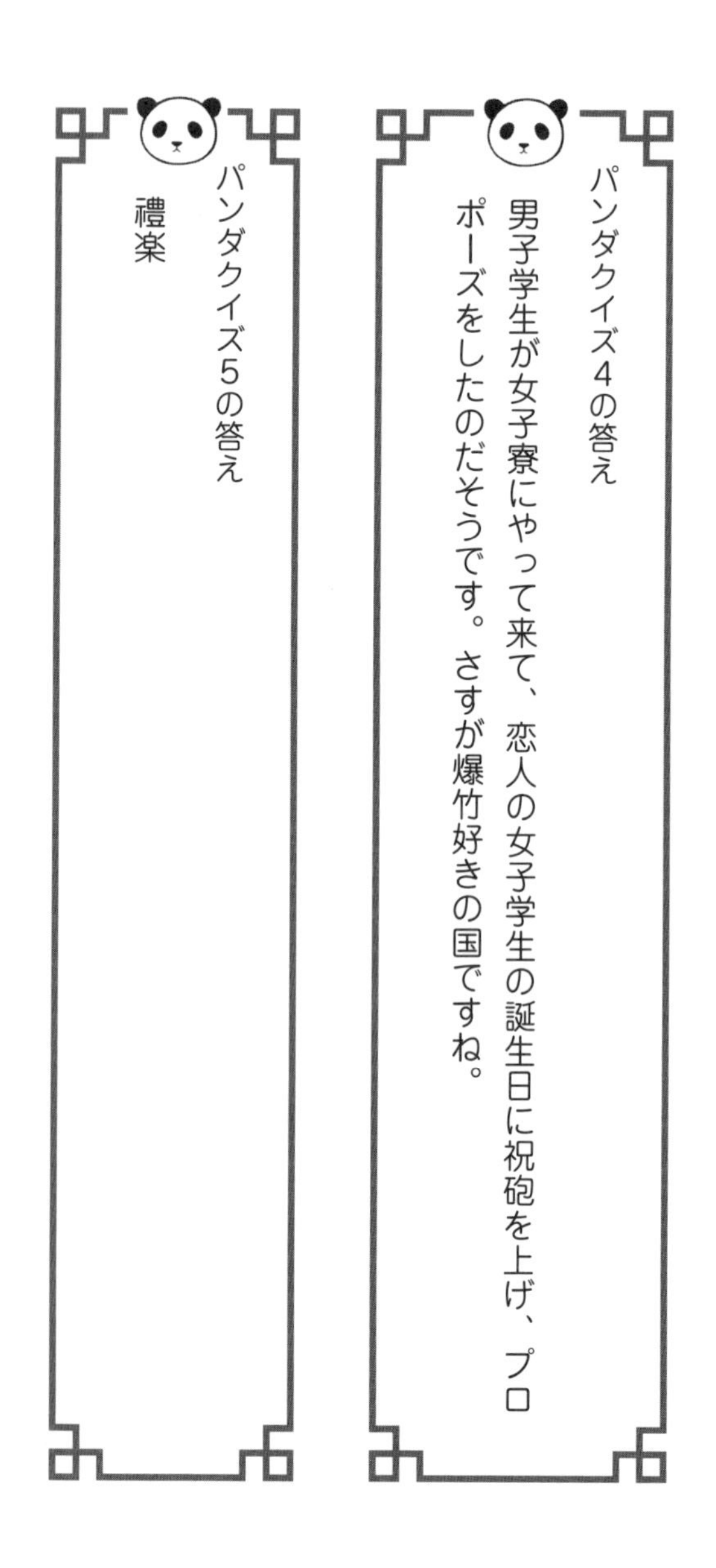
パンダクイズ4の答え
男子学生が女子寮にやって来て、恋人の女子学生の誕生日に祝砲を上げ、プロポーズをしたのだそうです。さすが爆竹好きの国ですね。
パンダクイズ5の答え
禮楽

講演会会場風景

新年会会場風景

第六章

甲骨文の里

安陽の殷墟を訪ねて

『景雲』（平成二十二年十一月三十日　通巻二〇五号）

甲骨文の里　殷墟へ

▼▼河南の旅▲▲

おめでとうございます。昨年に引き続きまして景雲会の新年会にお招きいただきましてありがとうございます。たいへんうれしくもあり、また、光栄に存じております。

本日は「中国逍遥遊」の続きで、**甲骨文の里、甲骨文字と漢字**、そして**禮の続き**のお話をさせていただきます。

山東の旅は幸運に恵まれ楽しい思い出がいっぱいでしたが、今回の河南の旅はハプニング続きで、たいへん怖い思いもしました。それもただの怖さとは異なり、二度と味わいたくないほどの思いです。

大連空港で、午後七時発の鄭州行きの飛行機が悪天候のために一時間過ぎても飛び立ちません。しばらく出発ロビーの土産物屋で暇つぶしをしていまして、ふと気が付いてみますと周囲に誰もいないのです。慌てて係員に尋ねましたら、中国ではよくあることなのですが、搭乗口が急に変更されていまして、飛行機は今飛び立つところだというのです。大急ぎで搭乗機に駆け込みましたところ、乗客たちは待ちくたびれていたようで、あっちこっちから「何だ日本人か」などと言われまして、身の縮む思いがしました。

飛行機はすぐに飛び立ちましたが、鄭州に着いてみますと大雨が降っています。飛行場の灯りは殆ど消されていてバスも見当たりません。市内まではタクシーで約一時間かかるのですが、乗り場には長い行列ができています。思案にくれていますと、どこからともなく女の人が寄ってきまして、「近くに車が置いてある。市内までは二百元（約三千円）でいいから乗らないか」というのです。

いつもタクシーに乗る時は喧嘩やトラブルを避けるために、必ず料金の確認をしてから乗ることにしていますが、それでも降りる時に脅されたり、泣かれたりすることがしばしばです。大の男がもっと金をくれと言って、本当に大声で泣き喚いて見せるのです。

買い物をする時なども、まず半値か三分の一に値切ることから始めます。敵もさる者で値札など付けずに、日本人と分かると定価の三倍くらいに吹っ掛けてきたりしますので、こちらは韓国人に成りきったりして応戦します。相手が「リーベンレン？（日本人か）」と尋ねますので「プーシー。ウオ　シー　ハングオレン（いや、私は韓国人だ）」と答えますと、疑いの眼差しで睨んでいますので、「アンニョンハシムニカ」と、たった一語しか知らない韓国語を大声で言ってやったりします。

市内まで二百元なら聞いてきた通りの相場ですし雨もなかなか止みそうにありませんので、女について行ってみることにしました。暗闇を行けども行けども、車の所に行き着きません。ようやく、壊れた柵の外側に車らしき物が見えてきました。すると、物陰から男が現れまして、何やら首に懸けている証明書のようなものをライターの火で照らして盛んに乗車を勧めるのです。気持ちが悪くなったので逃げて戻ろうとしましたが、相手は二人なので私の荷物を強引に車に積み込み、私を後部座席に押し込もうとします。時間も遅く、体も雨で濡れてきましたので仕方なく乗車してしまいました。

男に予約先のホテルの名を告げましたが知っていません。白タクとも異なっているようです。話がしたいのですが、客席は運転席と鉄柵で厳重に仕切られ分厚いナイロンで覆われていまして、小さな窓しか空いていません。男は携帯で何やら話をしながら、ひたすら真っ暗な一本道を飛ばしています。

それから約一時間というものは恐怖で生きた心地がしませんでした。このままどこかへ連れて行かれ、葬り去られても誰にも分かりません。素性の知れぬ乗り物に乗ってしまったことを後悔しましたが、後の祭りです。万一の時のことも考えざるをえません。覚悟もしました。車が灯りのともる一軒家に立寄り、男が出てきて何やら立ち話をしています。いよいよかと観念し目を閉じていましたが、車はまた走り出しました。しばらく大雨の暗闇を走り続けまして、遥か遠方に市内の明かりが見えた時は、本当にほっとしました。ホテルも探し当ててもらい、何とか辿り着くことができました。ひょっとして男が携帯で話し続けていたのも、一軒家に立寄ったのも、ホテルの情報を求めてのことであったのかもしれませんが、私はパニックに陥り疑心暗鬼になっていました。とにかく、無事でいられたのが奇跡としか思えず、海外旅行ではこのような軽率な行動は金輪際、避けるべきことと肝に銘じた次第です。後に学生たちに話しましたら、河南省は安全な地帯ではないと言われ、また、ゾーッとしました。

▼▼一難去ってまた一難▲▲

やっとの思いでホテルに着いてみますと、女の服務員が出てきて「予約のことは聞いていないし、部屋もない」との一点張りです。こちらも旅行社との契約書を見せて迫りましたが、結局、埒が明きません。夜の十一時というのに、また雨中の鄭州市内で放浪の宿探しをすることになりました。タクシーを拾って泊めてくれそうな所を探しましたが、なかなか見つかりません。運転手も懸命に心当たりに電話をかけてくれているのですが、時間が時間ですのでお手上げ状態です。

すると突然、前方に一つだけ煌々と明かりをつけているホテルが目に入りました。今でもよく覚えていますが、「商城飯店」という真っ赤なネオンが見えたのです。「商」は殷王朝の別名で、「城」は都市のことです。このホテルにすべてを賭けることにして、タクシーは気の毒なので細い通路の手前で帰してしまい、大雨の中を濡れ鼠のようになってホテルの入り口まで走っていきました。すると、大きな照明をつけて改築の工事中でした。ロビーにも進入できませんので仕方なしに入り口の片隅で休んでいますと、ガードマンがやって来まして「何をしている、出て行け」と言うのです。もう、真夜中の十二時過ぎですので、「何処へ行っても泊るところがない。ここでいいから、明るくなるまでもうしばらくいさせて欲しい」と頼み込みましたが、「駄目だ」と言って許してくれません。押し問答の末、「パスポートを見せろ」と言い出し、何やら無線で連絡を取り始めました。公安にでも連絡されたら面倒なことになると思って逃げ出す用意をしていますと、外から一人の男がやって来て、「三十元あるか」と言いますので、「ある」と答えますと、「泊る所があるからついて来い」と言うのです。

道伝いにホテルの裏側まで恐る恐るついて行きますと桑納浴（サウナ）がありました。桑納浴なら、大連でも専家楼（宿舎）の門限が過ぎた時によく利用していましたので、なあんだ早く言ってくれればいいのに、と思いました。

その後、サウナに入浴する時に、また一悶着ありました。男の服務員がロッカーがないので貴重品を預かると言って、いくら断っても聴き入れてくれません。親切心から言ってくれているのは分かるのですが信じきれなくて、貴重品を抱えたままサウナに入りました。

まだいろいろなことがありましたが、この話はこの辺にします。とにかく、鄭州では酷い目に遭いましたが、夜中の二時頃ようやく床にありつくことができました。先行きが思いやられましたが、ともあれ無事であったことに感謝しつつ翌日の安陽行きに備えました。

▼▼殷墟▲▲

バスに揺られて半日、いよいよ憧れの地、安陽西北の小屯に着きました。洹河（えんが）を挟んで両岸に殷墟（殷の遺跡）が宮殿区、王陵区、平民居住区を含むと二四平方キロメートル広がっています。洹河が氾濫し古墓の埋葬物が現われ、殷

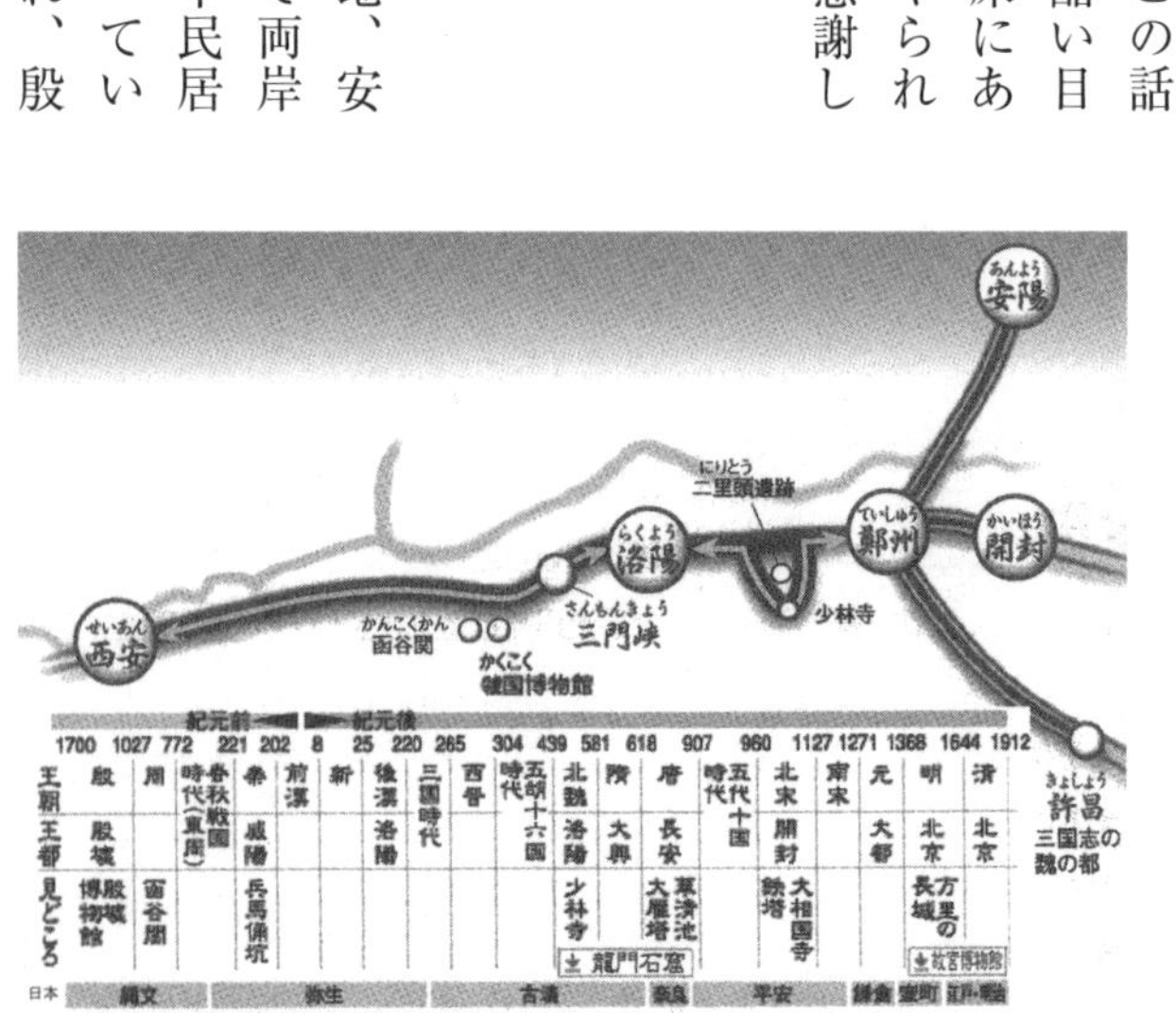

旅行会社のパンフレットより

墟は偶然に発見されました。そこから青銅・玉・陶器類や大小の骨片などの出土品が農民たちにより多数収集され、竜骨と思われていた動物の骨の中から殷代の甲骨文が見つかりました。

つい百年くらい前までは、『史記』に夏本紀や殷本紀の記述はあるものの、夏や殷の王朝は伝説の時代かと言われていました。しかし、これらの発見により、殷（商）王朝が実在したことが明らかになり、『史記』の記述も裏付けられ、司馬遷の評価も一段と高まりました。

殷墟は今からどのくらい前の遺跡かと申しますと、約千年前が日本では「源氏物語」が書かれた平安時代ですね。今年話題の平城遷都が千三百年前です。二千年前が中国では漢代に当りますが司馬遷によって初の本格的な史書である『史記』が著されています。また、初の文字の字典である「説文解字」が許慎により著されたのもこの頃です。勿論、日本では弥生の頃で、まだ文字もない時代です。それを遡る千年以上前、つまり今から三千三百年くらい前が殷代晩期の第十九代の帝に当たる盤庚の時代です。それから殷の紂王（第三十代の帝辛）が周の武王に滅ぼされるまでの間（紀元前一三〇〇年頃～紀元前一〇四六年）、殷墟には殷の都が置かれていました。

そのように古い時代に、中国では既に甲骨文や青銅器に鋳込まれた金文などが使用されていました（次頁参照）。

字体		時代	解説	例
甲骨文（契文）		殷	占卜（うらない）に使う亀甲獣骨に刻した文字	
金石文（金文）		殷末 周	青銅器に鋳込まれたり刻まれた銘文	
篆書（てんしょ）	大篆（だいてん）（籀文（ちゅう））	戦国	秦の地方で起こり使用された文字	
	小篆	秦	大篆を略した「説文」所蔵の文字	
隷書（れいしょ）		秦漢	小篆を更に略した実用的な文字	馬
楷書		後漢 中期	隷書を更に略化、整備した文字	馬
行書		後漢	当時の隷書の筆画を略した筆記体	馬
草書		秦末 漢初	秦末の篆隷を簡略にした文字	

文字の変遷

洹河の片岸に殷墟博物苑があり、近くに真新しい博物館が建てられていました。立派な構えの門がありまして、そこから入場しようとしましたら、何故か大勢の客が足止めされています。係員も見当たらず、いくら待っていても埒が明きません。

待つこと半時、係員がようやく現れましたので尋ねてみますと、その日は博物館の落成記念日に当たり、ちょうどお偉方が参観中とのことでした。日本から来たので時間に余裕のないことを告げて頼み込みますと、しばらくしてようやくお許しが出ました。お蔭で場内は人影も疎らな貸切状態で心ゆくまで殷墟遺跡を見学することができました。

殷墟入口の立派な門

博物館前　左には「甲骨文発現地」とある

甲骨類や青銅器、礼器類の古代文字は台湾の故宮博物館や拓本などで幾度となくお目にかかっていますが、殷墟博物館の展示品はさすがに本場だけあって、いずれも秀逸で漢字のルーツとしての存在感があり、古代の人々の息吹までが感じられるような気がしました。このような人類の文化遺産の一級品を独占状態で間近に見学できたことは本当にラッキーでした。

甲骨碑林（殷墟博物苑パンフレット）

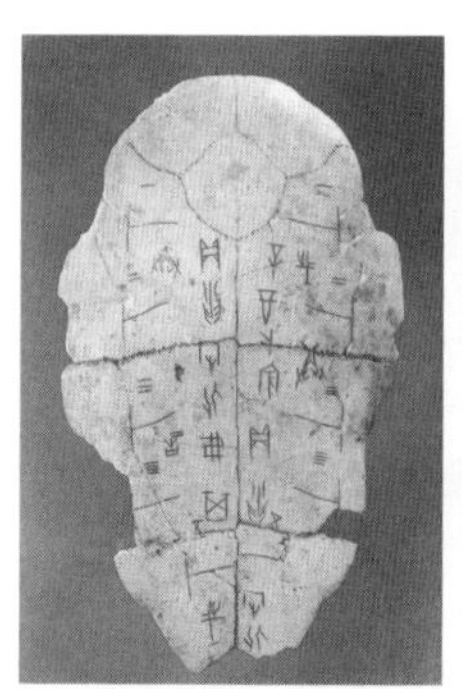

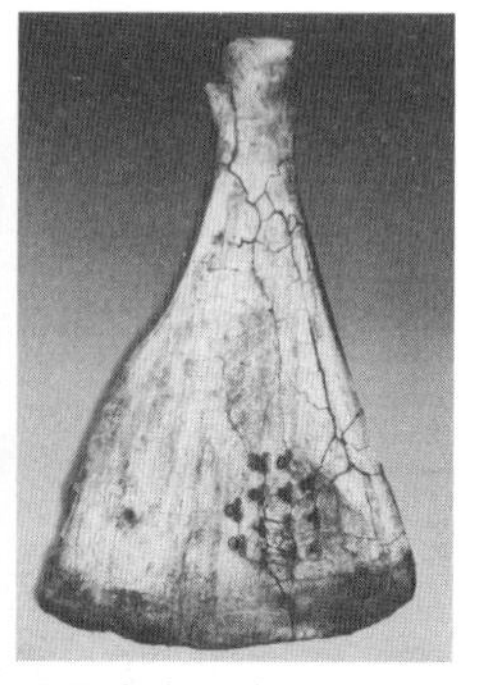

甲骨文字　亀甲　　甲骨文字　牛の肩甲骨
（『青铜王都』郭旭东／浙江文艺出版社）

館内には広大な敷地内に殷墟宮殿廟が一部復元され、祭祀坑の遺構などが発掘状態のままガラスで覆われて保存されています（次頁参照）。

また、あまたの甲骨文の碑林、さらに広い建物の、回廊に面した各壁一面に大きな朱文字で描かれた説文（文字の解説）の掲げられている甲骨碑廊などがあって仰天しました。さすがに中国は文字の国ですね。漢字の祖先である甲骨文が誇らしげに祀られ、文化遺産として鄭重に保存されています。

長年の念願が叶い、胸に込み上げるものがありました。と同時に中国に対する羨望とも、嫉妬とも知れぬ複雑な感情が湧き起ってきました。と申しますのも、私は高校生の頃より、すぐそこの湯島聖堂の斯文会が主催していた説文・金文会に通っていました。

ガラスに覆われた祭祀坑（beibaoke / PIXTA）

安陽武官村出土の司母戊鼎（后母戊鼎）

湯島聖堂と加藤常賢先生の説文会

湯島聖堂は今でも種々の漢文の講座が開かれていますが、世界一の孔子の銅像や楷書の語源になっています立派な楷の樹があることで知られています。

湯島聖堂に建つ孔子像

湯島聖堂にある楷樹

当時の説文会は加藤常賢先生が金文や甲骨文の御講義をなさっておられまして、山田勝美氏などの漢文関係者以外にも、書道の石橋犀水氏、伊東参州氏、木村東道氏や篆刻の小林斗盦氏など、多数の先生方が参加しておられたと記憶しています。

加藤先生は京城帝大、広大、東大などで教鞭を取られ、最後は二松學舍学長をなさった方です。学問に対して非常に真摯で、歯に衣着せぬ情熱溢るる御講義ぶりには独特の魅力がありました。文献で、清朝の学者の優れた説に出合われた時などには、子供のように「イイナ、イイナ」と心底から共鳴されたり、京大の吉川幸次郎氏を評して「打てば響く人とは、ああいう人のこと」と絶賛されたり、「倉石さんは説文解字まで北京語で読むんだそうだ」と呆れ顔をされたりしました。

倉石さんとは日本で初めてアルファベットによる中国語の辞書を編纂された東大・京大兼任教授の倉石武四郎先生のことです。後に私も先生から飯田橋の善隣会館にあった倉石中国語講習会（今の日中学院の前身）で、お教えを賜ったことがございましたが、中国語の発音には極めて厳しくて、私のような不勉強な者にまで発音を逐一直して下さり、たいへん恐縮いたしました。先生は確かに中国の古典（漢籍）を片端から何でも北京語で読まれ、上海で魯迅の演説を生で聴かれた時のお話などを折に触れて懐かしそうに話しておられました。

聖堂に通い始めの頃、私は貧乏学生でアルバイトに追われてろくろく勉強もせず、進路も決まらず右も左も分からぬ状態でした。普段あまりこういうお話は人様の前で申し上げたことはないのですが、私は小学四年生の時に父を亡くしました。私の上には兄が二人、それぞれ三歳違いのダンゴ三兄弟でして皆食べ盛りでしたが、戦中・戦後の食糧難の時代ですから、芋さえろくに食べられない時代です。母は和洋裁の内職をしながら三人の子供を育ててくれました。ですから、子供の頃からバイトは欠かせませんでしたし、私が進学できたのも母をはじめ兄たちのお蔭でして、当然のことですが家族にはたいへん感謝しています。

加藤先生に出会いまして、初めて学問の世界を垣間見させていただき、すっかり先生に魅せられてしまいました。でも、何か、加藤先生が怖くて近付き難く、先生にはずっと「私淑」(親炙(しんしゃ)?)状態でしたが、ある時思い切って文字に関するお伺いのお手紙を差し上げました。それが恐れ多くも加藤常賢先生のお名前を間違えて、加藤良賢先生と書いて差し上げてしまいました。そのような失礼にも拘らず、ご丁寧なご返書をいただいてすっかり恐縮してしまいました。後に先生のお祝いのパーティーの折にスピーチの御指名を受けましたので、その時のお話をいたしましたら、加藤先生はもうすっかりお忘れのご様子でしたので内心ほっといたしました。

そんなことがありまして、私は中国の古代文字である甲骨文や金石文が好きになり、漢文学や中国文学の世界へと首を突っ込むことになりました。その頃はまだ東京オリンピックの前の、池田総理の所得倍増計画中の時代で、理工系がブームでした。中国との国交正常化もまだの頃でしたので、漢文や中国文学を志すのは頭の可笑しい奴としか思われない時代でした。

もっとも、高校のクラスメートにはもっと変わり者がいましてあの時代に桂三木助の家に押しかけて行き、住み込んで落語家（春風亭栄橋）になった者もいます。惜しいことに真打になってすぐにパーキンソン氏病になってしまいましたが。

加藤先生は既に鬼籍に入られましたが、私は今でも先生は世界一の文字学者であられると思っています。文字学者としては中国では、羅振玉、王国維、孫怡譲、郭沫若など（資料1　三〇三〜三〇九頁参照）、日本では、貝塚茂樹氏、島邦男氏、白川静氏、藤堂明保氏、山田勝美氏、赤塚忠氏、阿辻哲次氏などの高名な方々がおられますが、やはり加藤先生は別格のように思われます。加藤先生は文化人類学の草分けでいらして文字学者というよりは文化人類学のために甲骨文や金石文を究めようとしておられ、「**解釈は起源に非ず**」を口癖のようにおっしゃって、「説文解字」をはじめ世に氾濫している似非の説文を戒めておられました。先生には、『漢字の起源』の冊子の集大成が角川書店から出版されています。また、これは『禮の起原と其發達』（昭和十八年刊）ですが、これを古本屋で見つけました時は、天にも昇る心地がしました。その他、多数の御著書がございます。

甲骨文字

甲骨文字と竜骨

甲骨文字とは亀甲獣骨文字の略で、亀の甲羅（腹甲）や牛・鹿の肩甲骨に刻まれた占いの記録の文字で、現在、最古の漢字とされています。絵文字のようですが、**仮借**（表音的な文字／資料2　三一〇〜三一一頁参照）も用いられていて、すでに抽象性の高い文字です。

発見されましたのは一八九九年頃です。国子監祭酒（今の東大総長か文科相に当る）の王懿栄（いえい）という人がマラリアにかかり、北京の薬店で購入した特効薬の竜骨に妙な記号のような刻印を発見しました。そこで、幕客の劉鶚（鉄雲）に見せて収集させたところ、粉末にして飲んでいた竜の骨と呼ばれていた骨は甲骨片であることが判明したと言われています。

中国人は何でも食用や薬用にしますね。四つ足のものでは、机以外は何でも食べるとまで言われていますが、私も知らずに犬やロバや蛇などのスープを食べさせられたことがあります。でも、知らなければ結構いけるものですね。

薬も冬虫夏草とか言って、魯迅の作品にも見られるのですが、蛾の幼虫に茸菌の寄生したものを乾燥させて生薬としたものなども体に効くそうです。

劉鉄雲は古代文字に通じていましたので、その刻印が最古の文字とすぐに分かりました。それからは甲骨片が引っ張りだこになり、偽物も作られて出回るようになったそうです。後に彼は入手した五千余片より、千余片を選んで、これらを拓本に写し『鉄雲蔵亀』として出版しました。これ以来、甲骨文字が世に知られるようになりました。

▼▼占卜の内容と方法▲▲

殷王朝は祭政一致の国家で、戦争、農耕、狩猟といった国の大事を行う場合は勿論、王族の出産や病気、饗宴、風雨や雲などの自然の運行から天候の予測に至るまで、すべての行為と現象にまず「帝」とか「上帝」とよばれる天の神、あるいは主要な自然神や祖先神の意志（神意）を伺うために盛んに占いを行いました。

一九七五年の調査によりますと収集された甲骨片七千四十片のうち卜問のあるもの四千七百六十一片で、もっとも多いのは祖先や神々の祭りに関するものです。祭りを怠ると、王をはじめ人々に病気や災禍などいろいろな祟りがあると考えられていたからです。農事を主とし狩猟・牧畜を副産業とする殷民族にとりまして年の豊凶は死活問題で、大きな影響を与える天象、とりわけ降雨などが占われました（研究雑誌『考古』）。
その方法は　甲骨の裏側（牛骨は薄く削り）に小さな穴、**鑽**（丸くて浅い窪み）と**鑿**（縦長の窪み）を穿ち、鑽に熱した棒や金属の棒を差し込んで鑽に横、鑿に縦の卜形のひび割れを生じさせます。占、卜の文字の意符**卜**はそのひび割れの象形です。

▼▼甲骨文の文章構成▲▲

甲骨文の文章は事前に占うことを刻んでおき、割れ目の形で占って、その判断を甲骨に刻み付け、その後に、占いに対してどのようなことが起こったかが刻まれています。

『甲骨文字に歴史をよむ』（落合淳思／ちくま新書）に分かりやすく説明されている。

　甲骨文の文章は、１前辞（占卜状況の叙述）、２命辞（占卜の内容）、３繇辞（吉凶判断）、４験辞（占卜の当否）、５記事（月次や占卜地）で構成される（ただし、繇辞・験辞・記事は省略されることが多い）。

　前辞は、甲骨占卜を行った状況を記したものであり、「干支卜某貞」が典型である。殷代も含め、古代中国では十干と十二支を組み合わせた「干支」で日付を表していた。十と十二を組み合わせるので、その周期は最小公倍数の六十日になる。ちなみに、十二支と動物を関連づけたのは後の時代なので、殷代の十二支については「ね」「うし」ではなく「し」「ちゅう」と音読みするのが望ましい。

▼▼甲骨文の読解例▲▲

※拓本と甲骨文字は『甲骨文字に歴史をよむ』落合淳思／ちくま新書）を転載

①

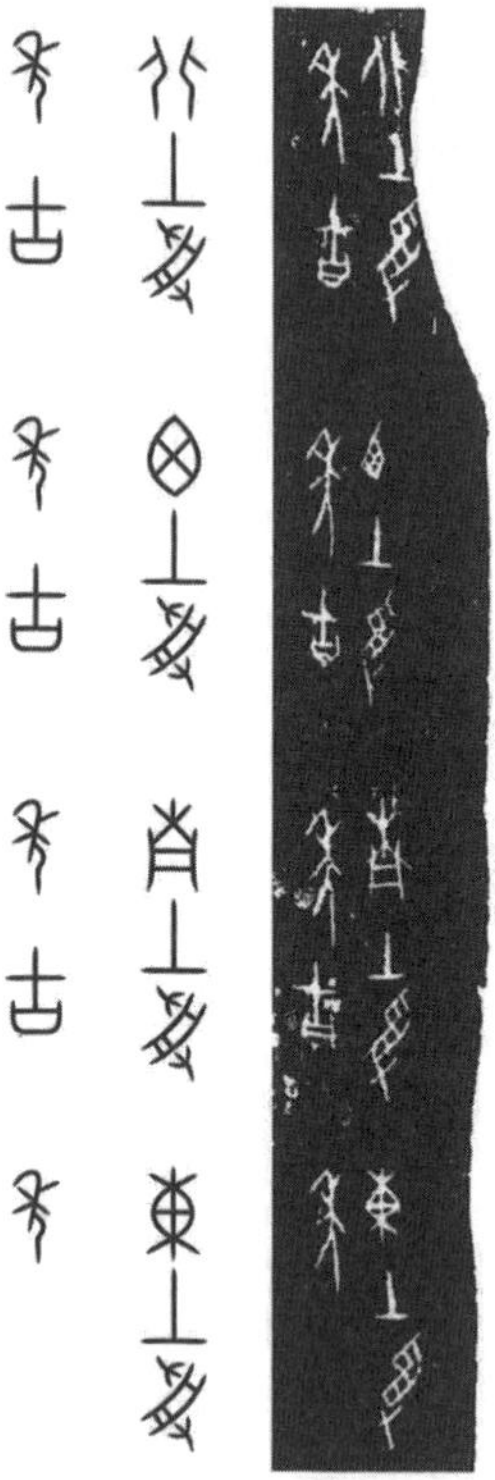

東土受レクルカ年ヲ。南土受レクルカ年ヲ。吉。西土受レクルカ年ヲ。吉。北土受レクルカ年ヲ。吉。

〔占いの内容〕四方受年（四方の領域〈国土〉の穀物の稔りの吉凶を占ったもの）

〔書き下し文〕東土（東方の国土の意）、年（稔と同じ。みのりの意）受くるか、吉なり。
南土、年を受くるか、吉なり。西土、年を受くるか、吉なり。北土、年を
受くるか、吉なり。

※牛の肩甲骨に刻字されたものなので、下から上の段落に読み進めるのが原則

②

今日壬、王其レ田スルニ、不ルカレ遘ハ二大ヒニ雨フル一ニ。

〔占いの内容〕田猟における天候の占い

〔書き下し文〕今日壬（じん）（の日）、王其れ、田（でん）（狩猟の意）するに、大雨に遘（あ）はざるか（大雨に遇わないいか）

③

辛未卜シテ㱿貞フ、婦妌娩スルニ、嘉ナルカ。王占ヒテ曰ク、其レ惟レ庚ニ娩ニ、嘉ナラント。三月。庚戌娩シ、嘉タリ。

〔占いの内容〕出産の占い
〔書き下し文〕辛未（の日）、卜して喃（卜師の人名）貞ふ、婦妌（人名）娩（出産）するに嘉なる（男子の生まれる）か。王占ひて曰く、「其れ惟れ庚（の日）に、娩し嘉ならん」と。三月。庚戌（の日）娩し、嘉たり。
〔現代語訳〕辛未の日に、卜して喃が占った。「婦妌は男児が生まれるか」と。王が占い、「庚の日に出産し、男児であろう」と言った。占ったのは三月。庚戌の日に出産し、男児であった。

▼▼書風の分類と書体の変遷▲▲

甲骨文は王に仕える貞人と呼ばれる卜師（書記）によって収録されました。董作賓（資料1　三〇八〜三〇九頁参照）は代々の王が代わると貞人も代わり、書風も変わることに着目して甲骨文の制作年代を五期に断代しました（『甲骨文断代研究例』より）。

〔第一期〕雄渾。字は大きくて力強い。

〔第二期〕謹飭。字は中ぐらい。上品で正確。

〔第三期〕頽靡。弱々しく、誤字も多い。

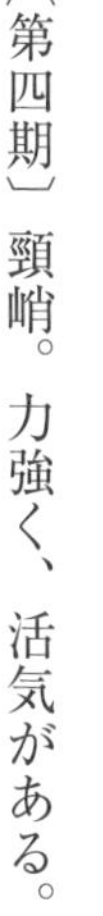

〔第四期〕頸峭。力強く、活気がある。

〔第五期〕　厳整。字は小さく繊細優雅。厳粛で、段・行・字、共に整う。

（甲骨文字の拓本は『青銅王都』）

▼楽しい甲骨文字▲

資料3（三一二～三一三頁参照）は、殷墟甲骨文常用表からの抜粋ですが、時間に余裕がありませんので、見所のみ紹介させていただきます。

AとB欄下方には諸動物が載っていますが、よく特徴が捉えられていて面白いですね。Cは上方には「しんにょう」。道路と歩行の関係が現れています。下方は天象・日月星辰など。殆どが象形文字です。虹なども傑作ですね。
Dは上方に人体の極限なまでに省略された描写など。下方に樹木関係。
Eは上方に示す偏の文字、神に関係。下方に貝貨、血皿類。
Fは上方に鼎、鬲、食などの礼器類。下方に网は魚網？　かすみ網？　現代中国語では
インターネットの意。
Gは上方に京、高、家、宮などの建築物。
Hは上方に東西南北は仮借義（かしゃぎ）で、字形には無関係。

甲骨文字は難しいものではありません。実に楽しいもので、この常用表もいつまで見ていても見飽きないほどです。文字の見方や字源などが分かりますと、文字に対する愛着が深まり発想も広がります。書を志す方にはぜひ甲骨文字に慣れ親しんでいただきたいと思います。

漢字と甲骨文字

▼▼漢字の特長（漢字の力）▲▲

甲骨文字の解読はたいへん進んでいます。発見されてからまだ百年余りですが、難しい人名や地名などの固有名詞を除けば、ほとんどが解読されています。

どうして古代文字である甲骨文字が短期間に解明されたかと申しますと、許慎の『説文解字』や清朝の考證學の成果もありますが、何よりも漢字の形態が三千年以上に亘って使用され、言語体系が継承されてきたからです。

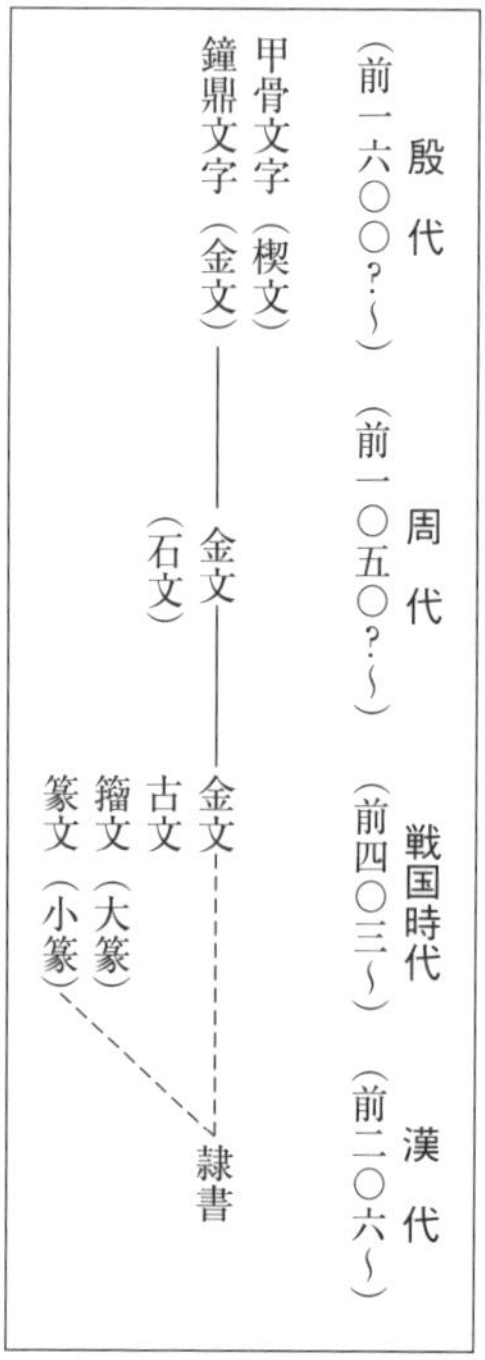

殷代（前一六〇〇?～）	周代（前一〇五〇?～）	戦国時代（前四〇三～）	漢代（前二〇六～）
甲骨文字（楔文） 鐘鼎文字（金文） ——	金文（石文） ——	金文 古文 籀文（大篆） 篆文（小篆） - - -	隷書

字体の大略の歴史

それでは漢字はどうして何百とある文字の中で、長い間広大な地域で多数の人々に使用されて、今日の漢字文化圏を形成するまでに発達することができたのでしょうか。

以下、思いつくままに挙げてみます。

第一に、漢字の造字法が何よりもシンプルだからです。象形文字は物の形の特徴的な部分を捉えて文字にした最も単純な文字ですし、**偏**（意符）と**旁**（声符）の組み合わせ法による**形声文字**は誰でもできる簡単な構成法でして、漢字の八・九割を占めています（資料2・3 三一〇〜三一三頁参照）。

楷書	隷書	篆書	金文	甲骨文
日	日	[illegible]	[illegible]	[illegible]
人	人	[illegible]	[illegible]	[illegible]
子	子	[illegible]	[illegible]	[illegible]
羊	羊	[illegible]	[illegible]	[illegible]
馬	馬	[illegible]	[illegible]	[illegible]
魚	魚	[illegible]	[illegible]	[illegible]
車	車	車	[illegible]	[illegible]
旅	旅	[illegible]	[illegible]	[illegible]
暮	暮	[illegible]	[illegible]	[illegible]

第二に、表現力が優れていることです。漢字は一字で**形・音・義**を有する表意性のある表音文字で、最高の表現記号と言われています。また、中国語は他の言語に比べて短くて済みますので、話す場合も書く場合も簡潔でスピーディです。

漢検が公募し、毎年十二月十二日に漢字一字でその歳を表す「今年の漢字」というのを発表していますね。二〇〇九年は「新」、政権交代の年という字でした。ちなみに、二〇〇一から二〇〇八年までの漢字は、「戦」（米国同時テロ）、「帰」（北朝鮮より五人帰還）、「虎」（タイガースの優勝）、「災」（天災人災の多発）、「愛」（万博「愛・地球博」）、「命」（秋篠宮の親王誕生、多数の自殺者）、「偽」（偽装事件）、「変」（金融情勢、株価、円相場の変動、変革のオバマ大統領、首相の交代）などでした。たった一字の漢字ですが、実に印象的ですね。

景雲会を一字で申しますと何に当るでしょうか。私が思い浮かびますのは「温」です。いつも会員の皆様方が和やかで温かくて、私ごとき者の話にも温かく耳を傾け、勇気付けて下さるからです。

和歌や俳句には一字題というのがありますが、禅や「論語」などでも弟子が師に一語での教えを請うています。

子貢問ひて曰く「一言にして以て終身これを行なうふべきもの有りや」子曰く「其れ恕か、己の欲せざる所を人に施すこと勿れ」。

さらに漢字の二字句、四字句となれば表現効果が倍加されるのは当然でして、書や色紙のサインなどで皆様もよくご存じの通りです。

第三に、漢字はそのものズバリで面白い。特に象形文字はそうですが、形声文字でも半分は形ですから。アメリカの西部出身の女性が漢字に魅せられて、英語の漢字を作って喜んでいました。「牛偏に男」と書いて何と読ませたとお思いですか。答えはCOW BOY（カウボーイ）だそうです。また、最近寿司屋で盛り上がっていた話ですが、寿司屋には魚偏の漢字のデザインの湯飲みがよく置かれていますね。「魚偏に亡」と書く魚は何かお分かりですか。黒鮪だそうです。将来、こんな漢字が湯飲みに載らないことを切望します。欧米では若者たちの間に漢字をシャツに染めたり、身体に刺青したりするファッションも流行っていますね。漢字はこのように面白いので、最近は韓国でも子供たちに教えられているそうです。

甲骨文字のところでもお話をしましたが、漢字の成り立ちや字源が分かれば一層興味が湧き楽しくなります。

第四に、漢字にはかなやローマ字と違って、好き嫌いがあります。写研が昭和四十七年から、平成三年頃まで「漢字読み書き大会」を行い、参加者の中から無作意に二、三千人を抽出し、百くらいの漢字から好きな漢字を選ばせたところ、常にベスト5に、夢・誠・愛・愁・和などの文字が入っていたそうです。逆に漢字嫌いにするのは、テンやハネの厳格過ぎるテストを強制されたり、罰として難字を何回も書かされたり、やたらと宿題にされたりするからです。

今度、改定される常用漢字に追加される謎・遜・遡などの文字の「しんにょう」について、一点か、二点かなどと審議会で議論されているようですが、漢字の起源、つまり甲骨文や金文を知っていればそんな議論は全くナンセンスということがお分かりになるでしょう。皆さんは、運送会社の丸通のマークはご存じですか。行・徒・徙・従・進 などは、元は十字路の歩行を表しています（二九九頁参照）。それが略されて、しんにょうになりました。ですから、そんな点などはどちらでも良いのです。

ただし同じ「丶」（点）でも、**示偏**・**衣偏**の点や太陽の太の字の点などは点一つでもなくてはならないものです。福、複字の偏、「**ネ**」と「**衤**」は形の上では点一つの違いですが、「ネ」は「示」と同じで、神に供える神几に盛られた犠牲の血（一説に酒）の滴るさまで、「衤」は衣の襟の部分の形が原義ですから、点一つが重要な意味は持っています。

太平洋と大西洋の区別は？ 皇太子・太陽・太古・太閤などは、どうして「大」ではなくて「**太**」なのでしょうか。太の字源は「夳」「大の大」、つまり大の最上級です。英語で言えば、「大」は large, greate で、「太」は最上級の largest, greatest にあたります。ですから「大」の下の踊り字「〃」が変形されて、「太」の字はできています。漢字の学習で必要なことは、まず、りっしんべんは何を表しているかとか、こざと偏とおおざとはどう違うかなど、文字の見方、目の付け所を知ることが大切です。

龜・蠅・憂鬱・薔薇のような難字につきましては読めることが先決です。書く時は辞書がありますから。携帯やパソコンに打ち込む情報化の時代になってますますその傾向が強くなってきていますね。

漢字は勝手に制限されるべきではなく、難字などには仮名を振ってどんどん読ませればいいのです。それには、昔のように新聞や雑誌にもルビを増やし、幼少時から漢文素読などをさせ、漢字に馴染ませればいいと思うのですが。何でも慣れが大切で、日本語の古典でもある漢文ももっと活用されるべきです。そして、漢字の成り立ち（字源）を知り、漢字の構造や形体素の理解できるような学習がなされるべきです。

第五に、読み取りの速さです。白川静氏は「漢字は形体素の集合であるから記憶しやすく、識別が容易であり、千分の一秒の閃光でも、漢字の映像は把握できることが、実験的にも知られている。おそらく文字記号として、これほど瞬間把握力のすぐれたものは他にあるまい」と述べておられます。

視覚的な漢字は映像文化にも好適です。中国のテレビコマーシャルの文字は勿論漢字ですが、短くても実にインパクトがあります。

第六に、縦書き、横書きができます。甲骨文では縦書きの左右両方から書き始めた文もあります。
第七に、書、刻石、碑林などの藝術性豊かな文化遺産が多い。

パンダコラム

現代日中書道事情

中国では春節になると赤い紙に書かれた春聯（対聯）が各家に張られていますので、書道家はかなり重宝がられているのかと思っていました。ところが、春聯は今日ではほとんどが印刷された市販のものだそうです。田舎でも同様で、書道は今日では上層階級、あるいは芸術家のものとなりつつあるようです。一般の書道家は塾などもほとんどないので生存の危機に瀕していて、将来への悩みは深刻のようです。その原因としては、パソコンの普及は勿論ですが、一九六〇年頃から繁体字に代わって簡体字が使われるようになったため、若い人々は書が読めなくなり、書道離れが加速されたようです。

日本ではまだ塾もあり簡体字も多くありませんが、将来についての懸念は両国共通していますね。漢字・漢文も書道も伝統の継承が困難になりつつありますが、書道は漢字文化圏の生み育んで来た偉大な芸術であり宝物です。その伝統維持のためにも日中の書道家たちが協力して、古典を守り、創新の気概をもって活動していただきたいと思います。

書道は漢字文化の伝統保持のためにも貢献していますが、近年はドラマ化されたりして映画や漫画やアニメなどになったり、また、テレビでも武田双雲氏の日中書道対決や、書道ガールズ甲子園などのパフォーマンスが放映されるなど、裾野も徐々に広がりつつあります。最近は漢字文化の精華として書道は欧米でも興味が持たれ、世界的になりつつありますね。

殷（商）代の文化と生活

▼▼甲骨文字と金文▲▲

殷墟より発掘された出土品から明らかにされた殷王朝の文化の特色はかなり複雑な文字の発明と、精巧な青銅器の武器と、祭祀用器（礼器）の鋳造技術の発展が挙げられます。

文字の発明では甲骨文の他に金文があります。

甲骨文は直線的で素朴な文字ですが、金文はまろやかで装飾的です。この相違は文字の使用されていた材質の違いによるもので、甲骨文は硬い物に刻まれていたのに対し、金文は青銅器に鋳込まれていたからです。甲骨文は専ら占いの内容が記録されていますが、金文は主にその青銅器が作られた経緯、所有者などが記録されています。

▼▼青銅器と礼器類▲▲

青銅器は銅、錫、鉛の合金でして、安陽西北四十里に銅鉱山も見つかり、銅の精錬が裏付けられました。兵器では青銅の兜、戈や矛、鏃、馬具などが出土しています。

青銅の祭祀用器（礼器）類では宗教儀礼に用いられた器物の炊器、食器、酒器などです。炊器としては**鼎**・**鬲**・**甗**など、食器としては**簋**・**盤**など、酒器としてはラッパ形の**觚**、**爵**、**尊**、**盉**、**觥**（次頁）など、その他に**銅斗**、**銅鐃**などが出土しています。

爵

東京国立博物館所蔵／出典：ColBase（https://colbase.nich.go.jp/）

饕餮文三犠尊

中には商王、文丁が母を祀るために作らせた司母戊鼎のように現存する商の青銅器のうちで最大かつ最重量（高さ一三七センチ・長さ一一〇センチ・幅七七センチ・重さ八七五キログラム）の特大鼎（二六二頁参照）もあります。鼎は三つ足と四足の物があり、これで大量の犠牲が料理され祭祀の参加者に振舞われました。青銅器の紋様は緻密多彩で、**饕餮紋**（とうてつもん）・**雲雷紋**など、芸術性豊かなものが少なくありません。

青銅扁足鼎

（『青铜王都』郭旭东）

四足觥

他に玉の礼器類や戈と矛・白色土器・磁器・絹織物・漆器・打楽器として使う石の板・オカリナ・馬車などが出土しており、その豪華さと精巧さから当時の製造技術のレベルの高さを知ることができます。また、**貝貨**（子安貝）が見つかり、商代の流通貨幣経済の確証とされていますが、死者の手に握らせたり、口に含ませたりしたものもあり、何らかの呪術に関連しているとも考えられます。

白陶豆

東京国立博物館所蔵
出典：ColBase
（https://colbase.nich.go.jp/）

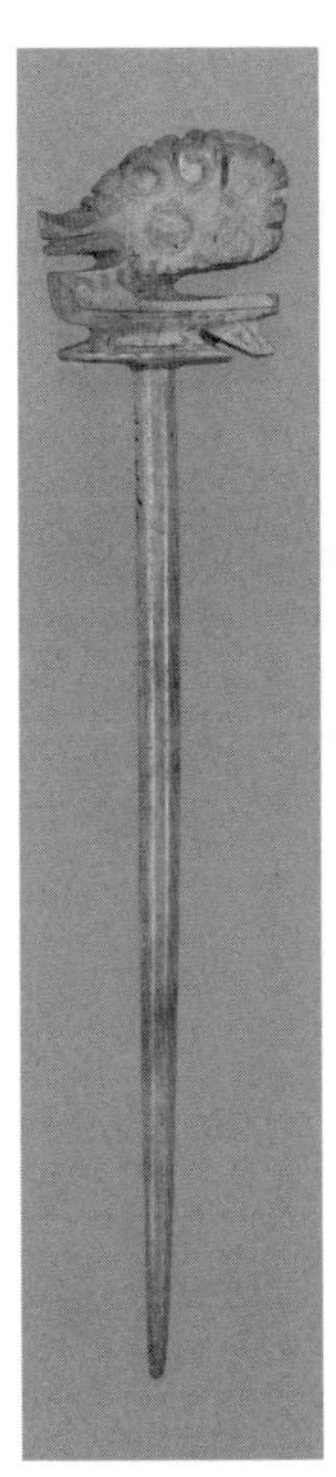

骨製笄

殉死と犠牲

殷墟主要遺跡としては**宮殿宗廟**、**王陵墓群**・**祭祀場**があります。これらの遺跡の発掘時に最も衝撃的で注目を浴びたのは多数の頭骨・体骨・人骨と獣骨などの出土です（左参照）。

出土した人骨・頭骨・獣骨
（『青铜王都』郭旭东）

宮殿宗廟区は小屯村北方の洹河南岸に位置し、その広さは南北六〇〇メートル、東西四五〇メートルで、中には間口六〇メートル、奥行き一〇メートルの一階建てで、草葺屋根の大建築物もありました。これは白い漆喰に朱色の家紋と黒の図案の描かれた宮殿と宗廟であったと考えられています。一見、粗末に思えますが、周囲の民家の半地下式の穴居住居と比べれば、たいへん豪華な建造物であったと言えます。この宮殿の土壇の下の周囲には数体ずつの人の首を葬った坑が多数並んでいました。これは宮殿建築時の地鎮、悪除け、安門、落成などの各儀式に、人間や家畜を犠牲とし、その血で清めたものと推定されます。

王陵墓群は洹河北岸にあり、広さは南北二五〇メートル、東西四五〇メートルで、そこから王墓と推定される十三の大墓（地下宮殿）と二千余りの小墓が発掘されました。その墓道、槨室、墓室からそれぞれ殉死者の骨や家畜の骨が発見されています。

▼▼主な副葬品▲▲

墓道内から来世での交通手段のための物として車馬と人骨が出土しました。腰坑（棺が収められている槨室の真ん中の底部）には死者の腰部が埋められていました（通常は一匹の犬か一人の人）。墓道の土の中からは頭骨と人骨が。頭骨は祭祀者の「祭品」で、人骨は殉死した侍従と推定されます。墓室の上層の台の四囲に人骨または獣骨、また、墓道内にも護衛のための殉死と思われる人骨がありました。槨室内と槨頂上に携帯品、玩具類、貨幣などの日用品と兵器、墓室前後の墓道には犬馬が葬られていました。

武官大墓に犠牲として副葬された人骨と獣骨は百三十一体に上ります。墓頂上には護衛、腰坑下には警備の侍従や妻妾、前後には護衛のための犬馬が埋葬されていました。土を掘り進めますと、槨が現れ、槨は棺を覆い、棺は衣を覆い、衣は身体を覆い、珠玉、珍宝がその中に満ちていまして、王室、貴族たちの豪華さ、贅沢さが窺えました。

王陵墓の南東に驚くほど多数の小墓、または祭祀坑が発見されました。その数は二千五百を下らないほどで少数の陪葬墓を除けばほとんどが祭祀坑です。この墓坑の多くは南北向きの長方形の竪穴で、あまり大きくはありません。大体の穴にそれぞれ首のない人骨が一体から十二体ずつ埋葬されていました。その人骨の首は明らかに刀で切られた痕があり、頚椎、腰部、胸などにも刀傷のある人骨が見られました。また、手脚や上肢を斬られ、生き埋めにされているもの、膝を屈めて頭を抱えているもの、口を開けて叫んでいるものなどがあり、これらは戦争捕虜になった奴隷たちと思われますが、すべて成年の男子でした。一方、切り離された首の頭蓋骨も中ほどの南北向き長方形の墓坑毎にそれぞれ三個から三十九個ずつ埋葬されていました。

一九七六年に南北向き長方形の祭祀坑から千体近くの人骨が発掘された中に、一組、三百三十九体の墓坑が見つかりました。この数字は、甲骨文に刻まれていた「一**次殺人幾百**」の記載と極めて符号していると言われています。

祭祀の際に犠牲として供えられたのは動物・植物・生きた人間ですが、最も多かったのは人間の犠牲で甲骨文字の中にも多く記録されています。例えば、**伐**（戈で人首をはねる）・**沈**（水に沈める）・**陥**（生き埋めにする）などの文字（下参照）が見られます。

南北向き長方形の祭祀坑に後れて東西向きの墓坑が現れましたが、その埋葬者は成年の女子と幼年の女子が圧倒的に多数でした。その他、人馬合葬の墓坑や馬、牛、羊、猪、犬、猿、鳥などの動物の墓坑もありました。動物では勿論、馬が最多でした。

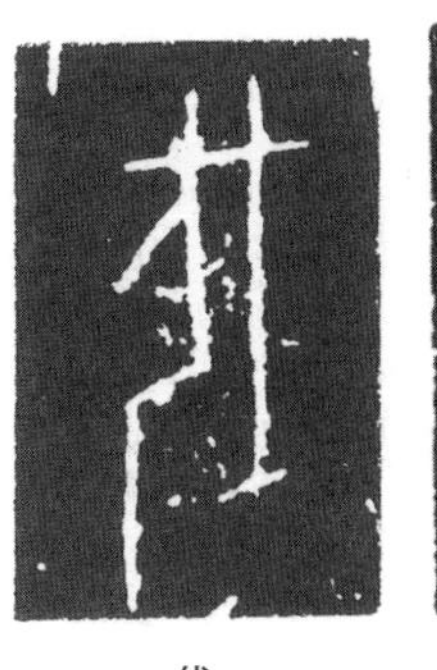

伐　　　　　陥
（『青铜王都』郭旭东）

禮と法

▼▼禮文化の変遷▲▲

前述のように、人を犠牲とする祭祀は殷代では広く行われた宗教儀礼でした。これは中国の奴隷社会の特色でして、初期の武丁の時代が最も多く、それ以後はしだいに減少し、殷末の帝乙・帝辛にはごく少数になりました。

殷代にはまだ呪術が信じられ、自然界や人間界の現象は天命によるものと考えられていました。王は甲骨による**占卜**（うらない）で神の意志を貞い、その天命に従って祭政一致の神権政治を行っていました。

禮文化（格式・型）は神聖視や神秘感が薄れると畏敬の念、敬虔さ（敬う心と慎みの心）が失われ、その文化、社会は継承されず、衰退し、改変されます。

周代にもわずかに人馬合葬の墓坑が見られますが、周公の頃になると人間の運命は神意により決められた一定不変のものでなく人間の行為や修養で、ある程度変えうると考えられるようになりました。この周公の定めた禮楽の文化は孔子に継承発展されました。

孔子や孟子の生きた周末の春秋・戦国期は周王朝の威信（神権）が薄れ実力のある諸侯が台頭しました。各諸侯は富国強兵策を取り、人材を登用したので、独自の処世観や政策を説く多数の学者や思想家が輩出しました。これらが所謂、諸子百家です。

孔子は衰退していた周公の禮楽の概念を徳目化して、**仁**（**恕**、**忠**、**信**、**義**、**行**、**孝**、**悌**、**智**、**勇**、**直**、**慎**、**温**、**良**、**恭**、**謙**、**譲**など）を説き、禮文化の復興を図ろうとしました。

秦代には人や家畜の犠牲に代わって、兵馬俑が埋葬されました。最初、あの途轍もない兵馬俑坑を見た時はよく意味が分からなかったのですが、殷・周時代の車馬坑や禮文化のことを考え併せてみますと、始皇帝がいかに儒家を嫌い禮文化に反発していたかが分かります。彼は禮よりも法を重んじ、これを批判する儒家たちに弾圧を加え、焚書坑儒を行い、紀元前二二一年に天下を統一し、郡県制を施行し、中央集権を確立しました。禮を廃して法で治める大改革を断行し、積年の鬱憤を晴らしました。そして、彼は永遠を願い、地下宮殿を造営し、自分を始皇とし、以下二世、三世と……万世に至るまで子孫の続かんことを願っていましたが、三代も保てず、僅か十年程で滅んでしまいました。

（始皇帝の話は長くなりますのでまたの機会にいたします）

▼▼禮文化における神聖と凡俗▲▲

古代にあっては禮は神に対する敬虔な宗教儀礼でしたが、禮と言いますと皆様はどんなことを思い浮かべられますか。

拝礼などのお辞儀のことでしょうか。礼法（礼儀、作法）のことでしょうか、それとも冠婚葬祭などの儀礼のことでしょうか。ちょっと挙げてみましても、禮は三千年以上経た今日でも、多岐に亘って行われていますね。先秦時代には法や刑も兼ねていましたので、今日よりももっと多方面に亘っていました（次頁左参照）。

禮はいつ、いかなる世、いかなる社会にも存するものでして、特に「道」と付くもの、武道（柔、剣道）、歌道、華道、茶道、書道などには皆、禮文化が密接に関係しています。

大相撲がとやかく言われて久しいですね。現在、国技の相撲道からスポーツへと変身しつつあります。特に最近はモンゴルをはじめ外国勢が増えたせいで、大相撲の礼式（伝統文化）が乱れてきています。横綱の品格について尋ねられた朝青龍は「人に合せたくない」と言っています。

大相撲の土俵は毎場所作り代えられますが、すべて神事に則って行われています。土俵内は神事の場で、聖域です。ですから、そこに接近する時は塩をまいて清めるのです。これが禮の原点です。

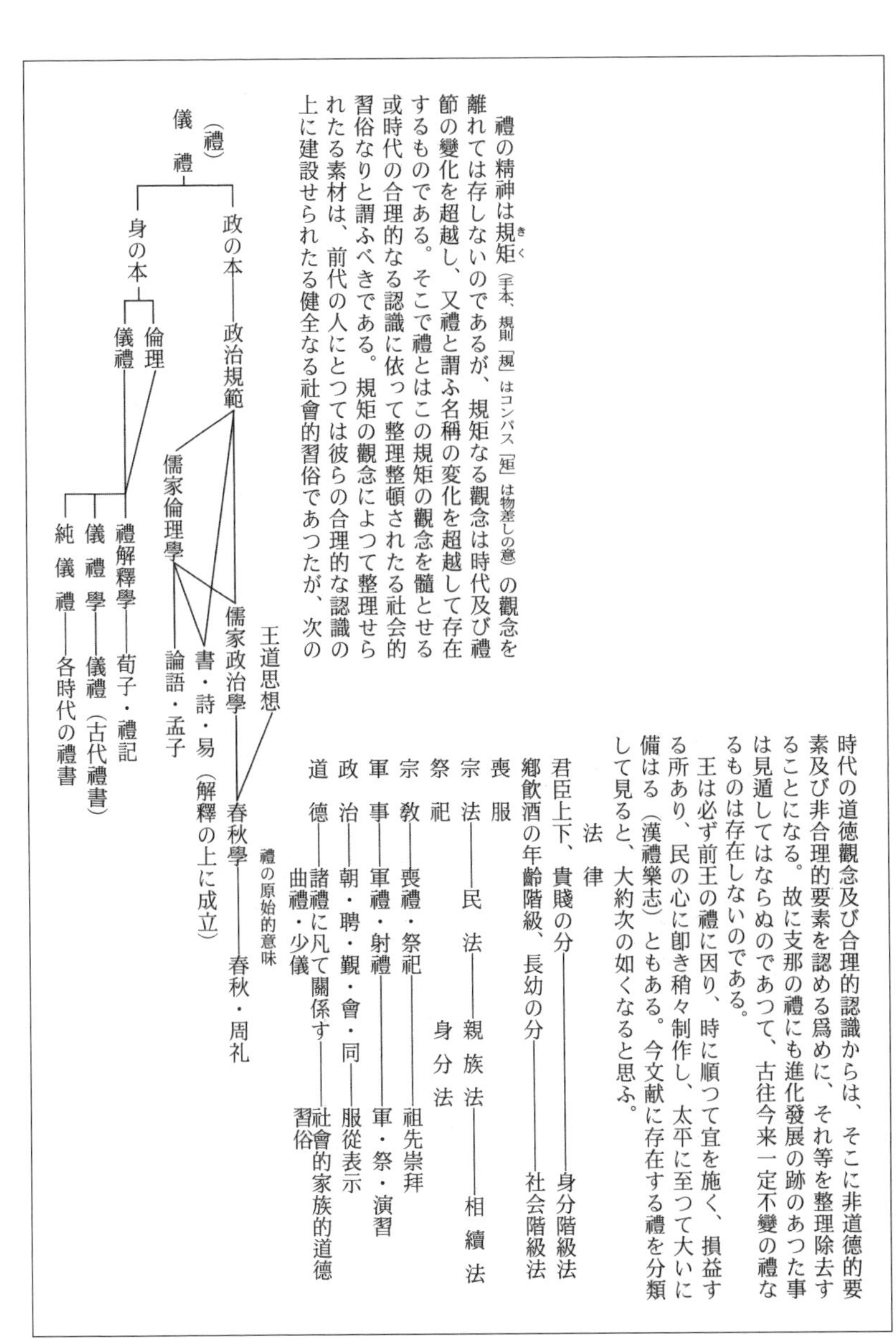

禮の精神は規矩（きく）（手本、規則「規」はコンパス「矩」は物差しの意）の觀念を離れては存しないのであるが、規矩なる觀念は時代及び禮節の變化を超越し、又禮と謂ふ名稱の變化を超越して存在するものである。そこで禮とはこの規矩の觀念を髓とせる或時代の合理的なる認識に依って整理整頓されたる社会的習俗なりと謂ふべきである。規矩の觀念によつて整理せられたる素材は、前代の人にとつては彼らの合理的な認識の上に建設せられたる健全なる社會的習俗であつたが、次の時代の道德觀念及び合理的認識からは、そこに非道德的要素及び非合理的要素を認める爲めに、それ等を整理除去することになる。故に支那の禮にも進化發展の跡のあつた事は見逭してはならぬのであつて、古往今来一定不變の禮なるものは存在しないのである。

王は必ず前王の禮に因り、時に順つて宜を施く、損益する所あり、民の心に卽き稍々制作し、太平に至つて大いに備はる（漢禮樂志）ともある。今文献に存在する禮を分類して見ると、大約次の如くなると思ふ。

法律
君臣上下、貴賤の分——身分階級法
鄉飲酒の年齡階級、長幼の分——社会階級法
喪服
宗法——民法——親族法——相續法
祭祀
身分法
宗教——喪禮・祭祀——祖先崇拜
軍事——軍禮・射禮——軍・祭・演習
政治——朝・聘・覲・會・同——服從表示
道德——諸禮に凡て關係す——社會的家族的道德習俗
曲禮・少儀

出典：『禮の起源と其發達』（加藤常賢著）

前回にも申し上げましたが、禮は神や神聖なものに接近する手続き、手段でしたね。殷代では、人や動物の犠牲の生血をまいて清めました。ですから、示偏がついています。浄化には、その国や社会により異なりますが、塩の他に花とか酒とか水などが用いられます。

不浄なものは土俵に上がれないのは当然です。横綱はその最高の権威者で、神聖ですから注連縄をつけています。モンゴル相撲には土俵もちょん髷も褌もありません。大草原を馬で駆け巡る遊牧民に相撲道が理解できないのも無理からぬことではありますが、横綱が神聖でなくなれば、大相撲が大相撲でなくなります。もし伝統や格式を守ろうとするならその厳しい躾けが必要ですね。でも、白鵬のような優等生（？）の横綱もいますから人物にもよりますが。

古代におきましても禮は厳しく躾けられていたようです。

「教」字の甲骨文字（次頁参照）は、子供の**形符と声符の爻**(こう)（倣と同じで、ならう意）と使役の意味を表す**攴繞**(ぼくにょう)からなっていて、子供に鞭で打って手振り、身振りを倣(なら)わせる意です。「學」の字は両手と子供の形符と声符の爻からなっていて、子供が手振り、身振りを倣う意です。この手振り身振りのゼスチャーが禮楽のことです。

それにしましても、最近は相撲を見ていましても上位に日本人の影が薄くなって張り合いがないですね。貴乃花の、各小学校に土俵を作るという改革案には、裾野を広げる意味でも大賛成です。現在は、おらが牛久市の星、稀勢の里の大成を唯一の楽しみにしていますが、まだ今一です。柔道も国際化してから、真の日本の柔道とは程遠いものになってしまいました。柔道着のカラー化が容認されたことも象徴的ですがポイント制が悪の元凶です。胸の空くような一本勝ちが減り、こせこせとしたレスリング紛いのものになってしまい、寂しい限りです。神聖視されていた柔道が文化の違いから畏敬されなくなり、凡俗なスポーツと化してしまったからです。

甲骨文から漢字へ

冷泉家展をご覧になられた方も多いと思いますが、あの国宝級の冷泉家伝来の典籍類には圧倒されました。

俊成、定家自筆の『古来風躰抄』『明月記』『古今和歌集』『後撰和歌集』『拾遺愚草』、勅撰集、平安・鎌倉時代の私家集などの国宝や重要文化財の古典籍類や古文書類、これらはほんの一例に過ぎませんが、よくもこれほどの日本の文化財を保護して今日まで伝えていただけたものと感謝の念でいっぱいです。

これらの典籍や冷泉流歌道がどうして八百年も伝え継がれてきたかと申しますと、冷泉家では禮楽のことを「**型の文化**」「**歌道の典型**」と呼んでいます。定家は理想の和歌の典型を守るために「古今和歌集」を十六度も書写しているそうです。現在も冷泉流歌道の典型を体得し継承するために、

①典籍類の所蔵されている御文庫を神殿として礼拝

②「題詠」「披講」「月次の歌会」などの約束事を守る

③年中行事の歌会始、小倉山会、乞巧奠（七月七日）、黄門影供（定家の命日八月二十日の法要）、節分、桃・端午の節句などの同じ事柄、儀式を毎年、同時刻に欠かすことなく行っている

と、御当主の為人氏は『冷泉家・蔵番ものがたり』（ＮＨＫブックス）で述べておられます。まるで皇室並みの年中行事を頑なまでに守っておられますね。

景雲会も**呉石先生**、**雲石先生**、**韻石先生**へとその書風が脈脈と継承されておられるそうですが、三代も伝え継がれていることはたいへんに素晴らしいことです。秦の始皇帝でさえ、三代と保てなかったわけですから。たいへんなご苦労もおありのことと存じますが、景雲会の禮楽につきましても韻石先生にお伺いしてみたく存じております。西脇家の秘伝はいかなるものでしょうか。ご先祖様への畏敬の念やこの新年会もその一つかと存じますが、その他は秘密でしょうか。

おわりに

禮は、本来は神や神秘的なものに対する宗教儀礼で、つねに敬虔さが伴われていました。神聖さが失なわれますと敬虔さが失せ、その禮も衰退して凡俗になります。品格本の氾濫現象も禮の基本を弁えず、禮に鈍感になり、無礼で不遜な人種が増えたからでしょう。今日の混迷ぶりも、総じて人々に畏敬の念や敬虔さが希薄になっているためです。品格のある人とは何事に対しても敬虔さ、つまり、敬う心と慎しむ心を有し、調和が取れていて、思いやりのある人のことに外なりません。

『論語』に「**禮を知らざれば、以て立つこと無きなり**」とあります。どんな世でも個々の人に敬虔さが伴なっていなければ成り立ちません。親しき仲にも礼儀ありの言葉もあります。

私たちはもう一度禮の原点に立ち戻って、祖先の人々が神々に対して抱いていたように、人々や自然に対して畏敬の念や敬虔さを失わずに処していく必要があると思います。中国の史跡巡りをしていて常に私の脳裏を掠めていたのはこの思いでした。

中国には歴史と伝統の地が至る所にあります。大鵬が天の池に向かって図南するように、これからも歴史と伝統を訪ねて更なる逍遥を続けていきたいと思っています。

景雲会が冷泉家のように良き伝統を受け継がれまして八百年どころか、千代に八千代に栄えられますよう切に祈念致しまして新年会の拙い話の結びとさせていただきます。

資料1　甲骨文研究諸家群像

（参考：ブリタニカ国際大百科事典 小項目事典）

1．王懿榮（一八四五―一九〇〇）

清末の学者、官僚。山東省煙台の人。一八八〇年の進士。以後、翰林院などの官職を累進、国子監祭酒（国立大学学長にあたる）となった。

義和団事変の際に団練大臣に任じられたが、八ヵ国連合軍の北京侵入にあたり、服毒のうえ、井戸に投身して自殺した。金石の研究にすぐれ、劉鶚とともに甲骨文字発見の功労者である。

2．呉大徴（一八三五―一九〇二）

清末の政治家、書家、画家、文人。呉県（江蘇省蘇州）の人。字は清卿、号は恒軒、かく斎。一八六八年の進士、官は湖南巡撫にいたる。一八九四年、日清戦争において山海関で敗れて退官。

幼少より篆書を、中年よりは籀文にすぐれ、また刻印に長じ、金石を収蔵してその鑑別にも精通した。絵画は山水、花卉をよくし、一八六二年、上海に旅行したおりには、すでに萍花社書画かく会に参加。

著書に『説文古籀補』『恒軒所見所蔵吉金録』『かく斎集古録』などがある。

3. 劉鶚（鐵雲）（一八五七―一九〇九）

清末の小説家。江蘇省丹徒（鎮江市）の人。字、鉄雲。

初め医者となったり、商業に従事したりしたが失敗。やがて政治に志を立て、要路の人物に近づき、一八八八年、黄河が決壊したとき、その治水に功績をあげた。

その後、鉄道敷設、鉱山開発のための外資導入をはかったりしたが、義和団事変に際してロシア軍から政府米を買い難民に売ったのが罪に問われ、新疆に流され、そこで没した。

老残という名の人物が山東の各地を遍歴して出会う事件を書いた口語小説『老残遊記』があり、官吏が国を誤る罪を鋭く指摘した。また、甲骨の収集で知られ、『鉄雲蔵亀』（一九〇三）の著があり、甲骨文研究の端緒をつくった。

4. 端方（一八六一―一九一一）

清末の官僚。満州正白旗の人。字は午橋。号は陶斎。

一八九八年より地方官を歴任。一九〇二年、湖広総督となる。一九〇五年、立憲予備海外視察五大臣の一人として欧米を視察し、帰国後、立憲予備運動を指導した。翌年、両江総督となり、光緒新政の施策を実施した。

一九一一年、川漢・粤漢鉄路督辦となり、四川の鉄道国有化反対運動を弾圧しようとしたが、途次部下に暗殺された。

また『陶斎吉金録』などを著わし、金石書画の収集家としても名高い。

5. 羅振玉（一八六六―一九四〇）

清末、民国初期の学者。浙江省上虞県の人。字は叔言。号は雪堂、貞松老人。

初め、農学の改良、教育制度の改善と西洋新知識の導入に尽力。一九〇九年、京師大学堂農科大学監督に就任。

辛亥革命にあって日本に亡命、京都に住んだ。帰国して天津に居住し、宣統帝の師傅としてその教育にあたったが、満州国成立とともに参議、監察院長などの要職を歴任。

金石学、考証学の第一人者として知られ、殷墟出土の甲骨文字に最初に注目し、その研究書『殷墟書契考釈』などがある。また敦煌発見の文書の研究も行い、敦煌学の基礎を築いたほか、明・清檔案の保存整理にも力を尽した。

6. 王国維（一八七七―一九二七）

清末、中華民国時代の歴史家、文学者。浙江省海寧県の人。字、静安。号、観堂。一八九八年、上海に出て羅振玉に認められ、一九〇一年、日本に留学したが、病気で翌年帰国。辛亥革命の際、羅振玉と日本に亡命して京都に住んだ。一九一六年帰国し、北京精華学校などに勤めたが、身辺上の問題、精神上の行きづまりもからんで、清王朝の滅亡に殉じるように投身自殺した。

初め西洋哲学の研究から文学の研究に入り、『紅楼夢評論』（一九〇四）、『人間詞話』などで中国近代文学批評のさきがけとなった。

京都滞在中から清朝考証学に戻って、史学、金石学、言語学などにすぐれた業績を残している。その膨大な著作は、死後、羅振玉が編集した『王忠愨公遺書』に収められている。

7. 孫詒譲（一八四八―一九〇八）

清末の学者。浙江省瑞安の人。字は仲容。号は籀膏。一八六七年、挙人に及第、一八八五年、刑部主事となったがまもなく退官、以後没するまで学究生活をおくった。父衣言の友人兪樾に師事し、経学、諸子、小学、金石文など幅広く修めた。『周礼正義』（八十六巻）、『墨子閒詁』（十五巻）、『札いﾞ』（十二巻）をはじめ、『大戴礼記こう補』『古籀拾遺』『名原』『契文挙例』『温州経籍志』など著書は多岐にわたる。正統的な清朝考証学の最後の大家。

8. 郭沫若（一八九二―一九七八）

文学者、政治家。名、開貞。号、尚武。沫若は筆名。ほかに麦克昂、易坎人。一九一四年、九州大学医学部に留学。一九二一年七月、日本で郁達夫らと「創造社」を組織し、「芸術のための芸術」を主張。一九二三年帰国。一九二五年、プロレタリア・リアリズムを提唱し、同時に実践活動に投じ、一九二七年四月、蒋介石の上海クーデター（国共分裂）後、南昌蜂起に加わり、次いで弾圧を逃れて日本に亡命、中国古代史や文学研究に没頭した。一九三七年、蘆溝橋事件の直後、日本人妻子を残して帰国、抗日救国の宣伝活動や評論、劇作に活躍した。解放後は民主政治運動の先頭に立ち、中央人民政府政務院副総理、文化教育委員会主任、科学院院長、中日友好協会名誉会長などを兼任。文化大革命のとき率先して自己批判を発表。文革時代から四人組批判以降も一貫して文化界の重鎮として活躍し、一九七七年には全国人民代表大会常務委員会副委員長。

小説『牧羊哀話』『函太関』、戯曲『北伐』、自伝『創造十年』、論文『中国古代社会研究』『卜辞通纂』『両周金文辞大系考釈』『十批判書』など。

9. 董作賓（一八九五—一九六三）

中国の考古学者、甲骨学者。河南省南陽の出身。字は彦堂。

北京大学卒業後、一九二八年に中央研究院歴史語言研究所研究員となって李済とともに安陽殷墟の発掘を主宰、甲骨文の研究にとりくむ。

『大亀四版考釈』（一九三一）、『甲骨文断代研究例』（一九三三）で甲骨文編年の基礎をつくり、これを発展して殷代の暦法を復元した大著『殷暦譜』（一九四五年）の画期的な業績をはじめ、三十余年間に発表した論文、著書は数多く、甲骨学の開拓者として大きな足跡を残した。（「改訂新版　世界大百科事典」平凡社）

一九四九年には国民政府とともに台湾に移り、のち歴史語言研究所長、台湾大学教授に就任。

一九三一年に『大亀四版考釈』を発表して卜辞の中から卜占を主宰する貞人（ていじん）を抽出し、さらに一九三三年には『甲骨文断代研究例』によって、殷墟出土の甲骨文を五つの時期に区分して編年できることを示した。五期編年の根幹は、各時期に異なった貞人グループが存在することと、祖先神たちの呼び方（称謂）の変化とであったが、文字自体に関していえば、後期になるほど文字の構造が複雑化することを例証するとともに、書風も時期ごとに変化することを示した。（「世界大百科事典（旧版）」平凡社）

資料2

(1) 漢字の構造

① 六書（りくしょ）

後漢の許慎が造字法をはじめて分析し、『説文解字』に載せた六種の法則。

※（ ）内の数字は『説文通訓定声』（清・朱駿声）により分類された字数。

用法	文字発生の法則（造字法）				運用法	
	文		字			
六書名（字）	象形（364）4%	指事（125）1.6%	会意（1167）13%	形声（7697）82%	転注	仮借
解説	物の形の最も特徴的な部分をとらえて文字にした絵画性豊かな文字。〈漢字の原型〉	物の位置や性質など、物の形を象ることのできない観念的なものを表す場合、象形文字に、簡単な一点一画を添えた文字。〈記号的要素を持つ〉	単独の象形では表せない、複雑で観念的な意味を表す場合、二つ、あるいは三つ以上の象形文字を組み合わせて作った文字。	形符（意味を表す部分）と、声符（音を表す部分）とから成る文字。この場合、音符にも、それぞれ意味がある。（しかし、その個々の意味は未解明）。この合成による造字法が発明されるや漢字は飛躍的に発展。	①ある文字と同意の方言、あるいは変音の文字を音符だけ換えて作った文字。またその〈注釈の仕方〉。②ある文字の本来の意味（原義）を、それに関連する他の意味（転義）に転用した文字。〈伸延義〉	形のないもの・具体性のないもの・外国語などを写す場合、既成の文字の発音だけを（仮に）借りて、他の意味に用いたもの。（後にその借用義が、その字を占領し、その字の本義が不明になった字も多い。）
実例	人　虫　母　心　竹　月　力　隹	上　下　本　末　刃　亦（人の腋の下）	林　炎　晶　射　囚＝檻の中に閉された人　莫＝暮（草原に沈む日）	朱書部＝形符。黒書＝声符。織機華慕逃放　判湧顔降宮監	①考ハ老也。信ハ誠也。老ハ考也。誠ハ信也。②樂 ガク（音樂）原義→（安樂）（快樂）	葡萄（ブドー）　般若（ハンニャ）　倫敦（ロンドン）　珈琲（コーヒー）　可口可楽（コカコーラ）　牛頓（ニュートン）　王（原義「斧」）　而（原義「ひげ」）

② 漢字の音訓

音―中国式の発音をまねて漢字を読んだもの。

訓―漢字を翻訳して、日本語を当てたもの。

種類	音				訓		
	呉音	漢音	唐（宋）音	慣用音	正訓	義訓	国訓
解説	六世紀ごろまでに百済から伝わった南北朝時代の呉地方（揚子江下流）の音。仏教音や古く日本化した漢字の音。	七世紀以降、遣唐使や留学生らにより伝えられた唐代の長安・洛陽地方の音。漢籍を読む時の音で、大部分の漢字の音。	十二・三世紀ころ、中国へ渡った禅僧や商人により伝えられた宋代の標準音。禅僧の経文などにある特殊な音。	日本で誤読された漢字音が固定化し、一般に使用されるようになった音。	漢語の意味に順って訳をつけたもの。	漢語（熟語）の意味をとって、大和言葉をあてはめたもの。	漢字の意味とは無関係に、文字だけ借りて日本語をあてはめたもの。
実例	修行（ぎょう）　經文（きょう）　燈明（みょう）　頭脳（ず）	孝行（こう）　經書（けい）　明白（めい）　頭髪（とう）	行燈（あん）　看經（きん）　明國（みん）　饅頭（じゅう）	崇拝（すう）漢音（シュウ）　消耗（もう）（コウ）　神宮（ぐう）（キュウ）	月日（つきひ）　小人（こびと）　天地（あめつち）　草枕（くさまくら）	東雲（しののめ）　團扇（うちわ）　雪崩（なだれ）　七夕（たなばた）	柏（かしわ）　楠（くす）　桂（かつら）　鮎（あゆ）　鮪（まぐろ）　鮨（すし）

古代文字の十二支

子　丑　寅　卯　辰　巳　午　未　申　酉　戌　亥

③ 主要部首

漢字を字形上より分類して、その基準となるものを部首という。『説文解字』では、五四〇部、清の『康熙辞典』では二一四部であるが、ほぼ次の七種に分類される。

構成	部首の名称	部首	古文字	意義（属性）	例字
偏（漢字左側）	にんべん	イ		人	任・保
	ひへん	火（灬）		燃えている人	燒・煙
	つちへん	土		盛った土・土壌	地・坂
	くちへん	口		口・音・言語	吐・唱
	おんなへん	女		女性・血縁	姉・姓
	こへん	子		子供・年少	孤・孫
	やまへん	山		山・地形	峡・崎
	ゆみへん	弓		弓	引・弦
	かばねへん	歹		骸骨頭部・死	歿・殘
	ぎょうにんべん	彳		行く・道	往・得
	てへん	扌（手）		手	推・握
	りっしんべん	忄（心）		心情・性質	快・憎
	つきへん	月		月・光・時期	朦・朧
	にくづき	月（肉）		身体・肉	腦・肥
	にすい	冫		水の凝結	冰・凍
	さんずい	氵		川・水	液・河
	けものへん	犭（犬）		獸	狼・狩
	ぎょくへん	王（玉）		環状の（宝）玉	球・珍
	こざとへん（左）	阝（阜）		丘・土地	險・陰
	いしへん	石		石・岩石	碎・砂
	しめすへん	礻（示）		神几上の犠牲	祈・祭
	ころもへん	衤（衣）		衿（えり）と袖（そで）・着物	被・複
	いとへん	糸		細い生糸	絹・紙
	のぎへん	禾		稲・穀類	秋・秀
	ごんべん	言		ことば	議・話
	かいへん	貝		貨幣・財産	購・貯
	くるまへん	車		車	輪・轉
	とりへん	酉		酒壷・酒	醉・酸
	しょくへん	食		食物を盛る形	飯・飢
旁（つくり）（漢字右側）	りっとう	刂（刀）		刀・刃物	判・劍
	おのづくり	斤		斧（おの）・切断	析・新
	おおがい	頁		人の頭部	顔・頭
	また	又		手・右手	受・收
	さんづくり	彡		整った筆の毛並	形・彫
	おおざと（右）	阝（邑）		居住地・村・国	郷・都
	あくび	欠		開口し欠伸（あくび）する	欲・歌
	舊（ふる）とり	隹		尾の短い鳥	雌・雛
冠（漢字の上）	うかんむり	宀		屋根・家	窓・宮
	おいかんむり	耂（老）		曲背長髪の老人	考・老
	はつがしら	癶		両足で足踏み	登・發
	あみかしら	罒（网）		網	置・罰
	かみかんむり	髟		毛髪	髪・髯
構	かくしがまえ	匸		物をしまう箱	匿・醫
	くにがまえ	囗		囲みを示す	國・園
	ゆきがまえ	行		道路の四つ角（かど）	街・衝
	もんがまえ	門		両扉	閉・閑
繞（にょう）	ぼくにょう	攵（攴）		策（むち）で打ち強制	教・敵
	しんにょう	辶		道路を歩行	運・送
	きにょう	鬼		鬼の面・魂	魅・魁
垂（たれ）	まだれ	广		岩屋の屋根	店・庵
	しかばね	尸		屍（しかばね）・形代（かたしろ）	屠・居
	とだれ	戸		片扉	房・扇
	やまいだれ	疒		寝台で病む	疫・疲
脚（あし）	ひとあし	儿		人の動作・様子	兒・元
	したごころ	㣺（心）		精神・感情	慕・恭
	れんが	灬（火）		火・焼く	然・熱

④ 漢字の能率的な学習法

漢字の部首をよく理解して、字源の出ている漢和辞典をこまめに引くこと。

漢字は表意性が強い（前ページ「六書表」参照）から、その形（意符）に着目し、漢字をよく理解することが肝要。「部首」はその意符の最も基本的なものである。

また漢和辞典の索引には

(イ)部首索引（漢字をそのでき方—字形—により分類）

(ロ)音訓索引（漢字の「音」または「訓」に従って五十音順に漢字を配列）

(ハ)総画索引（すべての漢字について、その画数を調べ、画数の少ない順に配列。）

の三種があるが、漢字の造字法をよく理解し、なるべく**「部首索引」を利用するようにすること。**

なお、漢字音の研究は古来「韻書」などにより、目ざましく進歩したが、「音」の表す意味については今のところまだ余り解明されていない。

然し、共通の意味を持つ音符のグループや、声系（漢字の声符による系統図）等の理解を深めることは漢字学習上大切である。一・二例を示すと、

(A) 青（セイ）—〔清—晴—睛—精—靜〕セイ—（澄んでいる↓静まる）の意

(B)
(1) 方（ほう）
坊　髣　(2)旁（ほう）　訪　芳（ほう）　妨
(2)旁 → 膀　鎊　(3)滂（ほう）　傍
芳 → 汸（ほう）

(C)
(1) 刀（とう）
紉　忉　(2)召（しょう）　叨　到　苅（とう）
(2)召 → 沼　紹　(3)昭（しょう）　詔
到 → 倒　菿（とう）
沼 — 沼　紹 — 菬　(3)昭 → (4)照（しょう）
(4)照 → (5)羔（しょう）※
(5)羔 → 羔頁　餻（しょう）　糕
（※灬は照の省略）

⑤ 日中略字比較（中国では簡化字・簡字という）

本字	日本略字	中国略字
絲	糸	丝
莊	荘	庄
齊	斉	齐
發	発	发
戰	戦	战
樂	楽	乐
圖	図	图
關	関	关
靈	霊	灵
藝	芸	艺

出典：『新編国語便覧』中央図書

資料3（出典：「殷墟文化」）

殷墟甲骨文

A

般	内	外	次	其	亘	亜	作	文	交	衣	弘	敖	更	效	政	教	犬	狽	犰	豕	彘	圂	麑	慶	麋	陷	兎	馬	虎	龜	兕	象	為	魚	漁

B

上	下	多	少	小	不	弗	气(乞,迄)	才(在)	于	工	亡	尤	乃	氏	乎	升	雇	雝	舊	雚(觀)	鳴	雉	龍	龐	虫	蜀	它	牛	牡	牝	牢	羊	羌	姜	羞

C

止	之	正(征)	足	出	各	㞷(往)	追	逐	通	途	逆	遣	起	跽	歷	步	涉	陟	降	旦	昏	昃	月	夕	明	星	晶	鳳(風)	雲	雷	雨	霰	靈	雩	虹

D

妾	妃	嬪	娥	媚	婦	姓	散	娶	人	元	仁	尸	从(比)	众	及	尾	先	莫	蒿	木	林	森	農	桑	束	析	宋	杞	萬	蠆	今	昔	春	秋	占

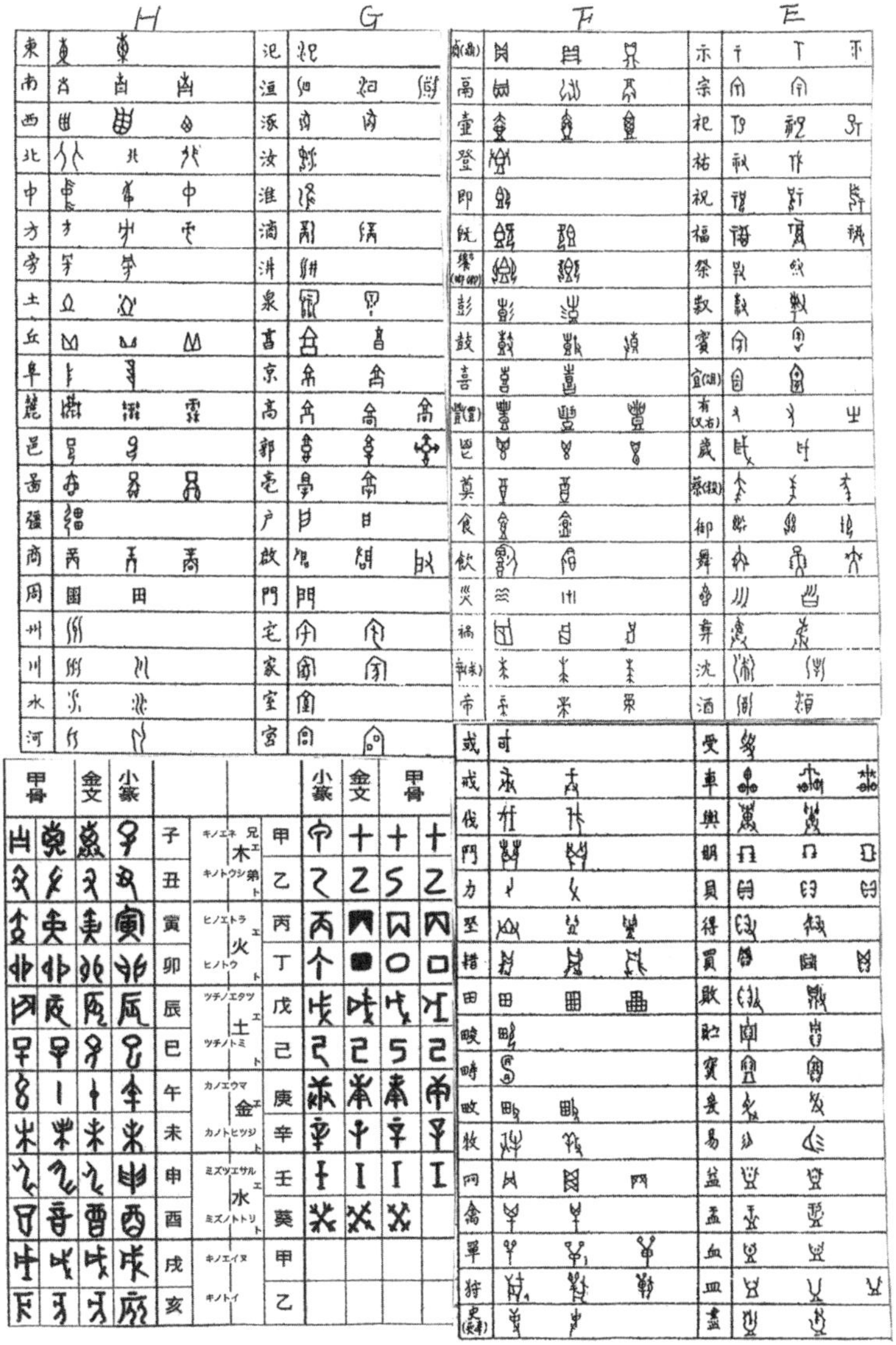

H	G	F	E
東	汜	尊(爵)	示
南	洹	鬲	宗
西	涿	壺	祀
北	汝	登	祐
中	淮	卽	祝
方	滴	既	福
帝	汫	饗(卿鄉)	祭
土	泉	彭	叙
丘	亯	鼓	賓
阜	京	喜	宜(俎)
麓	高	豐(豊)	有(又右)
邑	郭	皀	歲
啚	亳	奠	蔡(殺)
疆	户	食	御
商	啟	飲	舞
周	門	災	龠
州	宅	禍	奔
川	家	叔(未)	沈
水	室	帝	酒
河	宮		

F	E
戠	受
戒	車
伐	與
鬥	朋
力	貝
圣	得
耤	買
田	敗
畯	貯
疇	寶
畋	爰
牧	易
网	益
禽	盂
單	血
狩	皿
史(吏事)	盡

甲骨	金文	小篆				小篆	金文	甲骨
			子	キノエネ 兄 木 エ	甲			
			丑	キノトウシ 弟 ト	乙			
			寅	ヒノエトラ 火 エ	丙			
			卯	ヒノトウ ト	丁			
			辰	ツチノエタツ 土 エ	戊			
			巳	ツチノトミ ト	己			
			午	カノエウマ 金 エ	庚			
			未	カノトヒツジ ト	辛			
			申	ミズノエサル 水 エ	壬			
			酉	ミズノトトリ ト	癸			
			戌	キノエイヌ	甲			
			亥	キノトイ	乙			

景雲会について

福井県勝山市の生んだ天才書家と謳われた西脇呉石、及び雲石、韻石三代の書の名家が主宰した会。芸術性と実用性を兼ね備え整った美しさと気品のある書風。

初代　呉石

一八七九年に生まれ、十七歳より関西書道界第一人者の村田海石、日下部鳴鶴に師事。青山師範などで教鞭を執る傍ら、東京、大阪、福井などの各地で個展を開催。呉石流と称さる。一九六二年に東京都美術館にて第一回文化書道展開催。

文部省国定『書き方手本』（乙種）の教書を通じて全国の学校に、また文化書道会を主宰するなどして、書道の普及発展に努めた。

著書に『呉石詩書選集』『三体千字文』『呉石書画集』『文化書道講座』など多数。

勲四等瑞宝章を受章。

一九七〇年、九十二歳にて逝去。従五位を追贈さる。

二〇一九年、勝山城博物館にて、生誕一四〇年記念展「福井の偉人、書家西脇呉石　〜研ぎ澄まされた心と線〜」開催。

二代目　雲石

一九七三年、景雲会発足。呉石の文化書道会の直弟子を吸収合併。会員は全国に数百名。展覧会、研究会、新年会（講師招聘）を開催。会誌『景雲』を発行。

景雲は光輝く雲の意で、「慶雲」とも通じ、めでたい時に出る雲。

雲石による日本書道史概説、催し物の報告、講話の載録、写真などを掲載。初期は月刊。

三代目　韻石

雲石の事業を引き継ぐ。景雲会会長。

代々木文化書道会会長。

『景雲』は年刊発行。展覧会開催時の隔年ごとは年に二回。二〇一八年、通巻２１０号にて終刊。

閉会のことば

宮田桃石

本日は呉石先生の書風を学ぶ皆様がご遠方よりご参加され、津村先生の中国の今昔を織り交ぜた有益なお話を拝聴致し、楽しいひとときでございました。

急のご指名で何の心づもりもございませんが、私は十八、九歳の頃より八幡山の呉石先生のお宅へ毎週土曜日午後、勤務が終るやお稽古にお伺い致しておりましたが、お習字のお稽古という域より脱して書道を学ぶ奥の深さを認識致しましたのもその頃であったと存じます。両親の筆をもつ姿を幼い頃より眺めておりましたが、呉石先生との「一対一」のお稽古は墨の磨り方、筆の正しい持ち方、運筆法、漢詩文の読み方、能筆家の事など、基本から細やかにお教えを請う事ができ、入門して私の場合、行・楷・草・隷・仮名・手紙文など一書体を約二年ずつ、折手本にご揮毫され、その場で硯を拝借し、練習、添削して頂き自習清書を添削下さり次へと進みますが、その間、半切自運を月一枚程度御高覧下さるなどでございました。お稽古が終りますと硯は「ぬれ縁」の流しで洗います。上手に書けますと小さなお丸を朱で付けて下さり筆法の難しい文字などは改めて半紙にお書き下さるという御懇切なご指導でございました。何か質問を申し上げますと「一をお尋ねして十で返してくださり」、いつもにこやかでいらっしゃいました。

先生のお力添えのもと月一回「臨池会」という研究会に加えて頂き、高弟の方々と漢詩（文）の勉強・鑑賞を致しました。「古文真宝」を教材に中国の古典文学の奥儀・名詩などをお教え頂きましたが、先生は長編の詩、例えば「長恨歌」などは暗唱されておられ驚きましたが、若い私には好機であったと感謝致しております。

ご高齢になられお弟子さん方も先生のご健康を気遣いご負担にならぬよう申し合わせておりましたが、常に筆法・筆勢瑞瑞しく、端整な和服姿で左手の指先を揃えて硯に向かわれておられました。「少し上達しても稽古せんといけない。専門家になるのなら、中国・日本の古典（文学も含め）を勉強しなさい。書道に卒業はない。また誰にでも読める字（前衛的でない）、正しいくずし方を」と仰せでございました。

呉石先生が西方の彼方へ旅立たれたその最後のお稽古日、秋深む午後四時過ぎ、いつものようにお手本を折手本に墨痕鮮やかにご染筆されましたが、その水茎の跡麗く、四時間ほどのち、帰らぬ旅となるなどとは夢にも思えぬほど高逸な最後のご筆跡、お姿であられました。

その後、雲石先生にご指導賜り思い出も多くございますが、只今では韻石先生のご熱意の下、景雲会で学ばせて頂き脈々と正しい書風に接し、研鑽を重ね得ますことは、誠に幸せと存じます。長寿を全うされた呉石先生のお歳を目標に健康に留意して参りましょう。

先程皆様と「早春賦」の美しい詞の歌をお声を合せて歌いましたが、この一年、筆硯さわやかに景雲会と共に歩みたいと存じます。拙い話でございましたがご清聴下さいまして誠に有難うございました。

参考文献

『中国的詩詞曲賦』劉 耕路　商務印書館
『中国詩史』陸 侃如／憑 元君　百花文芸出版
『中国文学史』前野 直彬　東京大学出版会
『漢詩大観』佐久 節　鳳出版
『漢詩の解釈と鑑賞事典』前野 直彬／石川 忠久　旺文社
『阮籍伝』吉川 幸次郎　筑摩書房
『阮籍の「詠懐詩」について』吉川 幸次郎　岩波文庫
『漢詩のイメージ』佐藤 保　大修館書店
『中国名詩選』松枝 茂夫　岩波文庫
『禮の起原と其發達』加藤 常賢　中文館書店
『図説 漢字の歴史』阿辻 哲次　大修館書店
『漢字文化の源流』阿辻 哲次　丸善出版
『漢字の起源』加藤 常賢　角川書店
『殷・甲骨文集』白川 静　二玄社

『新鄭県文物志』薛 文灿　中州古籍出版社
『殷墟文化』段 振美　東方出版
『甲骨文断代研究例』董 作賓　中央研究院歴史語言研究所集刊外編
『甲骨文字に歴史をよむ』落合 淳思　ちくま新書
『新釈 漢文大系』明治書院
『青銅王都』郭 旭东　浙江文艺出版社
『漢字百話』白川 静　中公新書
『中国古典講話』倉石 武四郎　大修館書店
『中国文学史』倉石 武四郎　中央公論社
『論語辨證』胡 志奎　聯經出版事業公司

跋

この度、漸く成った『中国逍遥遊』を、今は亡き景雲会会長の西脇韻石・はるえ先生御夫妻、並びに景雲会の皆様に捧げます。

思えば景雲会とのご縁は平成六年に職場の同僚の島田晴子先生が西脇はるえ氏と御学友のよしみとかで、何か漢詩の話でも、と紹介されたのが始まりです。その初回が上野の精養軒での話で、「漢詩の心と風土」です。驚いたことに不慣れな私の話を大変ご熱心にお聞き頂いた上に、何か口調が気に入られたとかで、一字一句細大漏らさず記録された会誌の『景雲』が届けられました。

爾来、精養軒での新年会の講演は続けられ、その記録された『景雲』の特集号が十数冊になりました。その内の六冊を纏めたのが本書です。この講演実録集は、「漢詩の心と風土」「漢詩の変遷」「中国逍遥遊」と、一見とり留めのない取り合わせからなっていますが、時空を越えた中国逍遥が語られています。

講演実録と言えば、漱石の学習院で行なわれた「私の個人主義」という名講演がありますが、これに倣って敢えて新ジャンルの開拓を目指すものです。

荘子の、あの幾千里あるか分からぬ大きさの鯤(こん)の羽化した大鵬(たいほう)が荒れ狂うつむじ風に乗って三千里羽ばたき九万里上昇し天の池へ向かって図南(となん)する壮大な勇姿のごとく、これからも歴史と伝統の地を訪ねて中国逍遥を続けていきたいと思っています。

景雲会を一字の漢字で表現すると「温」です。いつも和やかで温かくお迎え下さり、大変勇気づけられ、話も長期間続けられました。この本を上梓することができましたのはひとえに皆様のお蔭で、感謝しかありません。

景雲会との関係はまさに「知音(ちいん)」のごとしです。琴の名手伯牙がその良き聴き手である鍾子期の死と共に弦を絶ったように、景雲会での話も会長の韻石先生が亡くなられると共に終了しました。

最後に景雲会とのご縁を取り持って下さった島田晴子先生、大変お世話になった文芸社の沼田・秋山両氏をはじめ皆様に深謝いたします。

令和六年

津村正登

著者プロフィール
津村　正登（つむら　まさと）
昭和13年、台湾の高雄、屏東に生まれる。
都立国立高校、北園高校、上野高校などで教諭を歴任。
中国国家専家局の招聘により、大連大学外籍専家として赴任し、
大学より栄誉賞を贈られる。中国歴訪十数回。
筑摩書房高校国語教科書編集委員
趣味は旅行、水泳、囲碁（五段）、元気農酬、スポーツ観戦（猛虎
阪神ファン歴80有余年）など。
牛久市歴史を語る会会員、現在は牛久市国際交流協会日本語教室
ボランティア。

中国逍遥遊　「景雲会」講演実録集

2024年11月15日　初版第１刷発行

著　者　津村 正登
発行者　瓜谷 綱延
発行所　株式会社文芸社
〒160-0022　東京都新宿区新宿1－10－1
電話　03-5369-3060（代表）
03-5369-2299（販売）

印刷所　株式会社フクイン

Ⓒ TSUMURA Masato 2024 Printed in Japan
乱丁本・落丁本はお手数ですが小社販売部宛にお送りください。
送料小社負担にてお取り替えいたします。
本書の一部、あるいは全部を無断で複写・複製・転載・放映、データ配信する
ことは、法律で認められた場合を除き、著作権の侵害となります。
ISBN978-4-286-25820-1